# 小窑堡纪事

APGTIME 时代出版
时代出版传媒股份有限公司
安徽文艺出版社

# 小窑堡纪事

李圣祥◎著

时代出版传媒股份有限公司
安 徽 文 艺 出 版 社

图书在版编目(CIP)数据

小窑堡纪事/李圣祥著. —合肥:安徽文艺出版社,2013.12
ISBN 978-7-5396-4808-8

Ⅰ. ①小… Ⅱ. ①李… Ⅲ. ①中篇小说-小说集-中国-当代 Ⅳ. ①I247.5

中国版本图书馆 CIP 数据核字(2013)第 298340 号

出 版 人:朱寒冬　　出版策划:刘 哲
责任编辑:周 康　　装帧设计:张诚鑫

出版发行:时代出版传媒股份有限公司 www.press-mart.com
安徽文艺出版社 www.awpub.com
地 址:合肥市翡翠路 1118 号 邮政编码:230071
营 销 部:(0551) 63533889
印 制:合肥创新印务有限公司 (0551)64456946

开本:700×1000 1/16 印张:13.75 字数:260 千字
版次:2013 年 12 月第 1 版 2013 年 12 月第 1 次印刷
定价:28.00 元

# 目　录
contents

# 李圣祥其人其作（代序）

杨　柳

李圣祥的小说具有鲜明的个性，情节曲折，故事性强，人物栩栩如生。他的语言较少书卷气，是一种地地道道的小说语言，风趣、幽默、机智、口语化，具有浓郁的乡土气息。他的小说大都表现了社会转型期农村各种人物的复杂心态，既有可读性，又有较高的审美价值。

在《风流家史》中，他向我们讲述了一个被贫穷逼得一家三代人走向坠落的悲惨故事，读后掩卷沉思，让人感慨唏嘘。表现了作家对贫穷和愚昧的憎恶，对富裕和文明的呼唤。《严冬季节》讲述了两对农村青年夫妻由于一只母鸡被盗引发出一连串令人捧腹而又让人心酸的故事。作家一方面鞭挞了他们的自私与狭隘，另一方面又对他们的不幸遭遇寄予了满腔的同情，同时对农村中某些特权阶层的贪婪欺诈进行了揭露和嘲讽，表现了作家强烈的批判现实主义和人道主义精神。表面上看《严冬季节》是一出喜剧，但它却有一个悲剧结局。喜剧是它的外壳，悲剧才是它的内核。读这部中篇，先是让人发笑，捧腹之余又感到无比沉重。《蜡烛泪》中的“驴子”则是另一种农民形象。这位憨厚善良的兄长为了供养弟弟上大学而牺牲了自己的婚姻。然而，他的付出并未得到弟弟和弟媳的回报。但他并不记恨，仍以一个农民的宽厚继续培养小弟弟上学。宽厚、善良、默默奉献、不图回报，这就是从“驴子”身上所折射出来的人性光辉，读后使人难以忘记。《小窑堡纪事》是作者发表在江苏《太湖》文学期刊上的一部中篇作品，当时的篇名是《发财行动》。这部小说通过一群农民争着发财致富的故事，反映了人性弱点、传统观念和现实生活的强烈碰撞，揭示了社会变革时期农民的复杂心态。他们那种既想发财又不愿承担风险，既盲目短视、急功近利又想赢怕输以及红眼病等心理和行为，都被描绘得惟妙惟肖，淋漓尽致。《二椰头抗旱》则围绕抗旱争水而发生的矛盾纠葛，揭示了当代农村中人际关系的微妙性和复杂性，而二椰头这个又可怜又可嫌的农民身上的弱点，其实也是人类共同的弱点。这就使二椰头这个人物具有相当的深度。

李圣祥种过田，当过木匠，烧过锅炉，接触过各种各样的人。丰富的生活阅历为他提供了大量的创作素材。李圣祥具有令人羡慕的创作天赋，艺术感觉极好，又能吃苦，创作上十分勤奋。这一切，都是他成功的原因。短短几年，他已在《清明》、《大时代文学》、《太湖》等文学期刊上发表中篇小说五部，另有二十多篇作品见诸于各地报刊。他已在小说创作上取得令人瞩目的成绩，但是，成绩只能属于过去，文学创作是一个永无止境的拼搏过程。在今后的岁月里，他能在创作上发起新的一轮冲刺并登上一个新的台阶吗？让我们拭目以待，并致以真诚的祝福。

（杨柳，安徽省芜湖市人，作家、评论家）

# 二榔头抗旱

## 一

正值雨季，天却呆晴，小窑堡众多水塘一旱见底。太阳天天滚烫，别说人，连皮粗肉厚的猪也龇开阔嘴趴树荫下不动。再看原野，处处冒烟，黑土变黄、变焦，青苗变枯又变成“秃子毛”。就这电视还在讲：“今日晴，明日晴，十天半月晴！晴！晴！”

梅珍的心离油锅越来越近，在屁股塘坝子上烦大神，忽地一仰脸骂一句这死不掉的太阳。太阳皮厚，一如既往地晒她脸，梅珍的心灰了。

去年，她雄心勃勃养了满满一塘鱼，结果换来一屁股搭两条大腿的债，这还债和奔小康的希望都在水里头，可小窑堡人偏偏要放水，说水利是农业的命脉。

“我的鱼儿！”梅珍想哭。恍恍惚惚将两桶鱼吃的东西撒水里，鱼们开始生龙活虎地争食，激起朵朵前赴后继的浪花，梅珍心中的阴郁越发浓烈了。她的脑子满满的，两腿一软瘫坐到坝子上。这时，她看见了那只古怪的乌鸦。它蹲在一座枯坟上，病恹恹的样子像是一只怪怪的精灵。一阵阴风刮过，摇得苦楝树的枝叶瑟瑟响，以致栖息在上头的乌鸦好一阵乱晃，抱怨什么似的望着梅珍叫。梅珍心头一悸，冷不丁打了个凉飕飕的颤抖，抖出来遍身鸡皮疙瘩，不由自主地站起来，毛毛地踏上了暮归的路。

来至自家门前，看见父亲手持竹竿在鹅棚里捣鼓，神情专注，眼睛不眨。梅珍百感交集地摇摇头，只觉得鼻子酸，她对着父亲的脊梁开了口："伯！你就不能歇歇呀！"语气里包含着怨气，她怀疑父亲又在干没有出息的事。

老闷的精力全对付在鹅棚里，隐蔽于灰胡子丛中的瘪嘴咕咕噜噜数着鹅的只数，听见儿媳妇的声音头也没顾上回，仅腾出嘴巴应一声"我晓得"，但还是因为分神而花了眼，摸不清数到啥地方了！老闷十分懊恼，斜斜地怨一眼梅珍，接着咕噜。梅珍张张嘴，本想再说些什么，却没说出口，她轻声叹口气，转身拐进了屋里头。瞥一眼锅灶，不大对劲，一摸果然冰凉。"哎！这二榔头哩？"她一步量到后门口，对着茅坑叫："人哩？"茅坑没动静，二榔头的洋咳声倒由房间冒出。梅珍略略一愣，掉头进房，发现二榔头靠在床背上吸闷烟。自从上午梅珍买回四斤茶叶子，二榔头就这么一气不起，他的主张是买两斤送送书记，村长就不考虑了，可梅珍偏偏不忘村长。二榔头因此耿耿于怀。

"不煮饭吃屎？"梅珍气不过。

"你吃去。"二榔头不拿正眼看她，眼角的余光斜斜地对她一勾。

梅珍的肚里满满的，想跟他恶吵一场，只是没有时间，屁股塘的水位才是大事哩！她评价一句二榔头小心眼，翻出四斤茶叶拎起就走。

二榔头的屁股像被锥子扎了下，一骨碌蹦下床拦她："哪去？"

"去书记和村长家。"

"干啥哩？"

"送茶叶子！"

"送茶叶！送茶叶！都干得没了鳖喝的水，还送人茶叶子！"二榔头的大炮喉咙明显包容着对腐败现象的不满。

梅珍一抖，本能地瞅瞅窗外，匆忙制止："叫唤！叫唤！让人听见了你光荣些？"

"就叫，就叫。"二榔头嘴上这么说，音调却已低得别人无法听见，"书记是人，村长是人，我二榔头也是人。他们咋不送两斤给我喝喝？"

梅珍想笑，硬憋着，绷住脸骂："你'丑'字当'五'字，人家当书记，当村长，你算老几？”

“我算二榔头。”二榔头不屈不挠，“村长咋？又不是县长！还不跟我一样戳老牯牛屁股？”这回二榔头撇开了书记，书记德高望重，坐得直行得正。村长就差了，喝酒抽烟一个算几个，犁田耙地几个算一个。这能吃不能做倒也罢了，还装着满满一肚子坏水。自从梅珍上回在村长脸上拍了一巴掌，二榔头就与村长蜈蚣见不得鸡，顶头撞个头肿都不打招呼。即使到了这火烧眉毛的关键时候，他也不想买村长账。反正手中捏着关于保留屁股塘水位的合同，白纸黑字，况且有书记撑着，他不怕村长横着来。

梅珍晓得丈夫肩扛醋缸，想想也就顺了他：“那就去书记家活动活动吧！”

“这还差不多。”二榔头的眼窝里蓦地迸出黄铜样的光泽，“吃了晚饭我陪你去。”

二榔头出门淘米，看见父亲鬼鬼祟祟在鹅棚里壮大鹅的队伍，不由得双脚一并拢，站住了。

父亲一生勤劳，一生闲不住。爱挑挣大钱的活累。拼死拼活在窑厂干了两年出力差事后，腰便成了虾子状，肺部那些日积月累的粉尘灰也酿成气候。咳，由小咳到大咳，由大咳到咯血。老闷就觉得自己不中了，这痨病是没的医头的。面对死活赖在床上不动的父亲，二榔头含泪相劝，父亲便颤颤巍巍由铺下翻出一卷积余下的钱对他手里塞：“儿呀，我要走了！你要是孝顺的，就替我买口棺材吧！”二榔头拗不过，装出很顺从的样子出了门。老闷心中悬着的石落了地，兴奋而悲壮地叮嘱：“儿呀，棺材买厚实些，最好是全柏木的！”

二榔头没去买棺材，而是径直去了书记家，随后书记就站到睡床屙屎不想好的老闷面前，安慰他想开些。可老闷还是死活抱住床沿想不开。书记一声不吭出了门，一袋烟工夫又领四条大汉闯了进来。“想死可不中，我不批准。”书记向壮汉们努努嘴，壮汉们向床沿靠近。老闷吃准了这帮人的居心，抱紧床沿哀号：“不能，你们不能……”然而无济于事，壮汉们逮腿的逮腿，捉手的捉手，强行把他按到了担架上，而后一个“嗨哟嗬”，抬起担架朝医院跑。

医院要预收一千块，二榔头没有，书记便去缠院长，院长不肯破例，书记便摆出一副官僚架势:“吠!难道这穷人命就不值几百块钱?手上这两百块多少能对付几天嘛!你们先治着,庄稼人不会赖你药费钱,我给你写欠条,以小窑堡支部的名誉。”书记铺展开了纸和笔。院长讪讪一笑,不好再说“不”字了。

住院问题终于解决,可老闷仍在肝胆欲裂地央求:“老书记,难为你一片好心,我也给你个面子,这就去抓些药,然后回家,这地方我待不惯,硬逼我住下,不是逼我死快些?”老闷哭丧着一张脸,由于说话过急,引起一串猛烈的咳嗽,几口血痰吐成一堆,整个腰身缩成了一只虾子。榔头忙过去给他捶背,书记却在一旁叹气:“唉!别捶了,你爹有心病哩!”

书记当即去窑厂和头们交涉,结果比较理想,窑厂方面碍着书记情面,答应承担起老闷的部分医药费。老闷的心情终于明朗,悠然自得地睡在病房里,再不提回家的事了。针剂打肿了两瓣屁股,肺部的结核病菌方才收敛。眼下虽停了针出了院,药却一如既往地吃,家庭资产多少有些流失,水稻田里又无希望,更怕的还是今年的旱会殃及池鱼。老闷心急烂了,巴不得一锹挖出个金伢子,就干上了力所能及的放鹅活,并积累了满满一棚的放鹅经验。在只卖不买的情况下也能使竹竿下的鹅日渐增多。怪!其实不怪,别人家孩子放鹅贪玩,由着鹅乱跑,这便给老闷提供了许多机会,瞟准了四下无人,长长的竹竿说搂就搂,不愁搂不来只把“俘虏”。回家后,再躲进鹅棚里用烧红的铁丝在鹅的红掌上烫个洞,这“俘虏”就和他家的鹅一模一样了。眼下,老闷正在征编“俘虏”,手捏铁丝架在一跳一跳的蜡烛火焰上烧。

二榔头有心指出父亲行为的不检,只是暂且还烦不到这上头来,晚饭还是生米哩!

## 二

这顿晚饭煮一个时辰,吃半个时辰,天黑透了,二榔头夫妻拎着茶叶出了门。书记家的堂屋亮堂堂,一帮瓦匠正处于酒后的神吹阶段,见来了二榔头夫妻,晓得有事,各自喝干杯中水走了。

书记点燃二榔头递来的烟，眼睛专注在火头上，手指摩挲着烟杆，不吭声。

二榔头虽有一肚子话却不急着说，首先把两斤茶叶显显赫赫摆到桌子上，然后偷偷摸摸打量书记的反应。书记没反应，仍集中精力玩弄手上的烟。二榔头颇为失望，挨着书记坐下来。

“二榔头！我晓得你急，我比你还急。”书记猛烈地吸着烟，“为了保水，我跟村长天天抬杠哩！”梅珍的心隐隐疼了下，二榔头却冒出一股气概：“老书记，我养鱼是跟村里签过合同的，我一年交村里一千五百块不就图个水位线有保障？我的权利是受法律保护的。”

书记苦笑着在二榔头肩上拍拍：“你别说大的。乡里猴子乡里玩，小窑堡就这么回事！这我比你清楚。别瞎杠了！瞎杠只会坏事。”

二榔头一憋噎，耷拉下头再也不杠了。他就这么个人，人家软他硬，人家硬他软。

二榔头服帖了，书记也缓了口气：“我心里有数了！不过你和村长之间的疙瘩也要抓紧解开，他就那么个样子，抹顺了毛什么都好讲。”这么说着书记站了起来，并摆出一副送客架势。二榔头夫妻虽觉得尚有半肚子话没说出来，但还是轻松了不少。书记向来稳重，说得少做得多，今天能把话说到这种地步，可见屁股塘的水不是特别地火烧眉毛了。书记把茶叶归还到原主手上：“心意领了！眼下你们正落难，我能喝得下么？等你家养鱼发旺了，我会去你门上要的，现在就别跟我客气了！也别怪我不留你们多坐会，大屋就快上梁了，嘿嘿，还真有些穷忙哩！反正话就这么讲，我明天再顺便去乡里通通气，如能获得乡里一句支持话，那屁股塘的水就稳得像山了。”

梅珍的眼窝有点湿润，竭力把茶叶往回推，但终究不如书记固执，感激道：“后天我和二榔头都来照应照应，上梁的杂事多，您和婶子就动嘴不动手地掌握大局吧。”这时梅珍才意识到书记家缺个人，扭转脖子左右看，“我婶子哩？”

书记正要作答，却又把到嘴的话咽了回去，似乎有什么不便说的东西。梅珍隐隐觉得不自在，后悔自己嘴快问到了不该问的地方。梅珍的尴尬触及了书记的神经，稍一酝酿，就认为咽回肚里的话还是说出来好："你婶子她……她找孙子。"又补充解释，"小东西玩心重，晚饭都不晓得来家吃。"

精明的梅珍明知书记含含糊糊的话里有诈，却不动声色，做出洗耳恭听状，附和说："我婶子好操心！盖屋这段日子她瘦了好多！书记你要劝她多歇歇，有事招呼我们一声，我和二榔头都在家。"

"好，好，好。"书记直说好，"上梁那天你们是躲不掉的，八桌人哩！梅珍，厨师的活我就不安排别人了！"

"好，好，好！"梅珍受宠若惊地承包了这项工程。她在小窑堡属于一流的土厨师，办喜事人家只要能搬来她掌勺，档次便高了。

夫妻俩作别而去，二榔头的步子越甩越慢，不知不觉和梅珍拉了一丈远。梅珍催他快些，二榔头快了，却快不到哪里去，并盯住梅珍手中的两斤茶叶默默出神，越想越是忍不住，终于说了心里话："我说梅珍，你咋就轻易把茶叶朝回拎？书记的推托是客气嘛！你就福气了？"这么说着二榔头已和梅珍并了肩，继而二榔头便超了前。梅珍站在后头咂吧着嘴，二榔头想想也站住不动了。梅珍的头微微低着，眼皮一挑一挑地望他。

"你糊涂，你把茶叶拎回来就是糊涂。"二榔头尽量压低着嗓门。

"你也马后炮。"梅珍虽这么说，但明显有些后悔。

二榔头拿手摸头："好，好，好。不说了！现在送过去还中。"

夫妻俩踏上了回头路，书记家的灯火依然明亮，听动静已知是婶子回来了。婶子的声音像是有气："都找到虎山脚下了，也不见鹅的影，不在了！看来那三只鹅是不在了！"这话很有魔力，使得正要进门的二榔头夫妻一抖，都定格在窗子旁边向里面望。书记坐在八仙桌的上首处吸烟，听了婶子诉说后劝道："丢了就算了，害你白跑这半天冤枉路，洗脚洗脚，明天还一身事哩！"

屋里没了声音，二榔头也不再张望，鬼头鬼脑地一拽梅珍衣角，夫妻俩便轻手轻脚贼样地溜了。直到百米外的安全地带，才开始你一句我一句抱怨父亲。父亲爱贪小便宜，他那放鹅绝活在小窑堡有口皆碑。每当谁家丢了鹅，他们都会生出一种面子扫地的难堪，何况这回是动到了老书记头上。

"我就觉得书记先前的讲话不对劲。"梅珍恍然大悟，"还说婶子找孙子去了！其实是找鹅哩！”

“书记真会体谅我们！”二榔头感慨着。

进了家门，二榔头首先剜一眼坐在床上的父亲，然后摸根扁担去鹅棚里捣鼓。鹅们受惊，轰轰烈烈地叫。床上的老闷坐不住了，趿拉着鞋跑出来：“疯了？”

二榔头不搭腔，继续在棚里卖力。

“小狗日的疯了？”老闷加重了语气。

这时二榔头已把鹅数清楚了。证据在握，手中的扁担勇猛地捣在地上：“咋又多出三只鹅来？”

“跑来的。”

“偷的吧？你晓得鹅是谁家的么？”

“没斤到两的东西，讲谁偷哩！”老闷红了脸，“我管它哪家的，脚掌烫了洞就是我家的。”

二榔头的眼珠鼓了又鼓，却说不出话，一旁的梅珍却被父亲的强盗逻辑逗出了笑声。这一笑冲淡了火药味，父子俩的头都扭了过来。梅珍措手不及，忙忙扮出正经样。她朝父亲挪一步：“我伯伯，不是我爱说你，跑来的也好，偷来的也好，总归是人家的鹅呀！刚才书记一家找鹅都找雾啦！”

“啊！”老闷猛地一张嘴，整个成了泥塑木雕。他显然不晓得“征编”过来的鹅是书记家的。

二榔头一脚将鹅棚门踹上，仍用很硬的目光剜父亲：“净做些出息不大的事。”

老闷猛打个激灵，脚一滑踉跄一步。待到站稳，二榔头已进了屋。老闷拍拍屁股，蔫蔫地蹲了下来，他抱住头，内疚异常。内疚对老闷来说可谓稀稀巴巴，每当鹅的队伍得以壮大，他都笑不动地笑，这回内疚完全因为“不义之鹅”是来源于书记家。书记为人没的说，他骨头打鼓忘不掉。

见父亲如此，梅珍便安慰。说谁没个失误哩？趁着天黑把鹅送过去即是。老闷缓缓直起腰，一步一步朝鹅棚走，拉棚门的手抖个不止，半天才启开一道缝，老闷把身体扁进缝里，再跨两步便进去了，可老闷这两步却没有跨。

他犹豫不定地站在那里，不停咂嘴，咂着咂着就退了回来，并用哀求的口吻和儿媳协商着，说这样把鹅抱过去丑死了，不如改天找个空当偷偷把鹅支过去体面。

梅珍想了想，头一点："也中。"

## 三

二榔头在梅珍面前踌躇地晃，一再肯定自己那高瞻远瞩的目光："怎么样？我的安排怎么样？倒不是舍不得两斤茶叶子，他狗日的村长不是货。我还把他当个人物？嘿！那也真是长江水倒流了。"

梅珍默默听着。在小窑堡，自古书记当家，书记已把话说到那份上，证明二榔头先前送茶叶子的观点确实是对的。二榔头越发得意，话也越发离谱，梅珍怕他又要提及那桩扇村长耳光的事，便有意把话题朝书记头上扯，就扯到了书记家大屋上梁的事。书记没的讲，不是他顶着，屁股塘作兴早被人放干了！现在得利用他家大屋上梁的机会，好好送上一笔人情钱以示酬谢。可是二榔头家缺的独独是钱，筹集资金成了他们家的头等大事了。

梅珍首先掏出一卷票子撂桌上，厚沓沓的，却都是一块或两块之类的零碎。梅珍愁眉苦脸地指指钱："家底都在这儿了！二十块不到！"

二榔头望望票子望望梅珍，望望梅珍又望望票子，嘴一张："又不是哄小孩买糖吃，书记家的人情钱没个一百也该有个八十。逮到茶叶你死买，一买就是四斤！听我话买两斤不是好得很？"

梅珍不吭声。二榔头也不好再深说些什么了，沉着冷静烦钱神，首先想到的是自己那笔"私房"。那些都是在平常的家庭商务活动中一分一分抠下来的，是为了弥补烟费不足而私设的小金库，一旦拿出来，倒不是舍不得，只怕梅珍借此小题大做。这种人格上的风险他确实欠缺勇气担。便迅速把脑海中这个突然冒出来的镜头换了。他开始在其他方面寻找出路，连当作古玩收着的十几枚硬币都想到了，但那毕竟杯水车薪，即使忍痛割爱也枉然。书记家盖屋稀稀巴巴，砸锅卖铁也要送笔拿得出手的。

二榔头几乎把家里的角角落落挖地三尺想了一遍,仍寻不出一条有效途径。他的眼皮一耷拉:“唉!这活人难道真要让尿憋死不成!这钱……钱咋就跟我没有一点缘分哩?”叹息归叹息,一筹莫展还是一筹莫展。二榔头的拳头有一下没一下地夯膝盖,渐渐又想起了那笔“私房”,不禁用手朝屁股后头摸,那笔埋伏在内衣口袋里的六张十元票鼓鼓地蹲在那里。有了这笔“后盾”,二榔头的心定了不少,但不到迫不得已他断不会鲁莽行事的。这笔私房攒得挺苦,光是蒙骗梅珍的话就说了一担挑。这么一想,二榔头按钱的手一滑就换了地方,可还是惹来了梅珍的好奇的目光。二榔头做贼心虚,忙就势将那只“来历不明”的手揣到后腰处装作挠痒。这一手还真灵,很快转移了梅珍的视线,可她疑神疑鬼的表情仍摆在脸上,这使得二榔头很是心神不定,于是打岔:“我说把猪卖了,那肉货已有了百把斤。”

梅珍扑闪一下眼:“卖猪?百把斤的猪正疯长,卖掉了整个小窑堡人都要骂你。”

“那就卖鹅。”

“小鹅仔子,一斤称几个,能卖上手?”

二榔头一时没了东西卖,可又不敢忘了打岔,便说:“不卖猪又不卖鹅,那钱哪来?书记家的人情你不想送了?”

“这、这……”梅珍气晕了头,不晕的时候就指二榔头鼻梁批评,“没钱怪我?亏你也是男子汉!现世东西,都现世到外国去了!”

二榔头自知豁了嘴,捏住鼻子不吭声,现世即窝囊,二榔头最忌讳窝囊,为了证明自己与窝囊无缘,他发了愢。二话没说松了裤带头,把外裤向下一褪,里头的短裤便显示了出来。二榔头伸手在短裤荷包里一搂,所有票子捏在手中,就在向外掏的一刹那,忽然有些于心不忍,于是不动声色剥下一张留驻在荷包里。其余的全数掏了出来,对桌上一掼,一张一张出劲数。一共五张,整整五十块,五十块对梅珍面前一呈:“都拿着。”

梅珍不喜也不惊,似乎早料到他会使这一手,她不置可否牵出一缕冷笑,捉钱在手却拿眼剜他:“你有外心?”

二榔头摸头苦笑:“不讲了!睡觉睡觉,明天还有一大堆事哩!”

# 四

一夜过来，仍然是个艳阳天。丢了早饭碗的二榔头自愧自己的阔嘴不如梅珍的小嘴灵巧，便让梅珍把昨晚凑起来的人情钱送书记家里去。梅珍揣着钱，但很快又把钱揣了回来，说书记买水泥去了不在家，她不把钱亲自交到书记手上心里不踏实，所以就又揣回来了。二榔头先表扬梅珍心细想得周到，后又痛惜地拍拍屁股："迟了！迟了！书记说他今天要顺便去乡里活动，若早一脚碰上他关照两句该多好。他是个忙人，你不盯紧些，他作兴就把去乡的事给忘了！"

二榔头这么一惋惜，也使梅珍若有所失，但迟也迟了，现在后悔无济于事。梅珍想通了，并安慰二榔头也要对有亮光的地方想，说书记不是一般人，答应下来的事忘不了。

二榔头不再折磨自己，不时蹿到后门口，眺望通往乡政府的那条路，心想只要能望见书记回来，乡政府对屁股塘的态度便明朗了。然而日过中天的时候，他仍没能在那条路上捕捉到书记的踪影，便怀疑书记被乡里留住喝酒了。于是他也摸出小酒喝了起来。很快酒足饭饱，干脆借着酒劲搬条凳子坐到后门口，他坚信都过了下午两点，书记也该回来了。

路上的人影绰绰，有的越走越远，有的越走越近，凳子上的二榔头手搭凉棚，仔细辨识着路上的芸芸众生。梅珍也冷不丁咨询一句："来了？"遗憾的是二榔头总是底气不足地告诉她："不像。"

太阳渐渐西沉，路上的人渐渐稀少，二榔头的视线内仍没有老书记的影子，他固执地坐在凳子上，望啊！望啊！终于望见一个熟悉的人影，二榔头的头皮不禁一麻。近了，二榔头看清了村长的脸。那张脸也在无意间面对了他，他便鬼使似的恍恍惚惚站了起来，并勉强牵出几缕笑纹，还情不自禁脱口喊了声村长。

村长愣了下，勉勉强强给他点一个头。二榔头受宠若惊，二话没说还他两个。一切的一切都是那样地自然流露，以致二榔头自己也不明白为何如此缺乏骨气,他与村长之间的“疙瘩”可是死的。

那一回,村长动员梅珍去查环,梅珍说环都上了还查什么查?村长玩笑说:“你不去也中,我给你查查算了。”正洗锅碗的梅珍也没气,笑哈哈搭腔:“你做梦。”村长这时发了晕,嬉皮笑脸地挨了过来:“你就让我做一回梦吧!”这么说着就猛地由背后把梅珍箍住了。两手准确无误按上了梅珍胸脯,就这还嫌不过瘾,便又将一只手滑上了女人上环的地方。梅珍一惊非浅,顺手舀瓢洗碗水,手腕一个后翻,那油水便顺着村长的脖颈滋润到胸前。

“哦……”村长倒吸口凉气,满腔热情迅速冷了下来,收回双手一上一下拎起贴肉穿的布衫。梅珍紫着脸,猛地一伸右臂,手中瓢便在村长头上撞出咚的一声,仍不解气,又抡开巴掌对他脸上甩,村长的脸立马显出五根鲜明的手指印,脸皮也腾地一下变成了猴子屁股,一头恼火不好发作,拿手拍墙:“手贱!手贱!吃手贱亏!”可二榔头也觉得吃了亏,觉得村长的贱手已给他戴上了半顶绿帽子,找他去,并抱着一根长扁担。村长做贼心虚,说:“榔头,别、别……有话好说。”二榔头没耳朵听,扁担一竖逼了过去。村长见没了协商余地,拔腿死跑,榔头死撵。撵出两里地,才因双腿疲软而瘫到地上喘粗气。

这就是二榔头和村长之间的死疙瘩,二榔头曾预言一百年解不开,可现在是大旱当头啊!况且书记也叮嘱他抓紧解开和村长之间的疙瘩。

一想到书记昨天的叮嘱,二榔头又滋生出一种与村长聊聊的念头。现在村长就在眼前,正是个解疙瘩的好机会,过了这村,没了这店。这么一想二榔头又脱口喊了声:“村长。”村长仍站在那里,似乎有意等他,这给了二榔头很大鼓舞。二榔头扑通一声下了田,抄近路向村长的方向颠去。

一条米把高的田埂横在二榔头面前,他停了脚,仰头望着上头的村长笑,却不知如何拉开话闸。他试探性地把手伸给村长,一只脚踏在田埂的半腰上,等待村长拉一把,可村长反将手背到了身后,上下眼皮迅速眯成一缝,眼珠透过缝间俯视着二榔头,没有一点救人于危难的迹象。

二榔头好不尴尬,凉在空中的手无论如何是不好回撤的。干脆一塌腰,双手同时揪紧路沿上的野草,田下的腿一蹭,这么一个狗爬式过后,倒也解决了攀登路基的难题。路面上的二榔头喘了几口气,心气随即平静了下来。但面对莫测高深的村长,他露出了人不如人的自卑,怯怯地讨好:“大村长!您好难找!”

“难(南)找你不(北)找。”

“嘿嘿!我还不是有事么!”

“晓得!晓得。不就是关于水么?”

二榔头的眼一睁,一时竟支吾着说不出囫囵话。村长依然是村长的气质,他装模作样摆出一种爱莫能助的架势:“榔头哎!人心都是肉长的,我还不晓得你的难处么!但是……但是小窑堡人的难处比你大哩!田里秧苗再不上水就秃子毛了!矛盾,非常复杂的矛盾。”

“可我有合同。”二榔头说。

“不错,不错,你有合同。”村长十分肯定,“可是合同不如政府抗旱政策哩!不是吓你,我刚从乡里来。”

二榔头眼窝里顿时白的多黑的少,愣在那里愕然不动,直至村长擦着他走过去时,他才恍然醒悟,追着人家屁股喊:“村长,村长……”

村长又住了脚,等着二榔头反映问题。二榔头的问题却全部卡在喉咙里出不来。村长便先开了口:“相信你会忍痛割爱的,你这人姿态一贯挺高的,是会把粮食的稳产增产摆到养鱼前头的。”村长这么鼓励他一番,走了。

“日你妈。”二榔头偷偷骂一句,觉得晕头转向,觉得几个村长在眼前转,进屋后仍满脑浆糊直发愣。

这时梅珍进了屋,迷糊中的二榔头不再迷糊,一照面便急急地问:

“你可见到书记了?”

“讲了一会。”

“乡里那边的情况怎样?”

“不怎样。村长也去了乡里。”

“我晓得,狗日的刚回来。”

“村长和书记在乡长面前抬了杠。”

“结果呢?”

“平手!乡长说放水不放水得开个村委会民主一下。”

“哦!”二榔头痛心地擂了一下大腿,他有点后悔自己低估了村长的能量,“平手”意味着他的命运有一半捏在村长手里。

## 五

二榔头终于打错了一回算盘,本以为德高望重的老书记扳倒村长是小菜一碟,没想到两位竟顶成平手,二榔头始料不及。这顿晚饭他吃着吃着就饱了,饭碗一丢对梅珍说:“我想去会场看看。”梅珍打个冷战,担心他去会场一气之下跟村长闹僵,于是打坝:“那是干部们的会议,你又不是村委!”二榔头略嫌厌烦,说:“你吃你的饭,我又不是去发言,听听还不中?”二榔头说完,抖腿埋进夜里头。梅珍怔了怔,终是放心不下,撵出门喊:“你等等,我也想去听听。”梅珍急步追上二榔头,默默向会场赶。所谓会场其实是民宅,小窑堡的领导班子虽说齐全,却始终没个正规的办公地方,会场从不固定,谁家宽敞谁家就是会场。

三兰子家的二楼里人声如潮,村中的众多决策者都到了,就是不见村长,所以直奔主题为时尚早。干部们也不急,七扯八拉聊着闲话。三兰子的丈夫、小二楼的主人金奎,从始至终面带微笑,左右逢迎为各位敬烟,烟不孬,和他的财富成正比。有人替他暗算过一笔账,说他一年到头贴在会上的烟费有两百块。金奎不心疼,说咋办哩!乡里乡亲都是客。村人不说金奎大方,而说他有钱不在乎。再朝下说,就牵扯上了二榔头,说二榔头屌用没得一桩,都是做裁缝手艺的,徒弟已盖了楼房过上了神仙的日子,师傅却仍缩在只防天晴不防下雨的茅草屋里受难。二榔头辩解说:“我不是手艺不中,都怪性子硬了点,”这话不无道理,他曾经确实是位呱呱叫的裁缝。

说起来也有老闷的功劳,当初他高瞻远瞩,供儿子学了一手裁缝绝活,再三叮嘱:“儿哎!千万记住,物以稀为贵。裁缝也如此,多了等于狗屎,独你一个才叫宝,宝啊!”

二榔头真听了话,尽管拜师的后生前仆后继,他死活一个不收,苦得发财心一样的学艺后生们一个接一个缩脖子。方圆十里独他一个裁缝,龙样的。

吃香喝辣,大鱼大肉当小菜。工钱也是他说了算,想涨就涨,涨多少凭良心。人们都在背后骂他钱罐子。骂声传至二榔头耳里,他哈哈一笑:“嫌我钱罐罐别找我好了。”然而你得穿衣,不找他行么?二榔头整天迈着四方步,稳重得像村西的大尖山。大山的魅力当然招花惹蝶,如花似玉的梅珍心甘情愿嫁给了他。二榔头艳福不浅,可找他做裁缝的门户却越来越少了,这全是因为梅珍。二榔头后来好后悔,但已无济于事。

梅珍心肠软,愿意跟穷人交往。在当时的小窑堡,论穷谁也没法跟金奎家比,金奎家虽穷,却是人丁兴旺,他的后面还排着银奎、铜奎、铁奎。“奎”们的父亲死得早,寡母带着四个娃容易?四公鸡头旗杆样的,望着望着就冒上来了。金奎妈愁白了青丝,经常跟菩萨心肠的梅珍诉苦。梅珍落了不少泪,便在枕头旁对着二榔头的耳朵吹风,劝二榔头积积德,在四个“奎”中选个徒弟带带。二榔头起初不肯,可经不住梅珍软缠硬磨,也就松了口。

“嗬!嗬!嗬!贵人搭救,贵人搭救。”金奎妈喜得泪光闪闪,“娃们哎!你们睡死?你榔头哥愿带你们学徒哩!”

一张土炕上捅腿儿的几个“奎”纷纷由晨梦中醒来,一溜烟滚出三个大的,稍稍慢一拍的铜奎也趿拉着鞋紧跟了出来。他们手足无措排在二榔头面前,规规矩矩喊师傅,然后都争着为师傅泡茶。银奎给杯子放上茶,铜奎匆忙倒上水,铁奎干现成的,端起杯子给师傅送。铜奎见铁奎抢功,慌了。蹿前一步争夺杯子。四只手死死按在杯子上,互不相让,就听见砰一声脆响,杯子落地碎成八瓣。一股热流滋润了一方热土,“奎”们犯了傻,愣盯着玻璃碴儿出神。

二榔头很受用,眯眼摆出一副严师架势:“我说银奎、铜奎、铁奎,你们都不够十八岁哩!早早早,小小小。金奎十九了,又是家里的老大,这……”二榔头有意用征询的目光望望金奎妈。金奎妈心中有数了,欢喜得流下两行泪:“他师傅,你挑着谁是谁。”

金奎绝顶聪明,简直就是一个裁缝天才,在二榔头带领下,技艺渐渐炉火纯青,二榔头起先有些担忧,后又劝自己别多想。这便是疏忽,金奎终于有了出道这一天,并一下抢了二榔头半壁江山。二榔头的业务范围日益缩小,金奎却越发如日中天,终于以一流的态度和一流的技艺彻底代替了二榔头。后来金奎又带兄弟们在集上开了个裁缝店,再后来又在小窑堡盖了幢耀武扬威的楼房。

二榔头就这么不明不白结束了裁缝生涯,窝一肚子火不好发作,便下定决心另辟发财路。老天不负苦心人,去年夏季他竞争到了屁股塘的承包权。谁知人背了时,放屁都可能砸肿脚后跟。自从二榔头和村里签了包塘养鱼的合同,天就犟着劲不下雨,偌大的小窑堡仅有博大精深的屁股塘尚存人把深的水,这已经是低于合同上规定的水位线了,可以村长为首的部分人仍不怀好意地盯着它。想放水的人和二榔头家的争论已不是一天了,公说公有理,婆讲婆有理。到底谁能顶得住谁,就看今晚这个村委抗旱会议了。由于会场设在徒弟金奎家,二榔头觉得天时、地利、人和都在他这一边。但他毕竟属于编外,只好明智地缩在一个角落作旁听状。梅珍也去了房间和三兰子拉话。

二榔头左腿缠在右腿上,身体靠在墙角上。金奎抬举师傅,搬来只凳子放在村委们旁边,拍着坐垫邀请师傅坐到亮处来。可二榔头却乱摇巴掌:“不去,不去。站这里是一样的。”金奎拗他不过,又把那凳子搬到他跟前,二榔头这回没推托,一屁股坐了上去。

众村委见金奎如此尊重二榔头,都不禁把二榔头当个人物看,纷纷邀他将凳子往前拢拢,二榔头只是摇头作答。堂屋里的嘈杂诱得三兰子由房间探出头,这个裁缝店主嗓子很亮:“师傅你真是的,在我家又不是在旁人家!哪块不是你坐的地方?偏要坐那角落喂蚊子?!”

二榔头虽仍没移动位置,但心中很是受用快活。村委们统统有些不自在了,在三兰子家,二榔头是上客,上客的位置不明显证明他们喧宾夺主了。场内的气氛略显拘谨,唯有书记泰然自若,他希望三兰子能再说些什么,以便气氛再拘谨些。在书记看来:“拘谨”对二榔头大大有利,小窑堡的民情书记太清楚了,无论什么大事小事只要能占到气势,那么赢家往往就是你。

书记笑微微看着三兰子,尽量用表情鼓励她多说些,可三兰子却不再说了。书记小有失望,并有点不甘,他了解二榔头和金奎两家的关系,三兰子此时闭嘴是因为她尚没意识到“气势”的珍贵,别看这里坐的都是小窑堡的人精，其实都是些见风便舵的主。

这么一想，书记觉得有必要引导三兰子把话讲下去。“三兰子！你也别说你师傅了，他如今一身的包袱。他还算不错，换个别人只怕连坐都坐不住哩！”

三兰子果然被激出一身正气，她三步跨到堂屋的灯下，望着二榔头不眨眼：“我师傅瞎焦心。当真不讲理了？你一年交村里许多钱，不就是图个水不干？这都是和村里订好了的，白纸黑字，你怕什么哩怕?!”

村委们一律不吭声，有的悄悄红了脸，有的把眼皮耷拉了下来，只有书记时不时插些话：“三兰子，话也不能这么说，枪子样的。屁股塘的水不是还在么？至于村委少数人意见不统一也是正常事，这不正在开会做工作么?”

书记不动声色地表明了立场。

其实，书记这一立场三兰子早就清楚，并坚信屁股塘水是放不掉的，小窑堡的事哪回不是书记一锤定音哩？这回的水若被放了，书记的脸往哪搁？书记护水的决心比二榔头还大哩！

至于这些关关节节，三兰子心里明镜似的，她说的那些话尽管有点像“枪子”，但毕竟吻合了书记的轨迹。所以三兰子乐意说，反正说过了有书记负责兑现，兑现后对她三兰子至少有两个好处：一能拔高威信，二能使二榔头因此对她感激涕零。

三兰子的判断不差毫厘，刚才书记果然表明了态度。这对三兰子是个鼓舞，她忍不住又说了起来：“我看那个别人的工作也不必做了，让他保留着，也不想想什么年代了，还想搞以公报私那一套?!”三兰子越说越离谱，金奎感到不妥，一股劲把她拢进了房里，然后又开始给各位散烟。

会场气氛又渐渐活起来，再闲扯时，话词大多围绕着屁股塘，都以为屁股塘的水是没有理由再放了。一串串铿锵有力的表白，仿佛已把水的事定了下来，然而村长没到，大家的表白还只能算闲扯。

村长进门的时候，沸腾的人声忽然静下。唯金奎上来敬烟，并喊三兰子由房间搬只椅子来。三兰子没搭话，金奎再喊，三兰子有了声音，懒洋洋的，说是没有椅子了。金奎没料到三兰子会来这一手，又不便当众戳破，就讪笑着把自己坐的椅子让了出来,然后溜房里去小声抱怨夫人。三兰子却反唇相讥,说他遇人遇鬼都点头哈腰,要椅子自搬。金奎讨得一鼻子灰,又不好分辨,默默瞪了夫人一眼,三兰子却故意不看他,他也就忍着气,自行拎起一把椅子。但想想又放了下来,空手返回堂间,装做真的没了椅子一样坐到大门槛上。

村长大咧咧坐上金奎让出来的椅子,他先望望二榔头,又望望书记,那种怀疑二榔头与会身份的意思一目了然。书记看出了村长的心思,却装作糊涂,他对编外人员的默许实则也是一种城府,正如小窑堡流传着的那句古话:人有见面之情。让二榔头呆这里,能给屁股塘议题以正面促进。

"小先振你忙得很!"书记以长辈口吻抱怨村长。村长连声自责:"迟到了!迟到了!"

书记煞有介事地逐个在村委们脸上望望,然后宣布:"开始吧!主要讨论抗旱的事。"

随着议题的切入,会场气氛逐渐热烈起来。村长不紧不慢地和书记唱着反调,一副成竹在胸的气概。书记也有条不紊地强调着自己的观点。虽都和颜悦色,但实质却是针尖对麦芒。

书记说:"屁股塘那一嘴水抵不住旱,不放了,放的结果是鸡飞蛋打。"

村长说:"我们不能松劲,这天说不定哪天就开恩,放水缓了眼前急,可能还是个丰收年。"

"做梦吃肥肉,电视都讲两月内没雨下。"

"电视又不是金口玉言!美国之音也有讲话不负责任的时候。"

总之,书记说生姜,村长讲不辣,并把不辣的道理讲得滴水不漏。书记不得不时用苦笑来掩饰面子上的尴尬,但书记毕竟见的太阳多,眨眨眼睛换了方式。他一反常规给村长敬根烟:"小先振!你讲的都是理,我服。可我问你,那水如何个放法哩!你想想,现在的小窑堡人都旱昏了头,哪个的黑眼珠不瞪得像鸭蛋?田多水少,救哪家的苗好?一旦开闸,只怕是大哥不认二哥了!吵嘴动皮锤倒也罢,万一把锹当作刺刀拼可不是闹着玩的。"

村长万没料到书记会说出这种话,一时木讷住了。

书记终于尝到了占领上风的喜悦，却没表现到脸上。他揿亮火机先点燃村长夹在指缝间的烟，再点自己的。然后抱怨天：“这鬼天犟，头发毛都干枯了！村中的两口水井赛着浅，再不下雨这吃水就成问题了！还有用水！还有牲口喝水。唉！天想灭人哩！我们得留一手，屁股塘的闸是开不得的。”

村长坚持木讷，皱着眉头吸烟。书记的话可谓触到了他的痛处。他也晓得屁股塘那杯水车薪抗不住这百年不遇的旱，只是仇视水中鱼，才铁下心要放干它，以便拍过他脸的梅珍和撵过他的二榔头双双栽一个爬不起来的筋斗。所以，每当书记有意或无意流露出保卫屁股塘的动机时，他都旗帜鲜明地把粮食生产摆到首位。

村长叨在唇上的烟在嗞嗞地缩短，尚存小半截长便扔了，腾出嘴巴分析形势：“老书记！你的想法确确实实在那道理上，但屎肚子老百姓不这么想哩！有水就该救庄稼，救活更好，救不活也都死了心。就好比我家八十八岁的奶奶，明明晓得她得了死路一条的病，不照样四处借钱把她对医院送吗？”

书记讪笑着，说村长讲的不是理，可明明又像是红彤彤的理。书记一时颇感棘手，想想就号召大家民主。他认为是依靠集体力量的时候了，少数服从多数，村委们只要都把“不放水”的主张拿出来，你村长纵有十张雄辩的嘴也枉然。

书记的目光在众多面孔上绕：“大家都说说看法吧！”

村委们不便推托，一个接一个发了言，内容一个比一个含糊，好像屁股塘的水放也中不放也中，统统失却了先前闲扯时的鲜明立场。书记一下乱了方寸，他确没想到现在人的思想变化是如此之快。

这回轮到村长品尝占领上风的滋味了，也没表现到脸上，并以痛恨小窑堡人不成器的语气安慰书记：“没办法！小窑堡人就那么一尺长的目光，况且又站在理这边，即使我们有心同情二榔头，恐怕也行不通哩。”

这么说着，村长率先将目光瞥向二榔头，随后一屋子人的目光都跟着瞥了过去。二榔头就感到自己应该说些什么了。说什么哩！能说的书记都替他说过了，他没办法比书记说得更有水平。就是说的像唱的又能怎样哩？看来村长已铁了整治自己的决心。这么一想，二榔头觉得该换一种与书记截然不同的说法，以期胆大的吓住胆小的。二榔头脸一黑，吃人的样子便装了出来，他先仿照土匪头子的模样对村长冷笑笑，说："我不想讲太多的话，只想请少数人小心点，清醒点。狗急了跳墙，这人被逼急了敢杀人……嘿嘿！不讲了，反正我这条命是系在屁股塘上头，要鱼的命就等于要我的命，与其等死，倒不如来个先下手为强。"二榔头敛住了冷笑，狠狠地瞪村长一眼。

也许二榔头说这话时没能完全掩饰内心的空虚，抑或这类惊天动地之言出自一个窝囊人之口显得滑稽，反正全体村委都被逗笑了，连书记的嘴角也一阵阵地牵动。谁都知道二榔头什么成色，外强中干，人家软他硬，人家硬他软。

村长也在笑，和二榔头刚才的笑属于同一类型，笑着笑着就捋胳膊："二榔头！你选个日子，我陪你单挑，刀、枪、剑、棍任你挑，皮锤对皮锤也中，你被我打死你运气不好，我被你打死我倒霉，朝家拖，不装孬种。"村长话完，轻视二榔头一眼，袖子一甩出了会场，想想又扭过头来关照，"二榔头你听着，杀人不杀人是你的事，放水不放水是我的事。"

## 五

村长走了，小窑堡的抗旱会议无法继续，众多村委一律抱怨二榔头不该插那一杠子气走了村长，大家说些闲话后，这会便有始无终地散了。二榔头耷拉着头向家走，梅珍跟后头叽叽噜噜骂他，待进了家门，二榔头已被批得狗屎不如。可梅珍仍在精选最刻薄的话刺激他："动不动就鼓筋，你倒能打得谁？虾子样的！"

二榔头自知理亏，抱住头死活不吭声，旁听的老闷木木地靠在床背上，张着的嘴，像个黑洞。梅珍的儿子超超虽然年幼，却也小大人似地立在一角落处替家庭的境况担忧，一双天真的眼睛骨碌碌在大人们身上捕捉吉凶祸福的影子，他看到父母脸上均有一层沉重的阴影，这沉重令他幼小的心灵无法承载，他晓得这乱子来自于屁股塘，来自于村长的故意刁难。幼稚的爱憎终于突破幼稚的忍耐防线。就在梅珍喋喋不休时，超超一蹦一蹦地蹿到了门口。

二话没说，首先面对村长家的方向扶稳了小鸡鸡，拖着哭腔骂了起来："村长哎！日你妈，日你妈……"

梅珍一愣，接着扑哧一笑。瘟头鸡似的二榔头也忍不住咧开了嘴。夫妻俩被儿子突然间的举动吸引住了。二榔头肩上那只无形的担子忽然沉重起来，内疚自己没有尽到一家之主的责任，觉得对不住老也对不住小。他终于激发出了一股男子汉的气概："我是要去找他摆摆，大不了撕破脸皮搞一场，不就当个村长么？乡长、县长又怎样？得讲理。我倒要问问他当初的合同是不是签着玩的。"二榔头表情肃穆，货真价实豁出去了，雄赳赳地朝外夯，振得梅珍一哆嗦一哆嗦。当榔头踏上门槛的一刹那，她揪住了他，再一较劲，女的竟把男的生生拖了回来。说："撕破脸的事也轮不到你，男人得有个涵养。这类针尖对麦芒的事还是女人出面好，即使事儿闹大了，也不大到哪儿去。"

二榔头没有立刻表态，但雄赳赳的气势已消失不少。梅珍松了手，拢一拢因拉扯而零乱了的头发，接着竭力顺着二榔头的脾性说下文："一个人家要有个沉的有个漂的。倒不是怕谁，这年头谁怕谁？但动不动男人就出粗，人家不要说我们霸王似的！"

二榔头的脸上掠过一丝不易察觉的兴奋，他就这么个人，明知自己不是霸王料，但听着就是快活，这一快活早把刚才那拼命三郎的架势给丢了。

梅珍彻底松了一口气，不料一直在床上作旁听状的父亲却一骨碌滑了下来。他已在床上了解了事件的全部，屁股塘的水就是他的血啊！他古怪地瞄着儿子："放水？哪个讲放水？"老闷表情麻木，目光阴森，这令二榔头夫妻不寒而栗，父亲向来沉默寡言，思维方式直来直去，遇上揪心而又想不通的事容易走极端。他始终直来直去的认为保留屁股塘水位是天经地义的事。二榔头和梅珍的心同时咯咚一声，都感到脊梁上有一条凉飕飕蚯蚓样的东西在爬。于是分别捉住父亲的两只胳膊，连哄带拉又把他劝回了床上。都不再敢重提那些火上浇油的话。

老闷僵着脖颈把子，微微闭合上了睁着的眼，眼皮的夹缝间多了两行滑下来的泪。那揪心的模样使二榔头直想抱住他脖子哭一场。梅珍也感到一丝阴森森的后怕，她要阻止父亲朝想不开的地方想，她硬撑出一个精神抖擞的架势，别别扭扭唱起高调："有理走遍天下，我们手上捏着合同，村长也怕哩！"

心有灵犀一点通，二榔头立马附和："干部们的头脑都是空的，敢不考虑后果？"

梅珍的眼猛打个亮闪，倒不是因为干部们真的会考虑后果，而是有感于二榔头的双簧配合得天衣无缝，这在很大程度上鼓舞了她把双簧演下去的信心："我们也不能瞎怪人家干部，凭良心讲，书记、村长都不错。"

这时，老闷终于一拱一拱缩进被窝里，拽开被单紧紧捂住头。

二榔头夫妻怔怔地对视一会，继而一前一后走进房间落座在一条长凳上，各想各的心思。二榔头越想越是想不通。村长今天咋就这么硬哩？村委会上他都敢跟书记顶！看架势书记还不是对手哩！

梅珍也想着这个问题，她终究比丈夫聪明，一会儿就想明白了。她开始叹气，跺脚，痛苦地对二榔头说："榔头哎，我看村长笃定是得到乡长支持了！"

二榔头的心猛一沉，恍然嘀咕："有点像，怪不得他由乡里回来时那样的神气！"二榔头眼发花，头也晕乎了。他低估了村长能量，现在他开始痴乎乎地翻动白眼，后悔刚才在会场上不够冷静，以致和村长之间的旧疙瘩没解开反倒又弄僵一步。

## 六

这日的太阳依旧灼人，众多小窑堡人乱哄哄上了屁股塘埂，统统沉着脸装出想吃人的样子，以便"东风压倒西风"，圆了放水梦。绵长的坝子上尽是头，无数张嘴黑洞样张着，粗言狂语一大堆，且人人端锹，赤手空拳的仅有二榔头一家。榔头夫妻鼓动着腮"舌战群儒"，老闷赖在闸门上死活不走，说："放水的，来来来，先用锹劈了我。"放水人不敢劈，和护水人就这么僵持住了。村长见众人胜不了老闷一个，阴笑着走到前头，胳膊像三军旗帜那样一挥："兵分两路。"

放水人恍然大悟，立马分成两组，一组开闸，另一组挥锹在距闸门五十米的地方动土。老闷圆鼓鼓的眼珠蓝光闪闪，又不敢轻易丢下闸门不管，抬手一指二榔头鼻梁：“快快快，快去那儿睡下。”火烧眉毛，二榔头别无选择坐到锹口下，场面复又僵持。村长的脸再次掠过一丝微笑，又挥挥三军旗帜似的胳膊：“兵分三路。”放水人心领神会，又迅速调整了队伍，一路开闸，两路挖埂。可怜老闷父子顾此失彼，一筹莫展地捶胸顿足，绝望之极就见老闷腾身向水里跃，水里绽放一朵特大的浪花，老闷却不见了。

放水人顿时乱了阵脚，个个伸长脖子朝水里瞅，瞅不见老闷人影，却见书记抖腿弹向一个后生。那后生毫无防范噗通一声栽水里，稍稍愣一会，也就嬉笑着遵照书记的吩咐去冒泡的地方摸。果然就摸到了。

老闷被拽到岸上，书记的声音也在屁股塘上空响起：“都给我把放水的事放一放，可不能再瞎哄了！我们村委的意见还没统一哩！弄出人命就不是弄玩的了。”

人命毕竟比庄家的命贵重，放水人你望望我，我望望你，纷纷收了家伙，熙熙攘攘跟着书记向村里撤。村长甩手走在末后，人群排有半里长，远望去像条龙。渐渐地，长龙便由中间断开，且断档越拉越大，最终分成了两支队伍。后面的人随着村长走得悠悠笃笃，但比前面的队伍活跃得多。洋腔怪调不绝于耳，招惹前头的人纷纷回眸张望，纷纷放慢了脚步，继而便融入了后面的队伍。书记周围的人越来越少，连和二榔头家关系最铁的三兰子也忍不住退了下去。村长歪叼着烟，和追随者们谈笑风生：“大家放心，抗旱光荣，中央都会支持的。为了抗旱我可不怕得罪人。”这番言语终于鼓动了群情。

“对对，我心里话都被村长说出来了。”

“对对，旱了庄稼我喝西北风？”

“对对……”

村长很是得意，临进村巷，又忍不住鼓动一番：“大家今天先冷冷，明天让我们再合力抗旱。”人们又是一番激动，然后各自岔向归家路。唯二榔头恍恍惚惚倚在一棵苦楝树上，他本是跟在书记后头的，书记协助梅珍扶老闷家去时，他就靠在这树上没走。他想听听后头人到底在说些什么。当村长挨近时,他便鬼使般颤动嘴唇想说些什么。村长抢先堵了他的嘴:“二榔头,放水不放水是全体小窑堡人的事,今天不放明天放,明天不放后天放,以此类推。总之横竖是个放,抗旱做苗嘛! 谁朝水里钻也不中。”村长撇下这话就走了路。

二榔头头脑一嗡,飘飘歪歪打着趔趄。这时看见三兰子站在面前,她嗫嚅着嘴想安慰他两句,但二榔头现在需要的不是安慰,他极想找个媒介来调和他与村长间的关系。二榔头本能地向三兰子努努嘴,三兰子心领神会,快步走向村长。

村长漫不经心也斜一下几乎与他并肩的三兰子,而后就正了眼珠装作什么也没看见。三兰子微微蹙了眉,就怀疑昨晚开会前她所说的那些难听话被人出卖了。三兰子觉得很有必要解释一下。“村长哎! 不管咋说,抗旱都是为了大家,这是真的,老百姓心里有杆秤哩!”

村长太阳穴上的青筋跳一跳,缓缓把头转过来:“还秤哩! 再去你家能给个凳子坐坐就不错了。”

三兰子脸上的肥肉嘟噜一颤,僵僵地笑笑:“哎哟哟! 想不到你大村长竟跟我计较起来了。我昨晚跟金奎犟着劲哩! 他针尖大的事都要使我。我反感,没想到你大村长多了心。”

三兰子竭力放松着僵僵的表情。“再说说放水的事吧! 别看我平常好讲些没轻没重的玩笑话,其实我一直都说二榔头哩! 我劝他想开些,抗旱保苗是一村人的事,霸水养鱼则是一家的事,轻重不能不分,原则不能不……”三兰子忽然刹住话闸,原来她看见村长在捉摸不定地笑。三兰子这才觉得自己的话严重离谱。不由自责:我这是怎么了!

梅珍踏上了去村长家的路,两只脚越挪越沉。村长一肚坏水,见到漂亮的、长头发的好跑神儿。自从上次捍卫人格在他脸上拍了一巴掌,梅珍就再不敢搭理他,可今天断是不能再沉默了! 刚才屁股塘里的水简直太险了,虽说暂且没放掉,但她已实实在在掂量出了村长的分量。她已和二榔头细细地把形势分析了一遍,二榔头先软了腰,说:“唉! 看来也只有乡里猴子乡里玩了。”然后就翻出两斤茶叶撂到桌上:“我说梅珍! 想送村长茶叶你就送吧!

我想通了,就当送给儿子喝。"梅珍当时愣住了,她没料到二榔头一下子就转了这么个急弯子。她的心酸酸的不是味,可一想二榔头平时的硬劲又不免产生怨气。于是故意拿捏他:"只怕现在人家不收哩!"二榔头嘴一张,没说出话。梅珍这才拎起茶叶对他晃晃:"那我只能去试试!"出了门。

随着目的地的渐渐清晰,梅珍的心越发狂跳,人不求人一般高,这求村长果然就后悔当初的巴掌不该拍。村长家的大瓦房子终于横在眼前,她有些犹豫,想想还是硬着头皮走过去。屋里头,村长正用杀牛剥狗的姿势对付他那十岁的儿子歪头,说是小家败玩心重,今天又把鹅放不见了一只。歪头晓得犯了事,抱住八仙桌的腿一声不吭,猛地瞥见梅珍进来,灰暗的瞳仁蓦地闪烁出亮光,就见他腰一硬,对着梅珍一张嘴:"老闷,老闷。偷鹅的就是老闷。"面对歪头的直率,梅珍的脸红到了脖子根,窘迫得有些入地无门了。幸亏村长善解人意,抬腿对着歪头屁股一脚夯:"叫空,叫空,滚一边去。"歪头如获大赦,冲梅珍做个鬼脸,乐颠乐颠溜了。梅珍稍稍松口气,但面对一贯陌生人似的村长,她的心仍然忐忑不安。好在村长似乎忘了那个手贱事,接待她的时候非常绅士,上下眼皮一合,像两扇没关严实的门,眼珠透过门缝瞄人:"你真稀客。"但眉眼里却露出不把梅珍放眼里的傲慢。梅珍很失落,想她漂漂亮亮一个女子,向来粪土包括村长在内的众多雄性炽热的目光,可今天反被人家粪土了!自卑之感油然而生,不敢硬碰村长目光,嗫嚅道:"都是二榔头不好。这会我给你赔个礼。"

"不赔了吧!"村长手一背,显得挺大度,"牙齿和舌头还斗斗哩!抬杠还不是常事么?"

梅珍别别扭扭咧咧嘴,虽笑犹哭:"我家二榔头嘴不会说话,好话都让他说残废了!你原谅点,他也是被屁股塘急昏了头。"

"昏什么哩昏?"村长饱汉不知饿汉饥,"不就一塘鱼么!万儿八千的事。"

这大话梅珍听得不快活,也只好强忍着,动情地说:"您凭良心说说公道话吧!那塘鱼可是我一家人命哩!"小心翼翼放下手中包,"两斤新茶,拿不出手,纯粹代表一片心。"

梅珍的谦虚和诚恳使村长吃一惊，这么个烈刚刚的尤物说软也还软了下来！村长脸上的傲慢渐渐改写，支吾说：“其实……其实放水不是我意思，小窑堡人头难剃！目光只有一尺长！”

梅珍看到了转机，趁热把五彩光环向村长头上套：“村长这台戏就看你唱了！头难剃的小窑堡人只服你哩！我不是走投无路也不来扰你，你不开恩出个面我也没法活了！”这光环像真的一样，看不出一丝刻意奉承的破绽，美得村长心里甜滋滋，并有一种受命于天，降恩泽于世的豪迈。有心当场拍胸表示拔刀相助，却不好硬转那个急弯子。于是摸仿县长那种城府点点头：“再讲，再讲。”

一股甘泉顶对梅珍心里流，本想睁着眼再诌些好听的，偏遇村长堂弟进来批评村长：“大哥，奶奶都走了老半天！你还不去看看?!”

走了即是死了。那奶奶八十有八，也算活成了精，死也能死。梅珍不便久留，千恩万谢出了村长门，乘黑踏上归家的路，远远看见自家门洞涌出来的灯光里立着一个身影，那是心神不定的二椰头在苦苦盼她。

二椰头看清了她的脸，并由她的脸上寻着了希望，夫妻俩相互望一眼，然后脚跟脚地进了房间。一番有眉有眼的叽叽咕咕过后，就见二椰头管不住自己，乐得嘴直咧，两撮八字须直撇。此时，梅珍要深沉些，屁股塘的问题虽说稍有转机，但毕竟还是一桩悬着的事，她认为二椰头的开心为时过早，并且盲目。就兜头泼去一盆凉水：“村长只答应再讲再讲，这人嘴两张皮，翻过来能讲，搭过去也能讲！”

二椰头翻翻死鱼眼，瘪了。

梅珍不看他，好像是自言自语：“村长奶奶死了，我看是个机会。”

死鱼眼一眨：“村长又没死，机会个屁！”二椰头说了这话才觉得这话说得外行。村长家死了奶奶，也算是个白喜事！能借机送一笔人情钱！嗬嗬！这还就是个解开疙瘩的机会哩！

发现这一点，二椰头显得很来劲。说：“我们该去村长家看看，他家毕竟死了人！在这节骨眼上破费几个也算是好钢用在刀刃上。”然而梅珍却挑出了一个被二椰头疏忽了的具体问题——钱。

钱！每当提及钱，二榔头就觉得日子难过。他身上的所有私房钱早在昨晚就放出去了，这下再要他想钱的法子便显得力不从心。梅珍也晓得粗糠里榨不出油，不好下深水逼他，夫妻俩的头都被一座无形的山压得久久抬不直。

“小榔头说得对，好钢是该用在刀刃上。”正当夫妻俩一筹莫展的时候，老闷不知何时出现在房门口。他光着上身，下身反裹一条宽裆裤衩，脸上隐隐约约浮出几缕激动，和先前钻屁股塘的落魄相判若两人。有种种迹象表明，他已悄无声息地躲门外偷听了多时，他是个古怪的老汉，绝望时愿以命相拼，待见到了转机又尽朝好的一端想：“人敬我们一尺，我们要敬人一丈，看看村长奶奶去吧！”老闷边说边将手插在宽裆裤衩的荷包里抠，抠出一卷票子，双手捧住颤巍巍晃至梅珍面前，说，“这有三十多块哩！先缓缓急再说。”

梅珍愣愣眨巴着眼，父亲的举动太突然，她尚没有回过神来哩！老闷只好把钱放到板凳头上，又顺便用手压一压，然后转身朝外走。

二榔头一骨碌站起来，捡起板凳上的钱，一步蹿到房门口，看见父亲正佝偻腰身笨拙地向床上爬。

“我伯伯你不能糟搞！”二榔头向父亲靠去，“你不买药，那毛病还要回头的，你又不是没尝过厉害。”

老闷不吭声，摸出一个药瓶冲儿子闪一下：“不是还有么？”然而这种旨在蒙混过关的骗局却被二榔头一眼戳穿。他利索地夺过父亲手中药瓶摇摇，没摇出声音，便随手抛了。药瓶落地，一滚老远。老闷仿佛正下手的贼被当场捉住，老鳖一样趴在床上一动不动，不望儿子，枯涩的老眼盯着地上滚动的药瓶游离。

二榔头的手又一抛，那卷票子叭嗒一声落在老闷脸边：“我伯伯还想打我马虎眼！你这样做其实是在给我们添乱哩！你养好了病才算给我们减轻负担呀！”这时，梅珍也靠了过来，直觉得父亲可怜。她摇摇头：“唉！能说的话我们做下辈的都说了，家里不要你烦嘛！你只要别添乱……”说到添乱，梅珍眼前忽然浮现村长儿子的嘴脸：“老闷老闷，偷鹅的就是老闷。”梅珍不由生出一股怨气，脸面在渐渐变色，话题也自然转到鹅头上：“再如那放鹅的事，跟你说过多少遍,人家养鹅也不容易,你少动心思,只把小鹅又能值几个?村长家今天也少了鹅,小歪头不说张三不说李四,一口咬定的就是你。唉!都高山打鼓——有名在外了!"

老闷瞅着空瓶的目光猛地瞥了过来,委屈万分:"可我……我家鹅今天真没多!村长家的鹅真不是我干的!"

知父莫如子,一看父亲那有冤没处申的表情,二榔头夫妻就觉得这回是真冤枉了父亲。

望着床上几乎缩成一团的父亲,二榔头的心不是滋味,刚想讲几句宽慰的话,却看见父亲的后背开始蹭墙,变成个有棱角的站姿,继而下床。不声不响出了门,继而安静的鹅棚里有了强烈的嘈杂声。老闷一手亮着电筒,一手拨动着鹅,前天征编过来的三只鹅被他一一塞进了编织袋。

夜里头的老闷不亮电筒,抱着鹅踉跄着向村长家摸索。他明白手上的鹅不是村长家的,是他由书记家鹅群里搂来的。此时将偷来的鹅还给村长,完全是出于大局,他也不敢在这节骨眼上拖家里后腿。

望着父亲渐行渐远的背景,二榔头心里越发犯堵,他和梅珍站在夜里头默默目送着父亲,直到父亲拐进村巷,看不见了,他才拽了梅珍衣角进了屋。

"村长奶奶真死了?"屋里头的二榔头老话重提,意在提醒梅珍去送人情钱。

"都死了老半天!"梅珍的回答很感慨,意思是老半天之前就该送人情。

二榔头转转死鱼眼:"唉!看来只有动用书记家的人情钱了!"

"也只能这样了!"梅珍其实也有这种念头,"只是书记家后天就要上梁哩!"

二榔头的颈把子一软,头便垂了下来,举手过顶挥挥:"打一斧子,移一凿子,后天再讲后天话。"

## 七

梅珍的行动挺顺畅,前后不出半小时,便把一百块人情钱送到了村长手中，只是回来后似乎揣着心思。二榔头心里直擂鼓，又是审问又是追问。终于问通。于是两撮八字须又燕子般展翅飞了起来："有门！有门！村长笃定彻底转了筋，要不断不会请你烧锅的。"二榔头空前乐观，他这人就是肤浅，一激动就忘了把问题朝深处想。

那奶奶寿终，后天出丧，八桌人，刚才梅珍去送情时，村长首先把办席烧锅的事交给了她。她虽没有吭声，却鬼使神差般点了头。之后就感到问题复杂，书记家后天上梁哩！属红喜事，也是八桌人，也指望她烧锅啊！

凭良心讲，书记对他家血心血肝！就是按先来后到的上茅坑规矩，梅珍也该去书记家忙。可是怕就怕伤了村长心，怕就怕村长伤了屁股塘里水！自己好不容易才和村长解开了疙瘩，万不能因为一桩烧锅的事又重新结上。

梅珍的脑海一片空白，呆呆瞅着窗外眨眼的星星。

二榔头到底是爷们，很快拿定了主意："你还是去村长家，我也去，我虽不会干细的，粗力还有一把。那婊生的坏，得罪不起！老书记菩萨心肠，有毒的不吃，缺德的不做，就是不高兴也不会拿水库里的水出气。"

梅珍脖颈一软，把脸埋怀里："我……我就让你作……作回主！我都旱糊涂了！"

四月初六这一天，小窑堡上空同时炸响了书记家上梁和村长家出丧的爆竹。二榔头和梅珍都去了村长家，抬重的各就各位，一个嗨哎嗬抬起棺材朝山上跑。村长家十岁的儿子歪头拎着竹篮打头阵，一蹦三跳地撒纸钱。二榔头虽没唱上抬重的主角，但他为抬重人的服务十分周到，不停把点着的烟向人们嘴上插。坟地的距离在缩短，再跑一会，村长奶奶就百老归山万事大吉了，可偏偏歪头出鬼，篮子一撂说："不撒了，没意思。"按照习俗，送葬队伍只好停下。气得村长吹胡须瞪眼逼迫儿子"重操旧业"。可歪头的脖子始终是犟着。抬重人纷纷叹气，都抱怨这年头的独生子惯得不上路，二榔头更是直露，牢骚道："再惯的儿子也要听他老子话，养他又不是烧着吃，搁我捶不死他？"歪头不服，二话没说扶稳小鸡鸡，对着二榔头一拱屁股："我日你妈，日你妈……"人们哄然大笑，笑红了二榔头的脸，幸亏村长善解人意，对准歪头极有分寸地夯一脚："滚一边去。"歪头盼的正是这话，双腿一撤，溜了。二榔头稍有慰藉，他一步蹿到人前头，说一句：“我来。”便接了歪头班。送葬的队伍继续上路，二榔头的纸钱撒得很高，悠悠扬扬顺着东风向西边飘。

（发表于《太湖》1997 年 · C 卷，有删节）

# 蜡 烛 泪

## 一

都说中国人十二属相，长水硬说十三。怪了！么回事吵？

长水拥有一对半可靠的儿子。三个崽人模人样，像一个模子铸出的坯。说差距也存在，比如念书，崽们就相差甚遥。二儿建文读初三，成绩呱呱叫。三儿建锁刚启蒙，头个学期竟做了一年级状元。喜得长水嘴一咧："乖乖！俩小的不愧我种，就驴子是扬州婊子养的。"

驴子是长水顶头儿。十八岁的汉子小学没混出头。怪长水气？长水一气就给他发明个属相，说驴子属猪大肠，拉起来竹竿长，一松手一大摊。说驴子儿哎！你别性急，慢慢熬，熬熟了，校长作兴留你做先生。父亲啰唆完，驴子就扭头嘿哧嘿哧笑。不就十八岁么？不就在五年级坐了四年桩么？男到三十三，太阳才出山，早着哩！再说这几年也没白混。学业虽不长，身体骨却疯长。成绩虽不行，歪才有的是。凡世上能玩的，他都玩腻了。有一天，他发觉隔壁痴呆儿的小鳖头新鲜，手就伸进痴呆儿裤裆。谁知呆子也晓得那物件是个宝，不容侵犯，奋勇抡起木榔头，虎威威砸他天灵盖。他一惊非浅，拔脚贼溜，晚了一步，榔头在后心砸出了闷声。四周人吓蒙了，驴子吓煞白的脸却很快复了原。"噢哎！还当榔头多了不起，其实夯身上就像挠痒痒。"从此人们就喊他驴子。本来要喊牯牛，长水反对说："牛懂人性，喊牛玷污了农家之宝。”

驴子在校声名显赫。学生们放学须溜达一段漫长的公路,有路即有车,有车校长就担心娃娃们的安全问题,想在学生中选个最大的维持秩序,官封路队长。论年龄谁也没法跟驴子比。驴子颇具做官天才,他抓根柳条,拢鸭子一般拢着他的部下,神气得像个将军。部下们年年平安,日日无事。为此驴子没少得校长表扬。这一回驴子神急急把表扬倒给长水高兴。长水用眼漫不经心瞟瞟他:“你个出气带冒烟的,正事不做,闲事有余。”驴子好失望,就央求:“伯,我不上学了。”长水叹口深长的气:“唉! 这杂种咋就不像建文哩!”

“伯,我不上学了,上学比抬大土累。”驴子仍在央求。

长水说:“驴子哎! 养不教父之过。你孬好混个初中毕业,日后不吃人亏,我也对住了你死去的娘。你翻不过小学墙头,日后人家不戳我脊梁骨!”

驴子急了:“人家骂人家的,你耳朵塞上棉絮就是。又不是你不供我念,我自愿的。”

长水骂声:“没出息的。”不再吭声。他对驴子有一本清清楚楚的大账,为驴子的升学问题没少操心。他求过校长,说:“校长,我家驴子大了,老呆五年级他羞死了。你就行个好让他混过去吧!”校长双手一摊:“十分抱歉。驴子是我校百年不遇的笨蛋,我做校长的比你当父亲的更伤脑筋。我去过乡农中求情,求人家特殊情况特殊照顾,可人家说:‘中学就是中学,不是废品收购站。’”

驴子见伯半天没吭声,以为默许了八成,高兴地说:“伯,就这么定了。我犁田去了。”长水心里捺满油盐酱醋,鼻子一酸,眼窝涌上了泪水。

说时间,时间走得飞快。一转眼中考就摆在建文面前。在建文复习迎考的紧张阶段,长水多次来到亡妻坟前祈祷。过分凝重的心情促使他忽地跪下去,潮湿的土地被砸出一声闷响。黄表纸点燃了。红红的火舌一心一意印刷着冥钞。长水眼皮微闭,口中念念有词:“他妈,文儿正跟对手们白纸黑字分高低,保佑他一把吧!”

中考结束后,长水盼星星盼月亮,终于盼来了建文考取普通高中的喜讯。

当时,驴子正挥汗如雨割稻子,面朝黄土背朝天。忽有喜讯传来,浑身肌肉嘟噜一惊,镰刀便趁机开洋荤,把驴子的手咬出一股鲜艳夺目的热血。驴子腰一弯,抠把烂泥朝血口堵去,急不可耐问长水:"我二弟中个么学校?"

"县一中。"

"出来能当乡长么?"驴子问。

"出来考大学。"

"考不上哩?"

"做田。"

驴子像瘪了气的皮球,软软瘫在烂泥地上。长水赶忙给驴子传授一遍高考程序,并说大学毕业能干县长哩!"县长!乖乖!干县长!"驴子一骨碌滚起来,脸面像县长大哥一样灿烂起来。

从家里到县一中要走六十华里的路程。建文无可奈何地成了住校生。在家想学校,住学校又想家。盼呀盼!终于盼来了头一个周末。建文归心似箭,手提五花八门的坛坛罐罐,燕子似的朝家飞。长水首先给建文捺几罐咸菜,以备下周吃;又塞给他二元钱,以备下周花。星期天的早晨,天还染着黑,长水和驴子便起了床。长水淘米烧饭,驴子找粪筐。驴子找得轻手轻脚,怕惊醒建文的梦,摸到粪筐撂上肩便一头埋进了无垠的黑暗。搂了满满一筐归了屋,天还没亮彻底,长水的粥还在锅里熬。驴子歇了筐,又忙着拌猪食、扫地、挑水。忙妥了一切,长水也煮好了粥。驴子洗把脸,选一只最大的碗,咕咕咚咚喝五碗,肚子才有点鼓。揉几揉肚子,扛起锹又对地里奔。长水跟在他后面一步一晃地飘。

地里头的驴子,今天怎么也落不下心。不时手搭凉棚望太阳,不时提醒长水说:"伯,恐怕是不早了!建文下午还有六十里路哩!"长水就说:"那就收吧!"

驴子和长水扛着家伙回进屋子,淘米,搁水,点火。啪啪啪,驴子手中扇发疯似的摆,手腕酸疼,腿蹲麻木,那口锅终于热喷热打揭开了。锅是彩色的锅。半边白,半边红。白的是米饭,红的是山芋。黑白之间烘托两只蓝边碗。一碗咸菜,一碗鸡蛋。长水右手端碗米饭,左手端碗蒸鸡蛋,又用肘子悄悄地蹭蹭建文。心有灵犀一点通，建文一颠颠随伯进房吃独食。

忙妥建文，再服侍建锁。长水剐几剐，剐出两条上等“红货”，一抖手打发在建锁碗里。建锁头一偏，小眼珠迸出两股异样的光，极不情愿又无可奈何端碗出了门。

该打发建文去学校了。长水双手拎起菜罐罐递给建文：“上学吧！用心念书，别烦家神。”

建文朝后退两步，没接罐子，嘴角颤巍巍地欲言又止。顿了会还是脸一红，怯怯说了心里话：“伯，我……我晓得你想我好。可高中的书深得没法念，我想趁早歇……歇伙。”

长水怀疑耳内有异物，捣鼓几下，要建文重复一遍。建文重复了。长水一惊非浅：“建文我儿，你这话说差了。”

“不差。”建文很肯定。

“差。”

“不差。”

“差。”长水的眼瞪得像牛卵子。

“儿子不跟老子抬杠。”建文不愧胸中有墨，很能吃准“好汉不吃眼前亏”这话的含义。

长水那几根枯草似的山羊胡颤抖了起来：“你还不差？你个贱骨头还不差？有福不知享还不差？”

很不幸，无论长水怎么啰唆，建文就是认定不差。

“你……你叫老子受气？好好好，你不念书。好好好，老子让你晓得洋罪是咋受的。”长水手一抖，把锹狠狠惯在建文脚前：“挖沟去。”

## 二

建文不想好了。驴子反而珍惜起前程来。他告别书本已整整半年光阴，不朽的田野之风将他吹粗了一圈，人高马壮，大头大脑，一脸福相。这一天驴子将福相展示在村民兵营长面前，庄严声明：“我想提高警惕、保卫祖国，做一名光荣的人民解放军,做一个可爱的人。"营长晓得驴子底细。驴子曾是村小学空前绝后的笨蛋,大名鼎鼎。营长的厚嘴唇挂几缕居心不良的笑:"你驴子追求进步可嘉。可如今的兵和当年的游击队有着质的区别,统统的清一色的初中生和高中生。你驴子出示一下毕业证。"

驴子没毕业证,可还是想当兵。去部队或许能闯条出路。听说部队已不直接提干了,能直接转志愿兵。这叫改革。驴子以为这种改革是专门偏向他的。他在小学艰苦卓绝认的几个字,几乎完整无缺地还给了老师。他已变成货真价实的文盲。文盲固然不能提干,但是可以当志愿兵。想到这,驴子觉得命运就卡在营长手心了。于是就不厌其烦纠缠营长:"营长,当兵不就是放放枪放放炮么?只要腿壮胳膊粗就中。"

营长扑哧一笑:"你驴子双料愚昧,那大炮是好摆弄的?明明要你轰敌人,你驴子作兴在自家人头顶开花。炮弹隔你几十里,要打鼻子不打眼,这全靠精确的计算,没文化中?"

驴子竖一脸不屑的旗帜:"有那样玄乎?我可是瞧电影祖宗,打仗片瞧得最多,可从没见炮弹能找人鼻子打。"

营长有些不耐烦:"跟你这个屎货讲不清。"

"嘿嘿,"驴子反而乐了,"你大营长就糊弄我这个屎肚子好老百姓。"

"鬼糊弄你呀!你自个看去。"营长甩手将《兵役法》撂给驴子

"你瞧,你瞧。明明晓得我睁眼瞎子,却甩书逗我认,还说不糊弄我!"

营长觉得无法跟眼前的驴子说话,一拢手不再答他啰唆。可驴子仍然要啰唆:"你动笔把我名字划上得了。我还要回家煮饭呢!你不能故意耽搁我宝贵时间。"

"这就对了。回家煮你饭去,别老缠这儿凑热闹,当兵没你份。"营长轻蔑地斜驴子一眼。

驴子急得红眼珠暴鼓:"你讲话鸡巴噎人。我是特务?"驴子口气硬了起来。这一硬还真硬出了名堂。对面的营长明显有些畏惧。驴子就觉得眼前这狗日的是臭料。对付臭料的最好办法是发火。驴子腾地站起,扇子般的巴掌一拍桌子,震得《兵役法》和大营长统统地一跳:"少卡大爷脖子,给大爷划

上。别把大爷卡急了。大爷一急啥事敢做。你鳖日的好好想想。明天我再来。”驴子甩下这话，蹦下桌子，回家煮饭去了。

第二天，驴子没亲自来找营长。找营长的是长水。长水一身特别打扮：外罩一件老棉袄，尽管上面爬满了补丁，仍有一部分黑黄的絮争着露脸；内穿一件黑乎乎油腻腻分不清本色的粗布衫，下穿一条灰不拉叽的裤子，走起路来，屁股部位有两只洞眼一眨一眨闪着白光。长水飘歪歪晃到营长家，一撅屁股，坐在桌面上，对瞅着他的营长一咧嘴：“你翻我眼？有本事你用拳头朝我这儿夯。”说着劈手撕开老棉袄和粗布衫，露出瘪塌塌的胸脯。

营长屁股离座，笑容可掬：“我说长水叔，这是犯啥嘛！”

“犯啥？我驴子当兵你犯啥打坝。”

营长的黄眼珠骨碌碌地转一圈：“长水叔，你去找找村长，村长同意了，我马上给驴子报名。”

长水听了这话，真的撇了营长去找村长。找到了村长，村长又推营长。长水火了：“黑骨头，拿我老头子当皮球踢。”长水一撅屁股，又搁在了村长家桌子上。“找营长找村长都一样。反正要让驴子当兵，要不我老命就拼这里。我一个孤苦老头拉扯三公鸡头，容易么？苦不？我没伸手朝村里要过救济。可你们不该卡我儿，卡我儿就等于要我老命，要我老命干脆拿刀来。”

村长被缠得无法脱箍，只好去找营长。村长说：“你把驴子名给报上。”营长说：“有规定呀，得初中以上程度呀！”村长苦口婆心：“当兵是好事，你让他报名，要不要是带兵事。”

营长服从了命令。

体检这一关，长水不用替儿子担心。他亲眼见过驴子榔头捶不死。驴子也明白这一点，可上了阵不知为啥心发慌，脸胀通红，粗气直喘。医生一测他的心脏，吓得吐了舌头。驴子脉搏太优秀了，每一分钟一百四十次。血压也不含糊。这一优秀和不含糊注定了驴子和中国人民解放军断了缘分。正当他绝望得无可救药时，那个戴大盖帽的带兵官把宽厚大手压上了驴子肩：“喂，小伙子别愁眉苦脸，凭经验我断定你心脏、血压完全正常。不正常是你自个折腾出来的。你太紧张了，你放松一下，再去弄点米醋喝喝。回头我跟医生说声，给你重验一次。”带兵官还说驴子是当兵料，浓眉里藏匿着将军气质。

驴子像凭空抓到了一个充气救生圈，神急急屁颠颠直奔店家。他要了瓶镇江陈醋，一仰脖子咕咚一口。一般酸不酸辣不辣的怪味呛得他浑身一抖。他牙一咬眉一皱，人嘴对住瓶嘴，一口气咕咚下半瓶。抹抹嘴，啊的出口气，将剩下的半瓶朝柜台上一掼，返身就跑，钱也忘了付。店主也不敢追，目瞪口呆自语：“神经病。”

驴子第二次体检果然没问题。驴子笑了，带兵官也笑。带兵官还让他吃了定心丸：“你这兵我带定了。”

长水听了这一句话，激动得老泪纵横，用手在驴子头上颤巍巍摩挲：“想不到我儿遇上了贵人。命中注定，命中注定啊！”

谁知成也萧何、败也萧何。定兵那一天，那个带兵官没事找碴，愣要跟驴子的毕业证见见面。驴子说免了，带兵官不依。驴子只好坦白说自己没有。带兵官懵怔一会，问：“你咋报上的名？”驴子认为带兵官反悔了，可反悔来不及了，生米已成熟饭，于是由牙缝挤出两字：“磨的。”

“磨的？”带兵官瞅瞅愣头愣脑的驴子，毅然决然说，“小伙子，我很喜欢你！”说着又晃晃脑袋，叹口深长的气，“唉！可我不得不忍痛割爱，因为你没文化。”他握握驴子的手，敬了个标准的军礼，“再见吧，小伙子！”

驴子跟带兵官依依惜别后，竟一连在床上横了三天，不吃也不喝，泪水打湿了一大块被角。人消瘦了，眼愁红了。长水劝他想开些，老愁老愁能愁坏身体骨。驴子便不愁，猛地挣扎起来，眼前布满了星星，头重脚轻好一阵晕眩。他定定神，拍拍腾云驾雾般的脑壳：“这辈子废了，废就废在是个睁眼瞎子。伯，我墙上挂鳖壳定归（龟）了。我好后悔当初不念书！”

长水平淡如水说一句：“畜生前悔，人后悔。”

驴子心里泛出一股苦涩的涟漪，两滴清泪从眼窝里掉下来，倏地钻进了黄土地。长水不再深讲。屋里被一片阒寂严实实罩住。还是驴子活跃了空气，他一扫往日的玩世不恭，认真说：“伯，我说不能由着建文哩！”

长水像猛然惊醒似的，咬紧牙关，恨铁不成钢地说：“我由他？他三天后不滚学校去,看我扒他皮。”

“那也不是法儿!”驴子现身说法,“你当初捺着拳头龇着牙逗我上学,效果咋样?”

长水一时憋噎,呆呆地望着驴子。

驴子就做起诸葛亮:“照我看,首先让建文尝尝做田是个什么味。他尝到了厉害,准把头钻书里去。”

长水眨眨眼,似乎不信这话由驴子嘴冒出,过了好大一会才醒过神来:噢,驴子吃一堑长一智,懂世务了。长水头一昂,一眯眼,一张嘴清晰吐出一个字:“成!”

## 三

当晚,驴子把建文邀到跟前说:“建文你长大了,自个事自个做主。你脚下有两条路,要么上学,要么修地球。选吧!没人干涉你。”建文不知所措地瞍瞍父亲,父亲也是那两个字:“选吧!”建文喜悦悦地说:“修地球就修地球。”

驴子拍拍建文肩膀:“选的好,选的好。书有么念头?我就不念。家里正差劳力,十亩地我俩包了。让伯伯享两天清福。”

建文一擂胸脯。说:“成。”

长水将良田交给俩儿子,驴子嫌这种承包不彻底,有大锅饭嫌疑,有必要进一步完善。他每次把建文带下田,总是将田里的活一分为二。大爷不带二爷意思,二爷也别占大爷便宜,各忙各的。论做田,驴子一顶俩。建文哪是对手?当驴子保质保量完成任务时,建文最多拿下三分之一。驴子便猴上田埂观摩建文的狼狈相。建文腿痛腰酸胳膊麻木,浑身疲软软的,水蛇一样的腰再无力扭转。眼下对他来说,关键问题是睡一觉,可是睡不成,驴子工头一般监督他。要命啊!还有三分之二的活没忙哩!得要些手腕蒙混一下,可驴子眼盯着他一眨不眨。稍有疏忽,他那大炮喉咙就惊天动地发出斥责的吼声。糊不行,歇也不行。不糊不歇水蛇腰累得不行。这的确难坏了建文。可建文他大小算半个知识分子，知识面不宽也不窄，眼珠就那么略略一滑，脑海立马闪现法国工人破坏机器闹罢工的故事。只见他朝天吸口气，一口唾沫吐上掌心搓搓，嗨的一声，将手中锹深深扎进土里，奋力一撬，没有反应，再用上吃妈劲儿，反应来了，只听咔嚓一声，桑木锹把分了家。当断裂声炸响时，驴子双手一撑，蹿了起来，直截了当地责问建文："瞧你有做事样？"

建文眼皮一耷拉，装出十分后悔的神态："我又不是故意的。"

"你一锹想挖座山，还说不是故意的。"驴子的嗓门如同打雷。

"你唏啥？"

"我就唏。"

"白唏。锹不是你买的，是伯买的。"

"伯伯买锹供你糟蹋？"

"你说我糟蹋我就糟蹋。你干叹气。"建文说完抖腿朝家蹓。

驴子气得吹胡子瞪眼："呔！你回来。"

建文回过头："回来干吗？锹都坏了。"

"我有。"驴子把锹戳在田里。

建文轻描淡写瞥一眼颤悠悠的锹把子："我不用你锹，我有志气。"

"你……你有志气？你出气还带冒烟。你文不能测字，武不能撮狗屎。"驴子牙齿咯咯地抖。

建文心平气和地回敬驴子："你能你能，承认你是条不怕劳累的四脚驴子。"

"四脚驴子！你骂你哥哥？"驴子伸手揪住建文后脖颈领，猛喝一声，"你皮作胀，我给你松松。"说话间，又用一手勒紧建文裤腰带，一提拔，建文悬了空，四肢乱划，活像蛤蟆凫水。驴子手一松，蛤蟆就趴在地下服服帖帖。驴子左手捺紧建文脖子，右手攥成个笆笠。建文眼一闭，暗暗在脸上憋足劲，恭候拳头的光临。不曾想驴子忽来个声东击西，拳头变成蒲扇扇在建文屁股上。建文紧张的心蓦地松弛，原来驴子也不敢把他怎么样。建文忽地滋生出半斤胆汁，在脚上憋足劲，雄赳赳地奔驴子胸口踹去。驴子没料到建文敢来这一脚。可建文没什么不敢的。驴子大意失荆州，迅速脱离建文，蹲成马步咚咚朝后踉跄，终点是田角的粪坑。建文听到咊嗵一声响，很觉奇怪，赶紧坐直。忽见驴子在粪坑里挣扎，便吓得疯跑。粪坑里的驴子扰乱了苍蝇世界的安定，苍蝇就雾一样地弥漫，撞得驴子脸上痒痒的。驴子从粪坑里挣出，怒不可遏地奔向建文。他身披恶臭，撵了一会，终因恶心难忍，不得不调头直扑水塘，入水前冲建文背影恶毒毒打声招呼："小狗日的，回家扒你皮。"

建文弹腿伸脚将驴子送进粪坑并非偶然。自从他弃学赋闲，没过上一天舒心日子。驴子看他不顺，想着法日弄他，天天不厌其烦逼他下田，下了田又把他当牛吆。建文可是个刚脱离学校的书娃子，怎吃得消牛马不如的生活。不说干活了，光那颗毒辣辣的太阳就够他喝一壶。锄草使他胳膊麻木，挖地令他腿痛腰酸。哪里有压迫，哪里就有反抗。那一脚可真是凝聚着建文积蓄已久的怨气。

建文喘着粗气跑进家门，正好与长水撞个满怀。长水剜他一眼，脚一跺地："瞧你猴样。"又一指青天，"日头老高，收工了？"

"驴子打我。"

"打懒鬼应该。"

建文不吭声，可想到驴子即将要归来，就吭了声："我做田不中，我不是做田料。"

长水暗暗一喜，轻飘飘捋捋八字须："是么？那你说说你是什么料。"

"念书。"

"你不是不念么？"

"如今我想念。"

"人话？"

"人话。"

建文话音刚落，湿淋淋的驴子撞了进来。建文一缩头躲避到父亲身后。长水赶忙叉开双臂阻拦驴子。驴子那口恶气咽不下，左蹦右跳想撇开父亲捉建文。长水阻不住公牛般的驴子，匆匆忙忙脱口而出："驴子，你消消气，建文浪子回头愿念书了。"

驴子打个激灵站住脚，眼眯一条缝，盯一会建文，就一路咕叽咕叽去了房间换衣服。

衣服一换便成了崭新的驴子。只见他眼里喷着锃亮的光，柔柔地温和地望在建文脸上。建文也看他，眼光疑疑惑惑、别别扭扭。驴子认为这种戒备目光没必要，谁也不会拔建文一根汗毛。因为建文已非刚才那个可恶的建文。建文愿意上学就很可爱。驴子给建文抛去一个荷花式的笑容，感动得建文也笑了起来。兄弟俩相视默默地笑。彼此间的憎恶，顷刻间化作一汪清水。

## 四

东边刚刚露出鱼肚白，长水就和驴子、建文出了门。长水将两个儿子送至村前的三岔口，没忘了咕噜那句永不变更的话："文儿，不蒸馒头蒸（争）口气。"啰唆完便住了脚。驴子肩挑白米和咸菜罐继续送建文。

丈量完十余里崎岖山路，又在客车上颠荡个把钟头，终于到了兄弟俩心目中的圣地——县一中。驴子和建文笔直地戳在学校大操场上。

快要见到先生们了，建文既激动又惶恐。驴子更是心跳激烈，他可是先生的天敌。他怕去见建文的班主任——汪老师。他的鞋后跟在绿茵茵的操场草坪上一磕，双脚利索地一抽，两只鞋子便获得了自由，小腿肚紧接着双双一打弯，屁股咚的一声夯在鞋子上，双腿一盘，俨然一尊大佛。大佛对建文一挥手："去，去找你汪先生。"建文没动，佝偻的脊背顶在篮球架上，毫无生机的眼睛呆呆眯着流动的蓝天白云。

"去找汪先生呀！"地上的驴子催命鬼一般。

"还是你去。"建文的声音苍老而遥远。

驴子鼓鼓眼泡泡，大腿一拍，头摇得像拨浪鼓："嘁！我去？我闷头驴一个，见了老九爷冒不出两句囫囵话。我不中。"

"我更不中，我一句也冒不出来。"

兄弟俩你推我搪，谁也不愿揽下那份头疼活，好一番讨价还价，最后达到协议——兄弟俩共同前往。

兄弟俩在数学教研室寻到了正在伏案批改作业的汪老师。那颗硕大的头颅聚精会神地埋着，手中的红笔在学生们的练习簿上沙沙作响。驴子和建文进门时弄出的响声，竟然没能打乱他入迷的思绪。建文涨红脸叫了声汪老师。汪老师这才缓缓抬起头，习惯性地应了一声，问："两位同志有事么？"建文不知所措，脸面的臊红霎时波及脖子根。驴子也瘪在一边不知说些什么好。

汪老师打量一下面前的一对闷葫芦，立马可亲地为兄弟俩让坐。兄弟俩小鹿般的心渐渐平静。建文先启用了木讷的嘴："汪老师，我是您学生呀！"

"学生？"汪老师满面诧异，问陌生的建文叫什么名。建文回答之后，汪老师一改满脸诧异，承认曾有过这个学生。驴子和建文心上的石头同时落了地，有了热乎气。可瞬间又变得通体冰凉。原来汪老师笑微微，给了建文一颗定心丸："放心吧，我就给你办理退学手续，你凭手续去教务室领回你所交的学杂费。"

驴子顿觉自己躯体直朝万丈深渊坠落，急忙大声申请："先生！先生！你错了。我送建文上学来的。"

"上学？"汪老师懵头懵脑，对着建文说，"我一连点了你十多天名，你都没到。后来不点你了，因为你已被学校除了名。"

兄弟俩目瞪口呆，想诉说些什么，偏偏又什么说不出。

当当……上课铃响彻了整个校园。汪老师匆匆跟驴子说声"再见"，掖着一沓书本向教室走去。

兄弟俩面面相觑。"被除名了！学校干的。"驴子梦呓般嘀咕一阵。"找校长去。"驴子嗓门一亮，忽地有了主张。

校长很好找。可校长的工作不好做。校长的表情是漠然和冷峻组成的混合物："开除不开除建文，是要不要纪律的问题。学校不是放牛岗，不能没纪律。"

驴子厚着脸皮继续央求。无奈校长的漠然升格到厌烦，针插不进，水也泼不进。

驴子和建文垂头丧气地回到操场的草坪上。建文的眼里不知啥时灌满了泪水。驴子瞟他一眼，恍惚迷惘的思绪随时间的流水漂泊而去，漂几漂，忽然漂出一股阳刚之气："狗日的校长不憨厚，我不求你校长，我去求汪先生。只要功夫深，铁杵磨成针。"

驴子头顶信念，肩扛希望，伫立于数学教研室窗前。窗内没有汪老师。一打听，汪老师归了家。驴子就指派建文去摸汪老师窝。建文孬好在学校混过七八天，很快摸到了线索，兄弟俩顺线索摸去。

由前门跨进汪老师庭院。院子里七零八落，砂浆砖头星罗棋布，一派热烈的施工场面。两个小瓦匠赤膊上阵，忙乎一鼻子灰。驴子的目光没能逮到汪老师，瓦匠说汪老师立马就来。

半根烟工夫，那颗硕大的先生头果然探了进来，厚而软的肩上深埋着根毛竹杠子。杠子的另一端压在一个敦实瓦匠肩上。杠子中央吊着两包水泥。那敦实瓦匠抬得轻松自如。汪老师却显得经不住杠子的压迫。宽宽的额头汗珠密布，红润的脸累得灰白。刚歇下杠子，就瘫在脏兮兮的方凳上喘气，找不到半点为人师表的文雅。敦实瓦匠松了绳子，抽了杆子，轻蔑地望了一眼狼狈不堪的汪老师，脸上漾出一种幸灾乐祸的快意："汪先生，我喊你先生了！你撑一下，不多了，就十包，五趟就完了。"

汪老师根本没发现驴子和建文的存在，一咬牙撑起来，疲软的躯体随同瓦匠飘摇而去。驴子怜悯地盯着汪老师那付随时可能坍塌的身子骨，眼珠一转，急急撵了出去。

拐过四道弯，抹了八个角，驴子来到一家建材店。店门口堆放着十包五百号水泥，那就是汪老师花钱买下的货。墩实瓦匠铺开绳索，粗壮的胳膊一搂，一包水泥压在绳子上，再一搂又一包。瓦匠拍拍手上灰，将绳头挽个扣，杠子插进去，朝汪老师招招手："来，来，来。"汪老师硬硬头皮弯下腰，继而眼一闭，牙一咬："嗨！"腰没嗨直，再一挺，直了。腰直了，小腿肚却弯了，像弹琵琶。瓦匠瞟瞟汪老师那不中用的腿，说声："走。"汪老师就像跳开了负重迪斯科。驴子忍不住笑了，但没笑出声。他一个虎步向前，双臂一托，把汪老师那份洋罪轻而易举地接了过去。

"不就十包水泥么！用得着跑五趟？"驴子赌狠。

瓦匠气更盛,抽下杠子一捣地:“搬!”

驴子便搬。在一旁倒剪双手的汪老师急急地拦,却拦晚了。驴子轻飘飘弄一包趴在原来的两包上,眼光在瓦匠脸上示威游行。瓦匠上下牙嘣嘣一磕,牙缝里又迸出一个字:“搬!”

驴子乘汪老师不备又摞上一包,可犟种瓦匠还在喊:“搬。”驴子又要去搬,却被汪老师死死拽住了。驴子动弹不得,瓦匠便自己动手,抄一包压在顶上:“最后一包,两趟结束算球。”

汪老师目瞪口呆,傻乎乎地瞅着四条粗腿一错一错向前迈,惊讶万分。

水泥问题很快解决,汪老师坚持挽留驴子吃午饭。驴子推托。敦实瓦匠耐不住性子了,冲驴子一亮粗嗓门:“客气个球,吃就吃呗!”驴子不再推,别别扭扭报销汪老师家三大碗。建文吃了两碗,加起来五碗,害得汪老师勒紧裤带省了一顿。

驴子填饱了肚子,嘴一抹又伸手朝汪老师要业务。汪老师说:“谢谢你。”驴子说:“有么谢头吵?有活尽管吩咐。”

“没了。”汪老师说,“该帮的你已做得很好了。”

驴子就磨,磨得口干舌燥,汪老师还是没业务给他。

也是天无绝人之路,就在驴子为寻不到活而急得如热锅上蚂蚁时,敦实瓦匠开了腔:“瓦匠这买卖,要的是力气,人多才出活哩!”

汪老师嘟噜出一长串意见,大意是:他不好意思掠夺驴子的剩余劳力。

敦实瓦匠一听就烦,满不在乎说:“周瑜打黄盖,一个愿打一个愿挨。谁也没强迫谁。”继而冲汪老师挥挥手:“去,去。教书的吃粉笔灰去。愿干活的留下吃水泥灰。”敦实瓦匠这番安排完全出于自身利益,却在一定程度上成全了驴子,也间接定下了建文似锦的前程。

建文终于恢复了学籍。复学的程序并不复杂。汪老师拿着建文临时撰写的请假条子去见校长,罪人似的忏悔道:“校长,建文同学冤枉,他写过请假条子,我并且批了假。都怪我粗心大意,把条子压在抽屉里忘了。过,不在建文,也不在学校,在于我。我请求对建文的学籍重新考虑。”校长拧拧眉,答应重新考虑,重新考虑后就有了让驴子与建文喜出望外的新结果。

## 五

宠子不孝，肥田收瘪稻。坎坷倒不一定是坏事。几个月的磨难终于使建文懂得了光阴的贵重。每当他稀里糊涂接受玩心指派时，眼前总会浮现父兄那两张苦巴巴的脸。苦脸上那四只恨铁不成钢的眼总是于冥冥中将他拽进教室里埋头啃书。用心啃，节假日也是啃，啃回了落下的功课，啃回了失去的光阴，啃来了优异的成绩。驴子的后勤部长做得更加带劲。每月挑着桑树扁担，给建文送来一趟白米、咸菜、零花钱，从不间断。两年后，建文凭着优异的成绩，一跃而迈进了大学的校门。他欣喜若狂，甘甜至极，仿佛看到了前程的光芒。他承认那光芒是驴子给他点燃的。

建文接到芜湖某高校录取通知书的第四天，便风风光光踏上了长途汽车。车身动了，建文侧目凝望窗外的父兄。父兄那两双泪眼在他脸上深情地萦绕，牢牢印入他的心灵。

芜湖方面很快来了信。驴子羞于腹中无墨，就兴冲冲舞动信笺满街找人念。识字人为他念了。他听得忍俊不禁。两肩一颤一颤地抖，两撇胡子燕子展翅一般飞。建文的信给他灌了一肚子蜜，给他送来了活鲜鲜的荣耀。这荣耀不该埋没，让全世界都晓得吧！驴子不厌其烦找人念信，这人念完再撵那个念。开念前，驴子总是给帮忙人搭根烟，说一句："我弟来信了，给我的，三张纸呢！烦你念念。"

村中凡能念通信的，都念过那封信。他们念时，婆娘伢们就围在旁边托腮听，听着听着就羡慕不止，就夸建文有良心。驴子待他的好处他印在心上哩！很快这些话又传到了外面，一传十，十传百，传得驴子的形象豁然增高八尺。驴子好不得意，一有空便倒剪双手，披一身阳光，展满脸神气在村巷里晃荡。

心宽体胖。驴子发福了，面色红润，天庭饱满，齿白唇红。对驴子抱有好感的姑娘渐渐多了起来，有幸碰面不会吝啬一个柔情的媚眼。驴子心里甜滋滋的，脸上却不露声色。每当媒婆扭来烦他神时，他总是挂一脸无所谓。

"姑娘愿么？"

“愿。”

“她妈愿么?”

“巴不得。”

“噢!”驴子正儿八经点点头。

接着是见面。见面要礼。驴子没礼。姑娘也不计较。姑娘晓得驴子家寒。家寒没什么可怕的,长水家建文中了状元。长水家祖坟冒烟了,出了人,出了人还愁富不起来?那穷是临时过渡。大花布会有的,一切都会有的。哪家姑娘不想找一个一切都有的夫家呢?所以就找驴子,找得长水嘴直龇:“人家养女百家求,我养儿百家也求。嘿嘿,嗬嗬!”

求驴子的姑娘恁多,驴子在百花丛中挑花了眼。这个鼻子扁了,那个眼小了,第三个鼻子眼睛正好,嘴却大了。第四个……驴子没挑中一个称心如意的,不称心就莫瞎凑合。驴子千篇一律搪塞媒婆说:“我小哩!等两年再讲。”媒婆悻悻而回,脸面挂着千篇一律的颓丧。不颓丧的唯有隔壁那个胖大婶。

这一天,胖大婶从遥远的娘家替驴子引来个姑娘,名叫世云,生得染红掺白,面捏一般。貌似三月杏花,腰如四月垂柳,声若清泉出峪,双眸又像两点星星。星星冲驴子眨眨,驴子就泛出一股从未有过的好感。过后,驴子就不厌其烦脚踏胖大婶家门槛,还时常捎些烟、酒、糖之类去。再碰到世云时,驴子就说:“我俩不小了,结婚吧!”

世云柳眉怨怨一戗:“你皮厚。”

“嘿嘿,我皮厚,嗬嗬,我皮厚。”驴子遭了骂反而手舞足蹈起来。

## 六

大学里虽说每月有几个补贴,但这对于生活在城里的建文来说,无疑是杯水车薪。为了让建文吃喝花费跟上时代,家里每月需贴他三十块。为了凑足这笔钱,长水每晚都扒鸡屁眼抠,恨不得鸡婆们天天生下双胞胎。日子虽说紧巴,咬咬牙还是能混的。可后来渐渐混不下去了。建文胃口越吃越大,所要钱款如芝麻开花节节高。这笔钱款指望鸡婆们看来不行了。靠田收?田里收的跟不上田里用的。化肥、农药价发疯般涨。一年忙到头能混一肚饭,就算你是种田好手。这一天,驴子挑着一家人从牙缝里省下的一百斤稻谷来到粮站。查粮质的验了,评个上等,给了最高价——二十一块三。驴子接过钱,沾点唾沫数数,虎眉不禁一戗:"我操他妈,化肥翘,农药翘,狗鸡巴也往上翘,就粮价不翘。我操他奶奶,我操他祖奶奶,我操他……"驴子咬牙还想继续骂下去。不料出纳的窗口探出个女人头:"你骂谁?婊子养的你骂谁?"唬得驴子脚板抹油泥鳅般溜了。

长水家入不敷出的状况发生在建文念大学的第二年。这年年底,他家欠了一稻箩债。长水连声叹气:"唉!这怎搞?这怎搞呢?"

卖猪呗!猪是驴子喂两年才喂壮的。卖了五百块,厚沓沓的。驴子想:若不欠债,这年就肥了,就能给世云扯几尺花布了。世云陪他恋爱两年没穿他一寸纱,怪对不住她。驴子要结婚,世云也同意,可就是缺票子。

"没票子你发昏吧!"世云说。

驴子就不提结婚,驴子说:"那就等把建文捧出来再那个。"

世云说:"中。"

可后来的结果是不中。建文没出来,世云就一脚将驴子踹了。怪世云嫌穷爱富么?世云不贪财。怪驴子学习陈世美?驴子根本沾不上边。怪谁呢?讲不清。

世云踹驴子是春天的事。开过年,长水家日子越发窘迫。建文偏偏又狮子大开口。他写信给家里说:眼下正热火朝天学英语。学英语离不了录音机,他同学都有,就他个穷鬼没有。希望父兄想些办法,给他一次性解决两百块。老长水把信交给驴子。驴子就憋出一身汗。家里值钱的全换了钱,就剩囤里那千把斤稻谷。卖了,这荒春咋熬?春上的钱又不好借,家家要备耕。驴子急啊!驴子终于摸到了一条适合本人特色的致富之路。这是一条水里求财的门路。驴子买回一张搭搭网。这种网像半轮月亮,用两根竹竿梢挑着,竹竿的大头分别塞上把柄,把柄挤在小肚子上。撒网时,小肚子一拱,捏杆的双手一抖,那网便飘飘散开。再把挑网的杆子梢闷水里,把柄搭肩上。

双手握杆不住地拢,边扰边颤动,水面就发出叭叭声。水里的鱼鳖虾蟹就吓得没头没脑朝网里钻,然后是起网。再用长把瓢将落网的蠢货统统捞进背上的蔑笼。篾笼越聚越重,里里大多是鱼,别的也有。

驴子自从有了网,业余光阴就在捞鱼上。累是累,每天却能捞得三两块进项。这三两块收入刚好填了建文的支出。驴子天天捞鱼不断,长水日日卖鱼不歇。

财路是有了一条,可驴子渐渐觉得太窄。“一天两三块!就两三块!唉!”驴子叹口气,叹的是建文录音机无着落。

日月如梭,一晃过了十天。两百块仅仅凑了二十块。还有一百八在网里头哩!正当驴子为一百八急得上墙时,忽有吉星照亮天灵盖。这一天,驴子一网下水,竟捞出一只斗大的鳖。左称右称正好五斤。驴子差点笑豁了嘴。“老鳖可是值钱货,一斤十四,五斤七十。乖乖!我的乖乖老鳖!七十块哎!”

这是只老资格的鳖,别说农民,就是拿工资的工人也只敢望望它。出卖这鳖成了驴子一块心病。卖给贩子,驴子心疼。贩子心黑,价杀得狠。驴子就想到三十里外的驻军,那可都是开飞机的兵,个个拥有吃老鳖的福分。驴子拎起那只老鳖去见亲人解放军。

果然卖个大价钱——八十块!

“唉!逮两只多好!”驴子人心不足说梦话。

“逮三只更好。”旁边两个栽树的兵笑驴子。驴子住脚瞧瞧兵。兵是男兵,同样有鼻有眼。驴子眼就发腻,就看树。树很美,绿蘑菇一般,名叫宝塔松。驴子在乡政府林场见过。

“这树漂亮,”驴子信口说。

“八块一棵,能不漂亮?”兵说。

“八块?”驴子少见多怪。

“八块。”

驴子吐吐舌头,继续走路。忽然想起了什么,一调头:“还要么?”

“当然要。”兵指指一大片尚未绿化的闲地。

中午归家后驴子草草吞下两碗饭,就肩扛铁锹朝乡林场颠。目的是偷树，偷八块钱一棵的宝塔松。偷树照理讲应趁黑月头，可林子里坟多，像蒸笼里的馒头，有鬼哩！做贼等天黑，那是老掉牙的话，如今要改革。那么一大片林子，仅五个老头子看，看不过来的。即使被发现，五个老头一齐撵也休想逮住我驴子。

驴子扛着锹，脚穿一双新球鞋。那鞋走起来便当，跑起来快当。走呀走，边走边拨拉小九九。一棵八块，十棵八十，十五棵一百二。一百二加上八十块老鳖钱正好二百块。建文不就要二百块么？这钱说难挣真难挣，说好挣又挺容易。

驴子铁了心去做贼，只做一次，缓了眼前急，还做个屎肚子好老百姓。驴子选一处死角，鬼头鬼脑滑进了林子。林子里真静，空气甜丝丝的。一只黄嘴鸟见了驴子噗噜一声飞了去，屙下一泡稀屎，不偏不歪吧嗒落在驴子天灵盖上，气得他直喊“倒霉”。

驴子很快寻到了宝塔松。那些松比兵们栽的大，闭着眼也能卖八块一棵。驴子埋头挖了起来。一棵、二棵、三棵……转眼够上十五棵。可情况就发生在第十五棵上。驴子背后传来一阵咳嗽声。驴子心一紧，趴下了，又朝传来咳嗽声的方向瞄一眼，就吓得汗毛孔直竖——好险！护林老头的脚就摆在眼前。

驴子竖起的汗毛管不禁有冷汗渗出，趴得更加刻苦。

“老头让开，快让开。”更远的前方有人在喊，那声音显得急不可耐。驴子放眼看前方，不看不知道，一看吓一跳，原来一管猎枪眼黑洞洞地盯着他。驴子吓得尿湿了裤裆，妈妈哎！打雀子的把我当兔子了。跑啊！不跑挨枪子儿，挨了也白挨。驴子一个俯卧撑爬起来旋风一般跑，吓得眼前的老头猛一激灵，倒退三步，反而为驴子让了路。有了路，驴子本该好好跑，可脚上那双新鞋拖了后腿。只听叽的一声响，裂帛一般，左脚鞋头长了个巨大的口子。驴子一个前扑重重倒在地上……

五天后，几个戴大盖帽的将驴子铐走了。这一走，驴子竟和家人小别了整整两个月。

两个月的班房坐穿后，第一个来看他的是世云。世云没说他什么，果断地跟他来了个一刀两断。

世云一脚把驴子踹哭了。长水没了儿媳妇也哭，混浊的老泪将满脸阴沟般皱纹溢得满满。驴子更惨，失魂落魄般瘫在灶门口，抱头嘤嘤哭，直哭得天昏地暗日月无光。后来就压在床上茶饭不思。没人来拉，没人来劝。唯长水一日三餐差建锁在床沿放上食物度性命。

直挺到建文又来了催款信，驴子才像睡醒的狮子，凶猛滑下地。“睡不得了，再睡建文喝西北风？”

两个多月后，驴子总算从水里捞够了二百块。建文一收到钱，就与心爱的姑娘一起，下馆子，进影院，看镜湖夜色，观赭山风景，披星戴月培养爱情。

后来驴子来了趟芜湖。他在宿舍里没看到录音机，就十分疑惑地望着建文。“录音机呢？”

“没买。”

“钱呢？”

“花了。”

“花哪儿了？”

建文不慌不忙笑微微摸出一张照片，冲驴子一亮：“花她身上。”接着夸驴子上回寄的钱是雪中送炭，花了七天才花完。那可是决定一生命运的七天，能使他毕业后留在芜湖。因为姑娘叫王燕，是芜湖人。她爸爸叫王厂长，正的。王厂长既是王燕爸又是王燕老上级。王燕早跟上级谈妥了，日后把她夫君搬过来。建文谈笑风生，眉飞色舞。驴子听得嘴直张，八字须直撇。

## 七

建文后来果然分在王厂长手下听差。活得潇洒，过得快活。很快有了三室一厅，又位于三楼最东边，阳光明媚，空气新鲜。国庆节这天，王燕也来了，带着她的妹妹，带着她的嫁妆，坐着她爸的小车来。

国庆前两天，驴子就揣五百块来芜湖祝贺兄弟婚礼。那五百块全是驴子没早没晚由水里捞的，他坐车上想一路弟媳妇模样。摸到兄弟家的房门，就迫不及待推。门是虚掩,驴子一步栽了进去。一股香味迎面扑来,是鸡是鸭驴子一时吃不准。可判定是红烧而不是清炖,因为有一阵嗞嗞的油声不绝于耳。

"兄弟准备了,准备我来了。"驴子这么想,心里闷快活。他轻手轻脚挪到厨房门口,想从背后蒙住兄弟眼睛,让兄弟来个突然的惊喜。可他没蒙成,厨房里没兄弟。瞅着嗞嗞响的红烧鸡正纳闷,忽听得房间里飘来一串比红烧鸡还香的女声:"不是我爸你能分上这么个大套?往后你敢忘恩负义踹了我,我就一脚把你踹出大套去。"

"你舍得踹么?"这是男音。尽管像捏着嗓子说的,驴子仍能听出是建文声音。驴子不再纳闷,笑微微站在房门口。他放眼望去,房间里真奇妙。建文正跟一个女人咬得热火朝天。这种镜头驴子在电影里看过,看到就笑,心情恁好时还会忘情地拍几巴掌。今日目睹了这真实的镜头驴子却没笑。他脸一抹红,很自觉地缝上眼。继而又被一股焦煳味怔住了。他凝神静气吸几口品了又品,慌忙跑进了厨房。灶是煤气灶,驴了从没弄过那玩意儿,却听过那玩意儿弄不好会出人命。他怕煤气不怕铁锅,迅速逮住锅耳,锅耳也不是好惹的,驴子刚刚沾上它即被烫得缩回手。锅里的焦煳味仍旁若无人地朝外喷,越喷越凶,急得驴子对着房间亮嗓门:"建文,鸡烧上天啦!"建文失火般奔出来,也顾不上跟驴子打声招呼,先叭嗒一声关了煤气,再翻几下锅里的鸡,方才喊声:"哥哥来了!"随即领着哥去见王燕。

王燕见了驴子很羞涩,像是有什么把柄被驴子抓着。她头一歪,一把拽来被角蒙住脸。建文说:"王燕,哥来了。"王燕的脸仍没露,被子里有咕咕笑声。她的腿也因此而不住地抖。

"哥来了。"建文又说一声。

王燕这才站直。驴子看清了王燕,王燕根本不是他脑子里想好的王燕。王燕一晃荡,洋味十足。

"哥。"她喊一声,又笑。建文也笑。驴子晓得他们为什么事笑。本想参加笑,可楞憋着,硬是摆出一脸当哥哥的老成持重。

驴子来后第二天,建文和王燕悄悄商量驴子该不该参加明天那热烈的婚礼。建文认为哥哥身带五百元,千里迢迢奔来祝贺,精神可嘉,该占一席。王燕反对说:“驴子身上的乡土气太重,山野之人难登大雅之堂。”

“农村人嘛,允许保留乡土味。”建文说。

“瞧你说的,我也没说不准保留。不过我的婚宴他顶好不参加。你想,客人们个个西装革履,横插一个中山装煞风景。”

建文说:“此话差矣!衣着不论,只要人好。”

“他是人好,可不懂城里规矩。万一在朋友面前失礼,亲友会笑话我俩。我俩格调就低了,就成了次品。”王燕口若悬河。

“我哥不会失礼。”兄弟仍在抬举哥。

“这话恐怕说早了。他昨天就失了礼,进门也不打声招呼。幸好我俩没在……在那个,不然你说多丢人!”

建文扑哧一笑,没了声,没声就等于默许。王燕于是去做驴子工作:“有事求求你哩!”

“说么!”

“明天去饭店举行婚宴,我和建文缺一不可。目前的贼胆大皮厚,大白天也好意思撬你门,我真担心这些东西。”

驴子二话没说,一拍胸登上了“保卫科长”的宝座。

驴子归家后,乐颠颠撵着村人吹了二十天。吹建文如何如何有本事,在芜湖如何如何通天;吹弟媳妇如何如何通情达理。别人问:“你弟媳生得如何?”驴子脖颈一犟:“一个大学生的眼力有差的?”驴子的神吹,乡下人爱听。当驴子把一切吹光了时,仍有几个老爷子不解馋,一磕一绊地跑来追根刨底:“城里喜席跟乡下一样么?”驴子挠挠头皮,信口开河:“酒席阔哩!在大饭店办。”老爷子追问:“那排场哩?”排场驴子不晓得。国庆那天他没见到排场哩。可老爷子们偏偏伸长脖子要听那排场。咋办呢?直说不晓得,人家会笑话。说我驴子白跑一趟芜湖。他眼珠一转,开始“小土八路”蒙“老土八路”:“鸡鸭鱼肉样样有。老肥膘足有半截筷子长,一寸多厚。”驴子咽下爬出来的口水,“城里人就是比我们‘土八路’阔。”

老爷子们撂一句:“噢哟!城里跟我们家排场差不多哟!”便悻悻离去。

## 八

对于建文完婚的喜讯，长水很是兴奋，但又难免想起驴子二十七岁了，早过了结婚的年限。按照乡里人的习惯，如果谁家大哥哥晚婚了，二哥哥即使是个情种，也得耐住性子等。要是谁家的小哥哥超了大哥哥的头，当家的老爷子就得遭众人骂。骂你教子无方坏了乡风，骂你大麦没割割小麦。因此建文完婚后，长水见了驴子就发愁。

光愁也不是法儿，愁能愁出个大儿媳妇？长水决心化忧愁为力量。他整天脚步不闲地求媒婆们。“我长水养儿百家求”的辉煌时代一去不复返了。

长水前后托的媒婆不下一打。首先给媒婆敬上一份不轻的礼物。媒婆们就满处跑，天花乱坠吹驴子。吹吧吹吧！吹牛皮不犯死罪。可驴子就是吹不成骏马。家门前塘，谁不晓得深浅？驴子什么成色？老秋茄一个，况且穷得烂烟气，况且坐过班房。往往是媒婆闭着眼吹，姑娘的妈闭着眼听。媒婆前脚出门，姑娘妈后脚关门。门砰一声响，姑娘妈的嘴嘀咕一声响：“我闺女扔水里也不把驴子。”

有了连绵不断的失败，驴子感觉此生不妙，有守活寡的危险。得学学时髦，得注重修饰。当驴子由镜里发现自己二十七岁的老脸模子依旧耐看时，心头涌出一股欣慰。他毅然决然将业余爱好转向看电影。农村放电影很独特，全是露天影院。驴子看电影更独特，很少盯银幕，专门看野眼，只要瞥见孤独的花衣裳，不管在什么边远位置，他都会不顾一切地凑过去。老天不负苦心人，驴子终于瞥中一个不嫌他穷的姑娘。名叫兰花，年龄和驴子相当。倒不是这个紧俏货这么老大没媒婆推销，而是她那奸商似的父亲黑着良心喊高价，以致吓飞了一批又一批英俊后生。兰花抱怨父亲说：“你不能害你丫头。”父亲的心灰灰的。于是，兰花晚上去看电影，他就木匠吊线——睁只眼闭只眼，不再阻拦。兰花和驴子就这样遇上了。相见恨晚，情也依依，人也依依。可兰花父母偏偏不依。伯说：“丫头哎！你说害你就害你。嫁驴子我不依。”妈妈说：“兰花哎！你别摸不到坟头瞎哭。嫁鸡嫁狗我没二话，嫁驴子老娘不允。”

“驴子人好,又耐看。”兰花死心塌地爱驴子。

“老好人吃不开。”伯说。

“图好看的给你买张画贴着。”妈说。

“那图啥? 图啥?”兰花一甩黑辫子,很有些反潮流架势。

“图实惠!”伯和妈异口同声。

伯抹抹山羊须单枪匹马杀出来:“如今我们做上人的体谅你,也不想在你身上掘个金伢子。可场面得关关,乡风总要吧! 比如:茶钱、见面钱、针线钱、酒水钱、大礼钱、小礼钱。”

“还有媒人的十四斤肉十八斤面钱。”妈补上糊涂老头子说漏的,也来个单枪匹马,“兰花哎! 我不讲电视、广播、脚踏车,光说雷打不动的乡风,他穷驴子能办到?”妈顿了顿继续说,“嫁出门的丫头泼出门的水,娘老子不管。”

“嫁到婆家得有日子过。”伯说。

“嫁驴子过什么日子?”妈问。

“穷日子。”伯答。

哐当! 兰花关了房门,倒床上给父母说的话打分。

兰花当晚找来驴子,双双坐在一棵老榆树下。兰花传完父母话,驴子直挠头皮,半天没说一句话。兰花碰碰他:“你说话呀!”

驴子只好摆出一副赖皮相:“叫我说什么呢? 你先说说。”

兰花瞧一眼驴子,晓得他粗糠榨不出油,就说:“建文兄弟不是在城里做官么? 做官人场面大,你求他借些钱,做个样子宽宽我伯我妈心。他们养我也不容易!”

驴子叹口深长的气,痴怜怜瞅着天上的圆月亮。月亮里立马浮现一对圆满夫妻,那是建文和王燕。

驴子和兰花暗定终身的第二天,就托人给建文写了信借钱。可一直没回音,驴子着急,就瞒着兰花悄悄去了芜湖,是跟长水一起去的。父子俩带一大堆土产进了建文的家门。王燕如数接纳了土货,直抱怨父亲这么大岁数不该带上许多东西。长水懒得跟后辈们来虚的一套,胡须一龇,一马当先上了正题:“建文你在外面拉得开。驴子二十七了,才订门亲事。急等钱订婚,你帮他借几个。”

“啊哟哟！亲伯哎！你早也不来个信,我半月前才将几个积蓄买了彩电。”王燕说,

长水和驴子就眼巴巴望建文。建文蔫头耷脑不吭声。长水说:“信早发了,没收到?”

“影也没见,见了我能把钱花彩电上?”王燕说完扭身进房间,很快取来一张发票展示在长水眼前:“你看看彩电发票,二千九哩!”

长水对发票瞄了一眼:“那你们就跟亲朋借些。救救驴子急,驴子日后还。”

王燕眉毛一拧:“伯哎！你不晓得城里人情薄如纸。谁有钱谁存银行,拿利息哩!”

“利息好说,只要能救急。”

王燕见长水没有听懂她的话意决定不再兜圈子,直截了当地说:“伯哎！城里人贼精,钱再多也不借私人。怕赖账哩！我说你别磨了,误了驴子终身大事罪过。你赶快回乡下拉扯拉扯,乡下人老实,有人味。”

长水终于听明白了,他叹口气,忧伤地说:“不难为你们了,明早我们走。”

王燕挽留:“回家没事噢,后天走。再忙也不靠一天,后天我保证不留。”

建文望望伯和哥,伯脸木木的,哥忧忧的。建文于心不忍,话说得颇像男子汉:“伯,你们先住下,我明天出门活动活动。”

王燕的目光剜在建文脸上,很冷,冰凉刺骨。

有了建文那句话,长水和驴子心里踏实了许多,决定先住下。一夜无话。翌日清早,父子俩满心欢喜去赭山看风景。建文要上班,王燕却拖着不让去:“别上班了,我也不去。”

“发疯了?”建文甩下这话,推车欲走,却没推动。王燕蹲成马步 ,双手扣住车腚:“想走？没门。打拼,拼个家破人亡。”王燕的语调充满野性。

建文支住车。

王燕指着他鼻梁说:“想不想过日子?”

“想。”

“想还拿钱去扔?”

“我可是我哥培养的。我有义务帮他一把。”

“你哥培养了你?你哥油桶大字识不了一汽车,能培养出大学生?是党培养了你。”

建文摆摆手:“说不过你。可钱还是该借他一些,他又不是不还。”

“用手还?你那穷家底我不晓得?没钱还,你杀他?嫁你算倒了八辈楣。你看我姐、我妹。哪个不红红火火,彩电、冰箱、录像机应有尽有。我呢?电视机原是黑白的,其他机是空白的。我跟她们站一起,明明最高,却像矮一截。”王燕说到痛心处竟淌下了几滴清泪,“好不容易置台彩电,你还说不该,你想过日子不?”

半月前,建文确实责怪王燕不该接到驴子借钱信就慌着买彩电,为此小两口曾吵过一架。今天两口子又吵开了,把王燕都气哭了。

天上下雨地上流,小夫妻吵嘴不记仇。王燕哭了,建文便不吭声。建文不吭声,王燕就缠他脖颈。这一缠就不可开交。

待到父兄回来时,建文跟他们摊牌说:“我活动一个上午,没借来一文钱。唉!如今的人情果然淡了!”建文说这话时,脸色绯红,神态极不自然。长水和驴子心里都有了底。当长水将没扒完的饭搁下时,驴子也懂事地没吃第二碗。长水拉住驴子说:“走,回家去。”

说走就走。建文拉都拉不住,赶紧冲王燕一伸手:“拿路费来。”

“多少?”王燕没好气地说。

“一百。”

“五十。”

“五十不够。”

“最多五十。”

建文没工夫多说,接了五十块,追出去。

好不容易撵到父兄,父亲却麻木地说:“有钱,不稀罕你五十块。”

建文缩了手,风风火火跑去一个朋友家。朋友当即借给他五十块。建文撵到了火车站。父兄倚在一角落等车。驴子袖着手,缩着头,盘着肩,怕冷似的。建文眼盈酸水,将一百块伸在长水面前直颤动。长水骂声:"孬种。"眼光移向别处。建文捞个大红脸,手一移,那钱在驴子面前颤动:"哥,路上供伯买杯水喝。"

驴子瞅瞅长水,长水冲他瞪一眼,他便不接钱,也骂声:"孬种。"

"叭!"长水掴驴子一耳巴子:"混蛋,你有资格骂?"

"驴子你瞅月亮有什么用?"兰花牵了牵驴子衣角,牵回了驴子信马由缰的思绪。"还是去求建文想些法儿!"

驴子一动不动一声不吭。他心中有一长串难以启齿的隐痛,他不知道怎样才能向兰花解释清楚。

兰花摇晃着他:"我说你找兄弟借钱,又不赖账,你咋就不吭声哩?"

"家家有本难念的经!"

"啥难念经?给我念念不中?"

"建文那里我早去过了,他……他不……"驴子的回答结结巴巴,吞吞吐吐。

兰花愣怔半天,忽地冒出一句极有气概的话:"不求人,自力更生。"她用手在胸前一划拉,显得很有力度。

驴子眼里冒出两股碧绿的光,"你能说通你父母?"

兰花眨巴几下眼,轻轻一拍驴子的肩膀:"我试试。"

## 九

兰花试了,结果是此路不通。她赌气般向父母宣布:"我不嫁了。你们备料给我竖牌坊吧!"可是在背地里,兰花却和心上人驴子发展得如火如荼。可惜好景不长,兰花的父母知情后立即对丫头采取了强制措施。别说晚上,白天也很少让她出门。非出门不可时,老妈总是不顾年迈,紧紧跟随。

兰花和驴子有一个月没碰面了。兰花心急如焚,驴子度日如年。驴子不甘心继续忍受煎熬,就想到了远房嫂子。嫂子是兰花妈说媒给堂哥的,跟兰花家沾亲哩!嫂子出面,说不定有救。驴子去了嫂子家,嫂子正喂着鸡。堂哥坐凳子上搓草绳,见驴子便问有何贵干。驴子脸抹朝霞欲言又止。堂哥说:"你驴子咋像姑娘吵?"

驴子心一横:"想老婆,求你们哩!"

嫂子没答话,像没看见他似的。驴子只听见堂哥的粗门大嗓:"驴子你志气点。越巴求人家,人家越作鲜。让她家兰花去找个县太爷。"驴子没谢他,心里话:"你说得蛮大方,你饱汉哪知饿汉饥。我二十七了!不是十七!"转而对嫂子嗫嚅道,"嫂子,你给当当参谋,我的事咋样办妥当?"

"自己做主。"嫂子轻松地说。

驴子苦苦央求嫂子去兰花家讲讲情。嫂子叹口气,说:"你跟兰花的事,村上早传雾啦!我早跟她父母求过了,可被人家擂一鼻子灰。"嫂子说这话很神气,仿佛驴子欠她一笔人情似的。驴子心里凉了半截,出神地盯着脚下的鸡群。一只大红公鸡吃饱喝足思淫欲,疯疯癫癫追逐调戏母鸡们。母鸡们笑咯咯地四下跑。一只多情的花母鸡,故意放慢步子。红公鸡撵上来,花母鸡腰一塌,红公鸡大大方方猴了上去。

驴子看得心里酸溜溜的不是味。他觉得自己不如鸡,鸡还有婚姻自由哩!驴子越看越心灰,越想越惭愧。直到鸡门被风风火火闯进来的小侄儿弄飞了,驴子才止住纷乱的思绪。

小侄儿拽住嫂子衣角哼叽着诉苦:"黑蛋有糖不给我吃,黑蛋糖是黑蛋妈买的。"嫂子说:"我今儿没赶集哪来糖?"侄儿说:"不中,不中。要吃要吃。"话音落地,小屁股也落了地。嫂子说:"你起来,衣不是你的?"侄儿敲竹杠:"没糖就不起来。"搓绳的堂哥不搓了,顺手拎起绳子,跑过来呼啦啦扒开侄儿裤子:"吃糖?想得美。吃绳子。"绳子在侄儿屁股上一五一十地抽打。侄儿躺不住了,呼噜一下爬了起来,一步蹦到驴子身后,不住地摇晃驴子手:"叔,你快拉。"

驴子拉开堂哥,拉着侄儿落寞地朝家里走去。

驴子请侄儿吃了一块糖,问:"好吃不?"

“好吃。”侄儿又说，“吃没了。”

驴子的眼贼一样地转，摸着侄儿头说：“糖是吃不完的，可要你兰花姑姑批准。这样吧！我给她写张条子。她批准多少我给你多少。”

“真的？”侄儿水灵灵的眼一闪。

“真的。”

驴子取来纸笔，写好条子交给侄儿小冬。小冬一溜烟跑去找兰花。

兰花父母正提高警惕保卫女儿。伯倚着大门槛，见小冬来，兰花妈挥手招招：“我乖乖，来来来，奶奶想你。”

“屁！我要兰花姑。”小冬说。

奶奶的嘴朝房间努努。小冬便一头钻了进去。

兰花从小冬手里接过纸条看见九个字：“晚上八点老榆树下见。”她心跳加快，急急将纸条往荷包里揣。

眼巴巴盯着兰花的小冬急了：“姑，你批我几个糖。你写纸上，我找驴子叔要去。”

兰花赶紧捂严小冬嘴巴，再瞅瞅父母，父母毫无反应。兰花定定心，取笔在纸上写了起来，乐得小冬手直拍：“姑，批十个。”

兰花真的批十个。

夜空中悬着一轮明月，老榆树下的恋人清晰可辨。一月不见如隔三秋。两颗年轻的心澎湖起伏。兰花说驴子瘦了。驴子说：“见到你明天准能胖一圈。”好一番亲热。驴子想到眼下这偷鸡摸狗般的处境终非长久之计，不禁潸然泪下：“我说兰花，我俩只有一条路了！”

“哪一条？”

“跑。”

“跑？”兰花吃惊非浅，“跑了我伯我妈哭哎！”

“不跑我俩又怎搞？”驴子说得老谋深算，“来他个生米做成熟饭。跑出去砌小锅过光阴。挣些钱甩给你父母，怕他们不认？”

兰花说：“中是中，可是……可是……”

“可是不能回家了，对么？想回家今生今世只好……”驴子竟悲伤说不下去话。

兰花眼泪汪汪:“那……那朝哪儿跑呢?”

驴子来了精神,抖出早已准备好的钱:“跑芜湖,找建文弄份差事。”兰花还在犹豫,驴子一把将她拽了起来,“走。”

兰花梦呓般唠叨:“就这一条路了,就这……”兰花鬼使般跟着驴子上了路。

路上响起驴子憋了许久的吼叫:“妹妹你大胆跟我走,莫回头……”

## 十

建文的住宅区有个漂亮的名字——红梅新村。当驴子领兰花迈进那片熟悉的天地时,建文和王燕正头对头不声不响地吃午饭。菜只有两样:一碟颜色黑乎乎,黑的是咸菜;另一碟颜色白晶晶,远看像是白切肉,仔细瞧原来是老冬瓜。现有的饭菜,无论质量和数量都是不够的。驴子的胃口王燕领教过。她赶忙去厨房煮了满满一锅饭。建文特地下楼去买来红皮烧鸭。驴子笑眯眯冲兰花一努嘴:“吃。”兰花新来乍到,不好意思。驴子手一挥,大大咧咧地劝:“在这就像在家,客气啥?吃。”兰花便小口小口地吃。驴子却是吃得如狼似虎,一口气吞下四碗,再盛第五碗时,锅底就冷冷地望着他了。驴子失望地捧着饭碗,没有半点放下的样子。

王燕冲建文做个鬼脸,一伸舌头:“乖乖!”舌头缩进嘴里,手伸了出来,拉开碗橱门,取出面条,向驴子一晃:“哥,饭不够吧?我再给你煮面。”

驴子招呼:“少煮点。”

水很快在锅里滚动起来。该是下面的时候了,王燕的手却迟滞了一下,头对驴子一扭,灵巧的嘴一启:“哥,你吃鸡蛋吗?吃,我就煮,不吃也不勉强。”

驴子对王燕别别扭扭瞟一眼:“半斤面条差不多了,鸡蛋我可不吃。”

王燕徒生一喜,又徒生一惊,面对建文小声惊诧,“乖乖!半斤!!还能吃半斤!!!”

面条煮熟了。驴子吃得热火朝天，王燕说的也不冷："我哥来趟芜湖难得，这回可得多住两天。"

驴子眉开眼笑，匆匆吐出食物，以便腾出嘴来说话："多住，你哥哥一定多住。"

王燕的脸立马掠过一层难以察觉的悲哀。她晓得驴子为人实实在在，答应的事绝不改变。

问题和麻烦同时来了。上班途中，王燕忍不住跟建文嘀咕："你哥的肚子真能装！简直是牛。"

"他干着牛生活。"

"这下够受了！光烧饭每顿就得两次。"

建文无话，王燕话多，尽嘀咕些半真半假的气人话，建文一挠头皮："换锅吧！唯一办法是换只大锅。"

王燕眉一皱："说话像吃嫩豆腐。换锅？一只锅几十块哎！"

"那你说咋办？"

"你家的人，我不管。"

建文有些不乐，不阴不阳来一句："是你留他们多住的。"

王燕顿时哑然，眼球在眼窝里滴溜溜转，顿时恍然大悟："好好好，你说得好。我这就回去撵你哥哥走。"说完，自行车头也转了过来。建文急了眼，急急来个猛刹车，一把拉住王燕的车腚，赔笑说："呔！呔！开个玩笑，何必当真。"王燕不受迷惑，坚持要回家撵驴子。直到建文求得口干舌燥，她才勉强答应迟两天再说。

自从来了驴子，建文便承包了厨房里的全部业务。由于准备充分，晚餐桌上有肉，有鱼，还有酒。四个人围在桌旁，边吃喝边谈家常。建文问了父亲的健康、建锁的成绩、庄稼的收成，随后就把话题全撂在驴子身上。当获悉兰花和驴子那层关系时，建文的心着实一喜。他为老实巴交的驴子获得了兰花的爱而欣喜不已。酒桌上的气氛更是热烈。建文高举酒盅放开喝，驴子也将生命置之度外地猛灌。兄弟为他高兴，他没理由不高兴。一高兴就乱喝。喝得头有些晕眩。酒后吐真言。驴子憋在心里一直没好外露的话随着酒气畅通无阻地喷了出来。驴子要求建文给他和兰花谋个差事。扫马路，掏茅坑，抬大土都可以。只要有钱挣，拉板车也中。

建文眨巴几下散了光的眼，晃晃腾云驾雾的头，一下子清醒过来，兴高采烈荡然无存，木讷的目光凝固在王燕脸上一眨不眨。王燕的心也一凉，猛地打个激灵，但很快又控制住紊乱的情绪，忍不住从桌子底下踢了建文一脚。建文被踢成了瘟鸡，头一耷拉，不吃，不喝，不说话。

对建文和王燕的异样神态，醉意朦胧的驴子毫没在意，兰花却看得一清二楚，感觉到了寄人篱下的酸楚和悲哀。待到出门观夜景时，兰花就提醒驴子："一年土，二年洋，三年不认爹和娘。何况你只是建文的哥哥。"

驴子听了顿觉有一般凉意贯穿全身。

身旁不断有情侣手拉手肩并肩擦过，兰花只觉得他们那份亲热过分炫耀。她不禁轻轻哼唱一首歌："我呀无家可归，你呀有家难回……"唱着唱着就哭泣起来，用手抹抹眼泪，又牵牵驴子衣角，"千好万好，还是家里好。"

驴子做了贼似的不安起来："不能回，回去我俩就等于到了头。我们住这将就些。"

"怎么将就也成，我不要锅热要脸热，住久了怕人家两头都不热。"

"他俩敢？怕没饭吃？没床睡？他们撵我走，我还要撵他们走哩！不管咋样我总是哥哥。"驴子犟头犟脑给兰花打气。

"你的皮还真能做鞋穿。"兰花被驴子的天真逗笑了。

"皮厚就皮厚。厚着脸皮白吃白睡，让他们着急。急了才好，急了才会给我俩找差事。不找就赖这里。看他们能把亲哥哥咋的？"

兰花笑得前仰后合，心里踏实了许多。踏实了，玩得就有兴致，她对家的眷恋一时淡化了。

厚着脸皮往下住。建文和王燕果然不敢把亲哥哥怎么的。可当驴子和兰花无所顾忌地压马路时，王燕却在家里肆无忌惮地指戳建文鼻梁。说建文投错了胎，干吗生在"土耳其"？以至有个土腥气的父亲和一个土八路似的哥哥隔三岔四长流水一般洗劫他。

建文说："出身的贵贱不以人的意志为转移，那是自然灾害，怪我真冤枉。”

王燕眼一瞪:“中国不出汉奸,日本鬼打不进来。”

建文苦歪歪一张脸,两手一摊:“他是我哥呀!我的亲哥哥!我能不照顾一下感情,维持一下道义么?”

“感情?道义?已经断送了我们两百多元票子!那是我两人一个月工资总和啊!都半个月了,可还是看不出他们有走的迹象。”王燕的声音到了哽噎的地步,最后竟抽泣起来,“呜……呜……家家户户都和农村有着千丝万缕的联系,人家的农村亲友来了,至多住上三两天。可你哥哥竟把我家当成了大使馆!自从结婚后,餐桌上总是咸菜当家,冬瓜萝卜唱主角。牙缝里刮出的钱一分一厘存着,好不容易买了彩电。再苦上两个月,冰箱也该来了。可……可却先来了一对能吃能喝的乡巴佬。呜……呜……呜呜哇。”

王燕的哭声尽管低,但还是足以让建文心颤腿抖。

餐桌上的菜越来越粗糙,主人的脸越来越阴沉。兰花不由得提醒驴子:“我说在这儿日月不好过!”驴子沉默一会,到底还是自信占了上风:“日子是闭着眼过的。光看他们饭碗,不看他们的脸色。混一天算一天,糊一月算一月,还是那句老话,他总不能逼他哥哥走。”

一住又是半月。这日晚餐,兰花和驴子依旧趴在桌旁只看饭碗不看脸色。一大家人各吃各的饭,各想各的心思。那只花猫在王燕脚下绕来绕去咪咪叫。王燕心烦,抬脚狠狠踢了它一下:“滚开,老围这要饭吃,就不领会我是多么讨厌你么?”

花猫毫无防范,一个筋斗翻出三尺远。

驴子和兰花的心同时一沉,怯生生的目光向王燕一瞟。王燕的脸拉得很长。驴子倒吸一口凉气,尴尴尬尬看建文。建文头一埋装着没有看见他。

再跟驴子逛马路时,兰花就把满面愁容绝望地展示在驴子眼前:“我看横竖是住不下去了!眼不乱看可以,耳朵可不能整天塞上棉絮不听啊!”

驴子一脸的呆板,沉默半晌才有了话:“不管咋说家是不能回的!住,往下住。耳朵也用不着塞棉絮。听,什么话都听。左耳朵进,右耳朵出。”

尽管驴子这般说,兰花还是油然升起了对父母的思念。

# 十一

可怜天下父母心。兰花随驴子出逃的第二天,妈就痛不欲生,呼天喊地横在长水堂屋,捶胸顿足、装疯卖傻地跟长水要人。长水拢着双手,蔫头耷脑蹲于屋角,任凭兰花妈厮打、辱骂而无动于衷。兰花妈要他无条件交出建文的地址,长水宁死不从,心里话:“建文在外头有头有脸,兰花妈去闹成何体统?再者,把兰花找回家,我驴子儿咋办?”所以无论兰花妈如何撒泼。长水都铁了心,咬紧牙关不松口。

一闹数日毫无收获。兰花家人万般无奈,便搬来一座靠山——兰花的大姨。她是乡里的妇女主任,管的尽是长头发人的事。兰花的事当然要问,尽管要走二十多里路。

出乎兰花父母的预料,大姨并没有顺从他们意愿,跑到长水家里去吵闹要人,而是对双方进行耐心细致的说服调解工作。她对兰花妈苦口婆心地说:“孩子大了,自己的事让她自己做主,政府都是这样提倡的。兰花和驴子跑出门一个月了!生米早做成熟饭,是拆不得的,拆了叫兰花日后如何为人?这点你替女儿想到了么?我看驴子就挺好,壮壮实实的一个后生,配兰花正合适哩!你做娘的若真疼爱女儿,应随她心愿才对啊!可你却要棒打鸳鸯!”兰花妈闷头竖耳听妹妹的,觉得言之有理,既成事实不承认也不行,万般无奈她提出了两样条件。第一,婚事要像模像样地隆重操办;第二,兰花多半随驴子去了芜湖,应先将她找回家。大姨向长水转达了兰花父母的意见,并且主动表示设法给驴子借上五百元,让长水再想法凑五百,有个千把块钱将婚事光光鲜鲜地办一下。长水听了自然感激不尽,一口答应下来。

第二天,长水就领着兰花妈和姨,乘了几十里路汽车,终于踏上了去芜湖的列车。兰花妈从来没有到过城市,这趟远路确实使她开了眼界。车经一个大地方时,她忍不住瞪大眼睛咂咂称奇,问妹妹:“这地方是上海还是南京呢?”大姨满脸肌肉嘟噜一颤,哭笑不得。长水倒是抢先笑出了声音:“哈哈!简直饭桶。连芜湖市都不晓得。”

兰花妈很不服气，抬脚冲长水一磕："就你逞能。你不是饭桶？不是饭桶咋老在穷窝里滚？"

长水的脸染了层灰暗，鬼急急地一拢手，茫茫然将目光移向了窗外的景物。

"都一家人了，还说这种话。"二姐抱怨大姐。

兰花妈的鼻子一翘："想我不说，除非老家伙光鲜鲜办了他儿子的亲事。"

像是迎面吹来一阵春风，扫除了长水脸上的全部灰暗。他精神抖抖望望兰花妈，竟按捺不住地笑起来："中，中，中，你这话算是对成处讲。面子上的事你放心，我长水讨饭要街也得办。就照大姨说的办。"说着又将脸对兰花妈凑近些，"亲家母，照大姨说的办中不？"

兰花妈舌头一打翻："这回可是便宜了你个老猪日的。"

长水一缩头，可很快又笑得山羊胡须直颤抖，手往大腿上一擂："中。五百元钱虽说难办，可我不怕。这回去芜湖，拼老命也得逼建文想出办法来。"

冤家变成了亲家，气氛也跟着变了。但是当他们涌进建文住宅之后，欢快的情绪顿时又变得沉重起来。王燕一见他们就皱紧了眉头，很不情愿叫声"伯伯"，便一头埋进了卧室。建文正淘米，忽听见伯伯声音，手就在米盆里不听使，头也嗡嗡响，仿佛正朝万丈深渊里坠。

准备好的菜和米，无论如何是应付不了凭空而降的三张嘴。唯一办法是增添，增添需要钱，钱在王燕手中。建文信心不足地立在王燕身边恳求。王燕满面愁苦，双手抱住头乱抓："又要换锅了！唉！我的脑袋要炸了。"话虽这么说，钱还是给了五块。建文拿着钱，蔫头耷脑出了卧室门。一时疏忽，忘了带门，王燕便有了施展才华的机会。只见她抬脚朝门狠狠一踹，门和框砸出了强烈的响声，震得兰花妈和姨，还有长水，统统一抖。兰花和驴子没反应，经历的多了，就是不容易抖。

王燕躲在卧室里，建文忙在厨房里，农村同志们全窝在客厅里低声悄语。建文的饭菜很快熟到了能吃的地步。可大姨却拽着兰花妈要走。建文、长水、驴子合伙拉都没拉住。兰花眼眶盈满泪水，喊一声"大姨"，喊一声"妈"，竟哇地哭出了声。大姨回过头，紧紧握住兰花手，说："孩子，我和你妈还是那话。自个事自个做主。驴子是个好后生，我们放心，不过照我说还是不该在外漂流。应该归家和驴子有里子有面子办了事。”说着又用微微颤抖的手摸摸兰花头，“孩子！别哭了。我们是放心不下才来找你，不是来逼你回家。养你这么大不容易啊！牵着心，牵着肝。”说到这，大姨竟哽噎得无法继续说下去，收回手，一扭头，颤悠悠拉住兰花妈的手，“唉！姐，我们走吧！”

别看兰花妈跟长水撒起泼来一身劲，却不敢在长水儿子和媳妇面前有半点放肆。建文和王燕的气质、派头，以及满屋金碧辉煌的摆设，早已给了她一个下马威。她抱紧妹妹的手，哭哭啼啼随妹妹朝楼下走去。兰花泪流满面，高喊一声：“我大姨，我亲妈。你们等等，是我不好，我跟你们走！”兰花一边洒泪一边小鹿似的朝楼下蹦去。长水、驴子、建文统统愣成木雕，直到听不清她的声音，三人才大彻大悟。但驴子没追，腿一疲软，蹲在地上呜呜哭，以袖掩面，以泪洗脸。

兰花回去了。兰花说暂且没脸进家门，大姨便领她去自己家小住。可兰花后来却长住了下来，驴子从芜湖归来都三个月了，却一直没碰上兰花面，急得他逢集必上，不买东西，不卖东西，只求遇见兰花，却一直没能如愿。直到第四个月尾，仁爱的上帝才成全驴子一回，让他在一家布店看见了兰花。兰花没有看见他，正有说有笑地对各种高档布料指手画脚。她身旁挨着一个英俊后生。后生很爱护兰花，只要兰花看中的布，他总是不惜重金买下。

驴子猛一晕眩。“天啊！兰花跟别人扯布定亲了！”驴子的心中妒火熊熊，很想冲向前去论个曲直是非，但还是让理智控制住了激情。

泰山一样的精神压力，又一次将驴子按在床上不吃不喝。直到建锁捎来信，他才毅然决然和床铺告别。建锁如今也上了县一中，那封信说米吃得仅剩四斤，钱花得仅剩四角，盼望驴子哥及时补给。

驴子满脑空旷，挑起实实在在的米担子，抬脚跨进浓重的晨雾里。宽阔的脊背渐渐失去踪影，只有桑树扁担的呻吟声沉闷而又悠长地缭绕在雾蒙蒙的田野上。

（发表于《清明》1995 年第 3 期）

# 小窑堡纪事

## 一

那口塘恁大，形状优美，水质一流，只是名字糟糕——屁股塘。相传很早以前，王母娘娘腾云驾雾于小窑堡上空，心血来潮牵挂起人间烟火，便探头下视。不望不知道，一望吓一跳。早听说人间凄凉，却没料到穷得鬼哭狼嚎。娘娘心情百般阴郁，稍不留神，身体一歪离了云端，直直地朝下坠落，咚的一声巨响，屁股跌地，地被砸个坑，这坑便是屁股塘。传说虽无据可查，可是当你登高俯瞰时，那塘恰恰像个硕大的屁股。屁股塘发旺鱼，却好多年不养鱼，直到分田单干，其贵才找到村长，说："屁股塘荒了也荒了，不如承包给我养养鱼。"

村长将其贵当作怪物扫一眼，又拈须愣怔片刻，方才一挥手："愿意你养去。不过你得仔细掂量掂量。"

其贵抹抹梳得溜溜光的二分头，正儿八经和村里签了三年的养鱼合同。三年光阴一滑就没了。但其贵的腰包却装上三万块。其贵与婆娘胖子笑得嘴向一个方向歪，强烈要求给予续包。村长面露难色，以一种无可奈何的口吻说："屁股塘不是我私家的，我一手遮不住天。开会。"

会很容易就开成了。绝对民主，绝对统一。全体村民一律要求其贵别老盯屁股塘不放，庄家轮流做，该换换人了。

其贵回力乏天，气愤难耐。他清楚续包不成是因为有几个人物头从中作祟。他恶恶发誓：“老子包不成，你们几个也休想，试试看。”

## 二

二根子和婆娘兰英，踩着屁股塘堤上月色，一转悠就是三圈。直到腿疼腰酸才踏进家门。

“财运来了！来了！”二根子痴迷迷地搓揉双手，眼珠子仿佛要蹦出来。

兰英笑咯咯扭扭屁股，笑咯咯取出两瓶地方好酒，飘飘荡荡在丈夫面前一晃：“发财心一样，儿女心一样。我找村长去。”

二根子目光一闪，又忽地一暗。他最清楚兰英本领。这母的漂亮，嘴快，喜欢讲荤的。因此在男人面前是个吃香角色。她出面包塘确有把握，但二根子确有醋意。就在兰英出门的当儿，他提了意见：“夜深了，等太阳出来去不中？”

兰英眉一戗：“太阳出来了，人也出来了。不障眼？”

二根子一憋噎，捏捏鼻子不吭声。无限醋意在胸中乱拱，就找碴说：“村长不一定就敢拍板，还有大秃子哩！”

村长是英雄，兰英属美人。英雄美人自古有缘，所以二根子吃醋，就故意贬低村长。大秃子没成色，臭狗屎一堆，二根子绝对放心。

放心便称心，称心便有意抬高大秃子。遗憾兰英自有主见，眼一斜，鼻子一哼，照直不打弯朝村长家走去。

大秃子今朝三十三。同龄哥们都有孩子前呼后拥喊伯伯，唯独他一裤裆清风，一间草房，一张土床，一口补了三个疤的牛屁股锅。大秃子虽穷，却偏爱吃香喝辣。为了红烧肉连绵不断，老烧酒长年不涸，竟不辞辛苦琢磨一手电工绝活。谁家办个红喜宴，漏请了他。他准会猫进床肚，给专备的火地线来个接吻。村电房保安器准跳槽。你家晚宴就得给蜡烛配个位子。大秃子有时想吃鸡，就偷杀。就是被你当场捉住，你也别龇牙。否则，大秃子笃定会破费几个，买几包鼠药。说是请你家鸡客，实是断绝你家鸡的香火。你找他论理,他说没工夫,有工夫时便抵赖,万一赖不脱,干脆眼一闭赞助你一顶帽子:“中央政府年年号召人民灭老鼠。我投鼠药,你放鸡吃,你胆大包天对抗中央。”

你得罪大秃子,大秃子就得罪你庄稼,夜深人静去你家黄稻田横七竖八搂几杆子,或者帮助你家锄片青苗。恰巧被你碰上,你便骂。他先不吭声,你再往下骂,他便吭声:“不就手痒搂几杆稻么?不就手痒锄二分地的青苗么?想割大爷蛋?真想割磨把快刀来就是。”

那一年,二根子养的老母猪不小心惹了大秃子,大秃子气汹汹摸把稻叉,顶猪屁股通:“没长眼的东西,大爷给你戳两眼。”一叉下去,老母猪屁股果然有了两只血淋淋的眼。气得二根子夫妻齐心合力放倒了他,并惩罚他两巴掌。大秃子洋相出尽,深感无脸在小窑堡混,发誓去死,抱着二根子家卫宝共同下井死。

二根子呆了。卫宝可是他家独苗,拥有一对半姐姐,兰英冒着触犯计划生育的危险生了这个老四,容易?据说还是二根子三赴九华山给菩萨磕头求来的。岂能让大秃子抱井里去糟蹋?二根子越想越颤抖,接连请了大秃子几餐客,恳求大秃子千万别断他家香火。

村长的房舍就横在兰英面前。大门紧闭。门缝里钻出两个人的对话声。听不清说些啥,但能感觉到话音里弥漫着一种神秘。兰英迅速打消敲门的念头,一缩腰躲到窗子的下角,目不转睛欣赏屋内风景。她陡然打个冷战。若非亲眼所见,新耳所闻,她无论如何也不信村长会和大秃子合唱一台见不得人的戏。

“大秃子,村里的电房。缺个电工哩!我门槛被人踩平啰!这年头只要有好处。人人头削尖了钻。”醉意朦胧的村长对醉醺醺的大秃子说。

大秃子眼盯电灯泡,灯泡立马照亮他的心:电工可是块肥差。来钱,活轻,又有人求,是个彻底解决红烧肉和老烧酒的行当。这一想,大秃子双手捧成个球,冲村长一拱:“我也想钻,只是没好说出口。”

“瞧你是多么的憨。幸亏我心中惦你,没应许别人。”村长手一晃,啪地扔过去一把铜钥匙,“进电房。”

“村……村长……”大秃子被突如其来的命运弄得不知所措。激动得话也不晓得说了，只晓得端酒杯邀村长“干”。

“我愁！酒入愁肠愁更愁。”村长愁眉苦脸摆下手，“屁股塘荒了可惜。不荒吧，打主意的人又太多。僧多粥少，真是愁死了我。谁不想养鱼？谁跟钱有仇？说心里话，我也想。”

“想养鱼，就兜了屁股塘呗！”大秃子的酒盅仍呈在村长脸前，“干。”

村长的脸掠过一丝不易察觉的兴奋，一仰脖子，咕咚下一盅，就有暖意在肠子里蠕动：“可我是干部，得注意影响。”

“屌。干部也是人，也吃喝屙屎撒尿。”大秃子的手一擂桌子。

“话是这么说。”村长机械地摇摇头，“小窑堡人你又不是不晓得，七样葫芦八样腔。”

“屌，我扛着。开会时，我抢先发言：屁股塘承包给村长，不同意的举手，同意的不举手。”

地旋，天旋。站在窗子下支棱耳朵的兰英也在旋。她长了见识，彻底明白了什么叫人心隔肚皮。她失魂落魄，丧家犬一样撞回家。家里的二根子见女人拎酒出门，又拎酒进门。再揪一眼女人那寡妇一般难看的脸，就猜出个八九不离十，忍不住问一句：“黄了？”

“村长心脏，比他妈屁股还脏。”

二根子叹口绝望的气，一屁股跌在凳子上。本来装满希望与憧憬的头颅无力耷拉在裆里乱晃：“唉！锅通了！唉！他是村长。他不是村长多好。”

兰英躁动不安来回踱步，踱过去是五步，踱过来还是五步。忽然一转身，就对门外踱。

“哪去？”二根子拽住女人。

“我找大秃子去。”

“哦！找大秃子。”二根子松了手。“找大秃子！我早就说要找大秃子嘛！”二根子愁容满面的脸上荡漾一层碧绿的波，“去吧！大秃子可是个抹顺毛的货。”

兰英的到访，令刚从村长家喝一肚子酒的大秃子十分诧异：“你……你真……真稀客。”

“不稀(西)客,东客。没睡?”

“嫖女人刚回。”大秃子满嘴粗话。

“嫖鬼,我家老母猪都恨你。”

大秃子脸一抹红,表情古怪。像笑又像哭。

兰英油然腾升一股滋润。可一想到他对村长的承诺,又颓丧无比。她无法容忍失败,她要紧紧抓住那稍纵即逝的发财机会。可又谈何容易?村长也想抓,大秃子这个人物头又偏袒村长。希望甚微!大门几乎紧紧关闭!可兰英生性要强,属鸡也要挣挣,何况她属牛。她咬咬牙:没门走窗子。她调动屁股,毅然决然挨大秃子坐下了。胸部一扭,两只酥软的面包有意无意地在大秃子胳膊上摩挲。

一种朦胧的温馨立即在大秃子身上蔓延,使他魂不守身。手悬在兰英胸前,攻也不敢,退也不甘。

“我想摸你奶子,可真摸了。”

大秃子有些气喘,晕晕乎乎征求兰英意见。

“想占便宜?”兰英红头红脑说。

“好想好想。”大秃子眼都绿了。

兰英不置可否一笑,毅然决然站起来:“好事人人想。我也想好事,我那好事是承包屁股塘。”

大秃子愣怔片刻,急速转动眼珠珠。喘息蓦然粗重:“好说好说,只要你顺了我。那……那……屁股塘就是你的。”

兰英暗暗一喜,故意激他:“你有那本事?!”

“包在我身上了。”大秃子擂了一下胸,接着就来抱兰英。可兰英已抢先站直,一甩腿站到大门槛上,不紧不慢敬告:“今晚不中。哪天屁股塘归我,我哪天自动找你。”

“好好好。”大秃子摇摇晃晃站起来,摇摇晃晃向兰英挨近,兰英却拿脚溜了。急得大秃子手直招:“回来,好兰英你回来。我先预支一回不中?”

兰英没回声,更没转身。笑咯咯地越走越远。

## 三

关于承包屁股塘的会很快召开。会场转眼爆满。人人劲头十足,统统龇牙咧嘴巴望村长早开金口。村长却纹丝不动坐着,没有开口讲话的迹象。

“村长人到齐了,你开口讲话。”性子急的开始催促。村长眼一眯,淡淡说一句:“大秃子到了?”

于是满屋村民都寻找大秃子。大秃子果然没到,而大秃子又是一个呱呱叫的人物头,得耐性子等。一等又是一刻钟,那秃子仍没冒出来。人人心急如焚。

“那懒货十有八九还在压床。”兰英分析。村长认为颇有根据,便指使几个小把戏去喊。

大秃子果然横压在床上。昨晚其贵请了他,借着酒劲,其贵问:

“多大啦?”

“三十三。”

“男到三十三,太阳才出山。”

“狗屁。”大秃子尴尴尬尬,“你笑我?”

“我咋笑你?”其贵像受了个牯牛大的委曲,眨眨那双深邃的眼,嘴撮成个包子冲婆娘一呶。胖子心领神会,鬼子似的钻出去,靠墙根一蹲,两眼似灯笼一眨不眨警惕周围动静。胖子进了哨位,其贵放心大胆把硕大的脑壳凑向大秃子:“财运来了!”

大秃子摸摸秃球,傻愣愣瞪开一双迷惑的眼,不知其贵闷葫芦卖啥药。

“唉!你真的头脑不清。屁股塘还没新主,作兴其他人包,就不兴你包?”

大秃子头一昂,茅塞顿开。可一想到跟兰英的约定,便木了脸:“我光卵蛋一个人,能包?”

其贵不晓得大秃子维护兰英,只听兰英说大秃子向着村长。其贵冷冷干笑:“人不为己,天诛地灭。你迂腐。你若再不动点脑子,你这辈子一滑就过去了，老死也没个哭丧的。”

大秃子默默搓揉一双手，焉焉耷下悲哀的头。其贵眨眨眼，动了真情：“大秃子！屁股塘我其贵包得好好的，可别人眼红，个个争着在我头上做文章，只有你中立。你不愧是好人。看着好人遭难我不忍心，才给你指条路。你若狗肉不上秤，我也没法。”

借着酒劲，其贵的一番开导，使得大秃子眼里突然冒出一股黄铜一样的光。其贵乘胜追击：“大秃子呀大秃子！记住了，男到三十三，太阳才出山。发了财，不愁没有一切。盖房子，讨老婆，生儿子。我其贵等着抱侄子哩！”

“你……你这算对实处讲。”大秃子已醉到了酒后吐真言的地步，“我……我做梦都想要个女的。”

大秃子飘飘摇摇归了家，逮着床便躺，却一时睡不着，信马由缰的思绪尽朝实实在在的地方想。虽说和兰英有约在前，但那女人刁滑。我就不能挣钱娶一个？大秃子想想笑笑，笑笑想想。后来不知不觉打起了呼噜。一呼噜就没完没了。直到小把戏擂他门，他才一骨碌爬起来：“操，睡昏了头。”急忙忙穿上鞋，匆忙忙朝会场赶。

会场顿时活跃，人人精神为之一振。村长笑微微冲大秃子点个头，兰英也望了大秃子两眼。

“开会，专门研究屁股塘。”村长一马当先扯上正题。大秃子立即附和：“就是就是，那么大一个水面，闲着王母娘娘有意见。”

村长浮一脸闷快活：“不愿耽误大家更多的宝贵时间。我们来个快刀斩乱麻，来个三下五除二。谁带头谈谈看法。”村长在说话的当儿，不由用眼角勾了一下大秃子。大秃子却装作若无其事。稳稳坐着，悠悠吸烟，悠悠吐雾，目光透过烟雾偷瞅其贵。

其贵颇有大家风范，从容不迫站直，从容不迫开了腔：“我插一杠子。屁股塘不让我续包完全正当。我确实富了，应该让出屁股塘拯救更穷的人。要论穷，谁也没法跟大秃子比。穷和寡汉条子都落在他头上，这种人在小窑堡横竖是找不到第二个。”其贵畅快吐出堵在喉头的痰，只觉心田滋润，甘甜至极。

大秃子屁股一掀站起来了,极认真、极文明地说:"其贵大哥的话,大家都听到了,如今作兴民主,他一人说的不能算。欢迎大伙多提意见。"大秃子用眼恶毒毒扫一遍所有人,所有人不寒而栗。

"请反对的同志举手,或者站起来。"大秃子一股劲地发扬民主。

没有谁举手,也没谁站起来。大秃子拿眼四周瞄瞄:"哎!没有反对派,一个没。那么屁股塘的事就摸到眼钉上桩了。"

村长与兰英同时感觉吞下一只活苍蝇,可前后一掂量,全村上下果然找不到比大秃子更符合承包条件的,谁也不便说三道四,大秃子堂而皇之拥有了屁股塘的三年承包权。旷日持久的关于屁股塘的争论终于在小窑堡结束了。人与人之间又恢复了往日的祥和。独独其贵仍保存一口难以下咽的气。他不甘心就这么轻轻松松叫人治趴下来,他那硕大的头颅又想妥了一桩吓死人的大业。

## 四

小窑堡临水依山。水为屁股塘,山是老荒山。老荒山自古窝囊,不高,不尖,不长树木,草也稀疏,黄巴拉叽的犹如牛屎一泡。山中无矿,有的是黏性极强的土,黄颜色,雨水一浸,陷得行人拔不出脚。小窑堡人个个厌之,其贵偏偏青睐。其贵有其贵的眼光,他看中那土是因为它是烧制砖瓦的上等材料。他决定创办一座轰轰烈烈的窑厂。但首先要通过的是胖子这一关。

"人心不足蛇吞象,挖了金伢子,还问它妈在哪!"胖子兜头泼来一盆凉水。

其贵埋下脸,灰不溜秋直叹气:"唉!我干事你总打坝,你的见识咋就没你头发长哩!当初包塘养鱼,你打坝,可后来不是赚了!赚了三万块!如今若把这三万搭进窑厂,说不定三年后就是三十万。"

"泡泡,大泡泡!"胖子不假思索,眼斜鼻子歪,"世上哪有常胜将军?你要见好就收。"

其贵皱皱眉,搜肠刮肚努力开导。遗憾胖子听不进心里去,死死抱住一句话:“不中。讲不中就不中。我要盖屋,砖瓦结构,剩下钱撂银行搁着,吃利息。”

其贵口干舌燥动员无望,不禁恼火,脖颈一粗,后一伸,再一抖:“拿来,钱拿来,钱可都是我挣的。”胖子压根没防备其贵会说这种孬话。先一惊,后一怒:“放屁。”

“咦……咦……”其贵攥着拳头龇着牙满地乱转,终是无法消化心中怒气,巴掌一抡,胖子的脸上就有了五根指印。

胖子可是一百八十斤的活人,哪能吃下巴掌?她猛地吸口气,倒退三步,猛地一埋头,两腿一蹭,坦克一般向其贵撞去。

其贵还算冷静,利索地揪住胖子影响见识的长发:“你作死。”

胖子不作死,作死的是其贵。胖子胸有成竹,单刀直入的手猛一搂,准确无误抓住了。只见威风凛凛的其贵忽然两眼发直,红扑扑的脸膛说白就白得骇人,双腿蹲成骑马式一动不动,两手早顾不得胖子头发了,十分迁就地捧住胖子捏他命根子的手,满腹牢骚不敢发,有气无力地协商:“你捏我卵子?”“就捏你卵子。”胖子头一犟。

巾帼不让须眉,阴盛阳衰已成定局。其贵相当被动,弓着腰白眼珠乱翻。

“还打?”胖子训问。其贵耷头耷脑不吭声。胖子火起,双手稍稍用上劲:“噢!装阴?”

其贵惨兮兮叫一声:“不……不打!”

“还办厂?”

“不办。”

“还算知趣。”胖子说了这话手也松了。其贵陡然有了由地狱升入天堂的感觉。

后来其贵再不敢跟胖子瞎搞。蛮的不行就来文的,绕个弯子搬来了老丈人。老丈人了解女婿,相信女婿,尊重女婿,但也照顾了他丫头情绪。老丈人胡须一抖:“你们家产三万,出两万办厂,留一万盖房。要我说,我就这么说。”

其贵夫妻相互望望,相互一笑,相互点头。

## 五

其贵的新屋威武雄壮，比小窑堡那些一律平等的土坯配茅草的房子高出一米。那出头的一米，十分耀眼，十分障眼。障眼了，小窑堡人就骂其贵张狂，骂他盖的不是屋是鳖窝。骂声传入胖子耳朵里，胖子哈哈一笑："我这么高的砖墙大瓦屋算鳖窝的话，你们家的趴趴茅草屋算什么？蛤蟆窝也。"

蛤蟆窝一说很快传遍村落，人人气得要死。

顶气的首推隔壁邻家三瘪子。这一天，三瘪子趴在锄把上一动不动，活像只沐浴阳光的老鳖。婆娘冲他剜几眼，他仍鳖他的。

"瘪子，是干活呐还是瞌睡呐？"婆娘忍无可忍，冲退后两丈之遥的三瘪子吼一声，底气颇足。可三瘪子还是装鳖。

咚！婆娘落脚如石夯："耳朵哩？"

三瘪子这才将眼光别扭扭转向婆娘。婆娘也正关心他，目光像锥子。

"唉！"三瘪子摇头晃脑叹口心事重重的闷气，肚里仿佛揣了一把枯稻草，烦得想跟谁拼个你死我活。猛地抡锄，对准一块酷似人头的土团狠狠搂去："搂死人偿命，搂死其贵不偿命中不？"二瘪子咬牙切齿说胡话，边胡说边将全部力气集中在锄头上。那锄裹挟着一股森森阴风，丧心病狂击打目标。一个个土团在锄的蹂躏下粉身碎骨，责任田里如同刮起黑旋风，腾飞一股又一股烟般黄尘。三瘪子渐渐变成灰面人，汗水由粗糙得像榆树皮似的肉里渗出，由额头、两颊争着下流，贴肉穿的黑乎乎、油腻腻分不清本色的布褂子湿透了。

婆娘懵懵怔怔，钉了般戳田里，嘴巴斜咧着，不知所措的双眼愣愣注视着丈夫的疯狂。她明白，此时怎样的劝阻都是空。

三瘪子的疯劲变本加厉地愈演愈烈，转眼到了婆娘旁边。汗水已不是淌的问题了，竟腾空飞溅。热辣辣砸在婆娘脸上，婆娘的脸皮仿佛被砸成一个又一个热辣辣的坑。

该立即制止丈夫的自我作践，丈夫可是当家角色。

“能否憨些?”她的话尽可能温柔。

“憨不下来。”他的声音像出膛枪子。

她身上的肉嘟噜一颤:“那也该考虑锄的寿命。”

“管它球?”说不管,锄把真就断了。三瘪子傻了眼,愣头愣脑栽田间岿然不动,一个栩栩活物又沦为死鳖。

“瞧你,像猪,活公猪。”锄把牺牲了,婆娘就不用担心三瘪子会累趴下,语调自然生硬些。

“不是故意的。”三瘪子蔫蔫说。

“不是故意的? 锄是碎土的,不是打铁的。”三瘪子发蔫,婆娘就发硬。一针见血揭示三瘪子狭隘心思:“其贵盖屋,关你屁事。”

“咋? 关我屁事? 打从穿开裆裤记事起,我还没见过小窑堡人盖屋像其贵那样瞎盖。把个墙头砌得驴屌一样高高翘着,欺了我家气势,不关我事关谁事?”

婆娘顿时浮游一脸恨铁不成钢的表情,一跺脚:“亏你有脸说。其贵是人,你也是人。人和人咋就不同? 人家会挣钱盖屋,你哩? 你要如其贵一半能耐,屙屎我都愿吃。”

三瘪子一憋噎,眼球滴溜溜转。一转,二转,都三转了,仍没转出新鲜名词应付婆娘。巴掌直扇天灵盖,心就像架在烧得哔剥响的干柴火上。他简直想把那颗烦躁的心挖出来扔给狗吃。

婆娘又有语言冒出口:“现如今可不比以往。政府劝少数人先富。你敢拔其贵毛么? 你敢……”婆娘正滔滔不绝,忽然关了话闸。她看见三瘪子恶恶盯她。

“难道你敢?”婆娘心一拧。

“哼。”三瘪子由鼻孔冒出一股气。

“哼。哼不过添把糠。还能把其贵搬了?”婆娘把三瘪子比作一种没有理智的动物。农村人喂猪,猪嫌食孬,就哼,添把糠就不哼。

三瘪子上下眼皮吧唧一奋,胸脯一拱,对着苍天莫名其妙吼:“就搬。”

“作死。”婆娘唬他。

三瘪子一抖手，扔了半截锄把。吭哧、吭哧朝村里蹦，边蹦边发誓："死就死呗！"

婆娘轻蔑地望三瘪子一眼。三瘪子蓦然察觉不对味，就不敢吝啬吃奶劲，趺趺撞撞朝村中撵去。

蹦到自家门前，三瘪子瞥瞥右邻那高出一头的砖墙，脖颈爆满蚯蚓般青筋，一蹦三丈高："杨其贵，你一二三不弄，弄毒事，欺人太甚了！'左青龙右白虎。任给青龙高三丈，不给白虎点点头'，这是祖传的风水。你其贵有啥本钱把祖宗的话当成屁话？"

砖墙的门洞探出个硕大头颅，那头颅很快带出下半截其贵。首先拍拍手，拍出一股灰尘，呛得自己一捏鼻子。

"三瘪子，你喊我？"其贵说话的当儿仍捏住鼻子，音调显得异样。

三瘪子以为他故意洋腔广调，立即生出许多额外气来。人一气讲话自然恶劣："你个驴日的洋货！"

其贵不承认是驴日的，扯直嗓子叫："你骂我？你平白无故咋就骂我？"

"骂你，老子就是骂你。"三瘪子好汉做事好汉当。

"你凶，你凶。我惹不起躲起。"其贵大人不计小人过，一扁身躲进门洞。

其贵良好的涵养是三瘪子没料到的。打从其贵翻了屋，他一直想找其贵操些事，一直没操成。今天好不易有了开端，其贵却不愿奉陪。得挽留，溜了他没戏。三瘪子急中生智："呔！我叫你站住。"

"头老得像尿壶，我偏不站住。"门洞里的其贵说。

三瘪子像被谁照胸夯了一榔头，嗷嗷叫地钻进自己家，对着四个儿子壮烈地叫："伢们，跟大铲鳖窝去！"

四个续香火的，个个有水桶粗，扁担打不死。四个壮儿，搭配上打架祖宗三瘪子，抖起威来，那真叫轰轰烈烈。

"伢们，上。"三瘪子摸把钉耙叫得地颤。幸亏婆娘满头大汗撵了来，奋不顾身扑通一跪，双手狠命缠住三瘪子腿："好瘪子，你做做好事，你不去，你不能光头朝刺旮旯里钻！"

三瘪子动弹不得，拿眼瞅瞅婆娘，婆娘失魂落魄哭丧着脸。再瞅四个儿子，一排不孝顺的东西个个歪头奋脑拢着手，都没按他吩咐拿家伙。三瘪子彻底没了指望，腿一软，抱住头躺到床上生闷气。一气多少天，四个儿子轮流侍候茶饭，三瘪子不吃，于是儿们集体劝，劝他想开些，家里有的是挣钱的粗力，只要抱头死累两年，砖瓦房不来了？到时把屋盖得比隔壁的更高，不就报了仇。

三瘪子目光疑疑惑惑在儿们脸上逐个绕，就觉得四个狗日的大了，懂事了，说的全像人说的话。三瘪子爬起来了，吃饱喝足就忙分工。他派两个儿子出门挣活钱，留两个儿子呆家种田挣死钱。再三告诫：盖房是桩花大钱的买卖，没有万儿也得八千，要儿们不得贪玩。无论挣活钱还是挣死钱，两年后，各人均得缴一千块钱。并当儿们面一擂胸口："老子两年内准备挣四千块，加上你们的正好八千，盖屋！"

儿们扑哧一笑，纷纷说他吹牛。瘪子眼一翻："没大没小的东西，讲谁吹牛？我心里有底，你们累你们的去。"

## 六

打从鳖窝落成，其贵便轻装上阵，雄心勃勃开始了窑厂大业。短短四个月，窑厂便有了眉目。照小窑堡人话说，烟囱像驴鸡巴一样竖了起来。驴鸡巴周围蹲着几间土坯茅草房，低湿阴暗不透风。小窑堡人个个笑豁了嘴："嘛鸡巴工厂？猪圈不如。还当其贵在干什么了不起的事，就干这破玩意！出气，出气带冒烟，那烟囱可能就是冒烟的。"

其贵的窑厂确实土得不能再土。两万资本也只能土法上马。用砖圈一个不大的窑堂，窑堂周围和顶用土封着，像一巨大的坟。坟的中部立一根约五米高的烟囱。窑堂是砖的摇篮，那烟囱正是用来冒烟的，但却迟迟没烟冒。没烟是因为没煤，没煤是因为没钱。两万钞票能折腾出一个窑厂，已算艰苦创业了，哪有余款弄煤？

八条粗汉已打着赤膊给其贵累了四个月，以不朽的粗力累出个窑厂，累出无数砖坯。粗汉们功劳大大的。无功不受禄，有功应拿钱。粗汉们个个躁动不安，急切地盼望其贵发工钱，其贵没钱发。其贵的钱还在砖坯里头哩！砖坯等煤烧，煤等钱买，恶性循环。偏偏粗汉们又沉不住气，纷纷瞪大没有涵养的眼追着其贵讨工钱。其贵永不变更地劝："都别急，烧出砖来就是钱。"粗汉们懒听，说："都等了四个月！还等到胡须白不成？"并明确表示，不付工钱就不干了，你这破窑也别开。

其贵两眼发直，两唇发抖，直抖着一个字："钱……钱……钱……"

其贵一头扎进了钱眼里，筹备钱成了其贵的一块心病。因为鳖窝，满村百姓被他得罪得一个不亲，而眼前的难关，偏使其贵认清了人缘关系是多么重要。可是晚了！平时不烧香，临时抱佛脚，佛是不会动心的。其贵心灰意冷，走投无路，抱住头落了一整天英雄泪。胖子偏又气他，满嘴风凉话："厂长，窑厂厂长，哭了？不像个人样也要折腾厂子！钱折腾尽了，烟囱却不冒烟，还落几个讨债鬼天天登门逼债。唉！叫你别办窑厂你偏办。办吧！我看你咋个收场？"胖子眉毛倒竖，鼻子乱歪，满身的肉乱颤。话到气急处，狠狠一掼手中的洗米盆，铜盆哐当一声，惊得碗柜顶上那只偷食篮中鱼的馋猫一个斤斗翻下来。

第二天，走投无路的其贵骑车去找乡长。他和乡长有过交道，那还是那个辉煌的养鱼年代。两年前作为养鱼专业户，乡长亲口表扬过他，并作为典型在乡里喇叭里广播过。然而斗转星移，岁月匆匆，两年后的其贵却因事业受阻而去求助乡长。

由于是熟人是名人，乡长热情接见了他。其贵落座，想到自己是背水一战，他十分动情，有头有尾给乡长念了一长串难念的经。乡长手托腮帮专心听着，还不时点下高贵的头。说其贵大有发展前途，说窑厂潜力无边。方圆十里独其一窑，而住宅革命又在蓬勃兴起，砖瓦代替土坯茅草势在必行。窑厂正是生产砖瓦的，所以窑厂兴盛指日可待。乡长鼓励其贵抓紧将窑厂玩起来，还要求其贵带动乡亲共同致富。乡长讲了很多很多，一堆一堆又一堆。其贵略略嫌烦，出于尊重又只好硬着头皮听，左耳进右耳出，他只关心钱的事。乡长毕竟是乡长，很快吃准其贵心思，很快刹住毫不相干的废话，扯上了正题："创办一个窑厂仅花两万，不能说不是艰苦创业。精神可嘉。问题是你缺一万块无着落，不要紧的，区区一万，解决起来还不是翻个巴掌?”

一江春水顶对其贵心里流。其贵睁大贼亮亮的眼，静声静气等待乡长那两片唇的继续翻动。

“一万块不难，可要听党的话。”乡长说。

“听。”其贵显得激动。

“走共同富裕的路。”乡长的声音包容着一种不容反驳的威严，“共同富裕就是大家发财。一人富裕不算富，众人都富才是富。窑厂你已投入了两万，照我说欠缺的一万应让其他村民过把瘾，然后按股分红。希望你其贵姿态高些，能顾全大局。”

其贵心潮激荡，由于压根没想到乡长会用集资的方法解决钱的问题，所以觉着突然。

“不愿?”乡长笑也威风。

“愿。”其贵急切应下。

一个愿打一个愿挨，乡长、其贵皆大欢喜，成双捉对豪饮一番，便跷上自行车风摆杨柳似的朝小窑堡进发。

小窑堡上空漫起了嘟嘟的哨声。走进会场的小窑堡人一律支棱起耳朵，聆听乡长发话。乡长拿眼在每个人面上捉摸一回，全是些憨厚本分的脸。乡长端起了茶杯，揭开盖，吹一吹，喝一口，擦擦粘在唇上的水珠珠，一串救世主般的语言便从那两片唇的接合处挤了出来：“承蒙上级领导和基层群众的抬举，我已连续当了八年乡长。我们乡是全县最边远的乡，最穷的乡，可谓全县的西伯利亚。而你们小窑堡又是全乡的西伯利亚。小窑堡的穷是可理解的，小窑致富也是有希望的，你们村资源丰富，屁股塘有一汪发旺鱼的水；老荒山藏一山可烧砖的土，等待挖掘，等待开发。早在三年前，其贵包了屁股塘，养鱼三年，赚钱三万。平心而论，我这乡长真替你们小窑堡有其贵这种开拓人物而庆幸。他本人的思想也是极高，养鱼富了不忘乡亲，主动将屁股塘的承包权拱手让给其他村民，自己却披荆斩棘开拓新天地。他在老荒山创办了窑厂，要知道，窑厂可是个有潜力的买卖。如今人富了，土坯茅草结构的房舍是容不下富人的，就像小庙装不下大菩萨。窑厂兴旺指日可待，这是大趋势。

可其贵却毅然作出了傻不拉叽的决定。”话到这儿，乡长有意打个盹，慢悠悠端起杯子，慢悠悠嘬起来，顺便把眼珠放到眼的右角，就看见身旁的其贵脸红脖子红。乡长认为那是其贵谦虚的流露，不忍心干扰，就把眼珠滑到左角。看见村长手撑下颏，表情无动于衷，很是超越。乡长猜不透村长心思，也无暇猜测，众多百姓巴望他讲下文哩！

“嘿，嘿。”乡长开始整理嗓门了，整理后的声音清晰异常，“窑厂兴旺，是改革的必然结果。这块肥肉，其贵却慷慨腾出一小半让大伙吃。他在窑厂的投资上留下一万块的空当，让乡亲们入股哩！”乡长满面红光，目光烁烁，信心十足等待雷鸣般掌声，然而却等了一场空，没有掌声，只有吃吃的笑声：“啥重大决定！就是想搜我们荷包呗！”

“我荷包还有一毛八分钱。”三瘪子翻腾出几枚硬币，露一脸居心不良的笑。

可一个愣头青却冒出来跟众人抬杠。众人心齐，七嘴八舌驳他一个。愣头青却不怕，指手划脚对抗众人，一时竟辩得众人抓耳挠腮哑口无言。愣头青得意非凡，越讲越起劲，不料小巧玲珑的嘴巴莫名其妙挨了一巴掌：“小狗日的，鸡下巴颏吞多了？”三瘪子站在愣头青眼前，愣头青头一缩蔫蔫坐了下去。

此番暴力行为，惹怒了乡长。乡长不为民作主，不如回家卖红薯。乡长双腿一撑，胸脯一挺，威风凛凛站了起来。首先擂下桌子，桌子发出咚的一响，震得所有人不敢吭气。乡长的眼却始终停在三瘪子脸上，正义之声脱口而出：“为啥打人？”

三瘪子瑟瑟发抖，凉飕飕解释：“乡长……乡长！你别误会。我打畜牧哩！我养出的小畜牧。”

众人哄笑。乡长也忍不住咧咧嘴。会场顿时炸开了。几个老头子捉住老黑牙穷开心。

“老黑牙，估摸你那猪有了百把斤。”

“有了。”老黑牙挺自豪。

“还不卖？卖钱干窑厂，干了窑厂可是年年分红！”

老黑牙眼一闭："红钱黑钱，不如我猪钱。我还指望它抬回口棺材哩。村上早传雾啦！都说那窑厂是其贵富得无聊弄着玩的，我能玩起？"

话音落地，哄堂大笑。乡长没笑，面色阴沉，看着乐得东倒西歪的小窑堡人，听着乱糟糟的笑话、粗话，不由晃晃尊贵的头。会是无法继续下去了，便悄悄捣捣村长，碰碰其贵。村长、其贵心领神会，随乡长出了门。

## 八

西边的日头坠落下去了，几缕余晖无力地抹在小窑堡参差不齐的建筑物上，曲曲折折的村巷灰暗而苍凉。乡长一路嘀咕："一群活宝！该穷。唉，只有让少数人先富起来了，富得冒油，红烂活宝们的眼，眼红了才晓得厉害，才会跳出保守的框子。"

一行三人坐上村长家凳子，村长忙坏了，滴溜溜地转，泡茶，点烟，可乡长还是牢骚："小窑堡人特殊，愚昧得特殊。穷惯了，穷服了，连挣钱快得摩托车追不上的差事都不愿干。什么素质吗？"

村长的心阴沉沉，想说什么，又什么也说不出口。考虑良久，村长的眉眼忽然舒展开，笑呵呵贴近乡长，笑呵呵坦白出自己的全部想法。乡长沉默片刻，慢悠悠一挥手："试试。"

村长得令，一个向后转，叽溜一声滑出门外。

一根烟功夫，村长回来了，还带来一男一女——兰英和三瘪子。

乡长抹一把头毛，开始表扬。说兰英和三瘪子治家有方，挣钱有方，是小窑堡的模范。说得两人眉开眼笑，一高兴竟不晓得谦虚。兰英说："我家养老母猪多年，已积压了满满一猪圈经验。一年挣个千把块，没问题。"三瘪子也不示弱："我俩儿子英雄好汉，虽说出门仅半年，却寄回了一千多块。照此推算，一年挣个两千块，闭着眼。"

乡长笑不露齿，点头如鸡啄米："可以，可以。村长早跟我露出你俩家底，否则我不请你俩来。"乡长打个顿，腾出一个瞬间将头转向村长："那老头叫啥名来着？就是要买棺材的那个？"村长脱口而出："老黑牙。"

“老黑牙,你们听听,什么名。”乡长说到这里,三瘪子莫名其妙打个哆嗦。大概是因为自己名字也不咋的。乡长压根没注意三瘪子的表情,仍一如既往睁着眼滔滔不绝:“老黑牙本人比他名字更怪,很难想象这种人不光棍一辈子。”乡长忽然意识到说豁了嘴,手拍脑门叭叭响,“看我激动的,咋能说这种话哩!”

自我批评后,又继续说道:“改革了,开放了,人的思想不跳出传统圈子是不行的。党把富民政策毫不吝啬给了国民,就看民众把握了。平心而论,我真是鞠躬尽瘁扶你们小窑堡。看着小窑堡一年不变,二年不变,三年四年还是原来那个样,我急啊!我图你们什么?大不了你们生活好了我来喝两盅。”兰英和三瘪子立即庄重起来。乡长庄重的口吻在庄重的人民面前嘹亮起来:“不是我奉承你们俩,你俩确是小窑堡的魂,都过上了小快活的日子。下半年评五好家庭时我给提提。”

乡长的口气相当坚决。兰英捺不住满脸欢喜,女子就是女子,喜和愁随时摆脸上,不如三瘪子那比井还深的城府,虽想笑,却硬憋住,憋得瘪嘴上的两撇胡须不住地颤抖。

一股碧绿的希望滋润了乡长心田,火候到了,彻底到了,到了也不该急,或者只急不慌。乡长有条不紊开了腔:“但是,请允许我说但是,你们小窑堡绝大多数还没有过上小快活日子。为使大家都能来个小快活,我这乡长,还有村长,肩负不可推卸的责任。但是,我还要说但是,你们五好家庭也该起带头作用,小窑堡人思想保守,可以理解,慢慢来不着急,大家日后会认识到窑厂是棵摇钱树。但是,在他们尚没有意识到之前,我们干部,我们的五好家庭应该站起来带动他们,应该积极主动地入窑厂的股。我想只要几个人带头,就会有一帮人跟着。”乡长说完,瞥瞥兰英,又瞥瞥三瘪子,最后两眼一直盯在村长身上。

村长被乡长看中,非常丧气,手插在乱蓬蓬的头发里乱挠挠,糊涂蛋,谁叫你多事惹麻烦,尽出些搬起石头砸自己脚的馊主意,村长悔不该当初,真是打掉牙齿朝肚里咽,哑巴吃黄连,有苦难言。村长硬硬头皮说一句:“入……入……入一股。”

村长的话使其贵一直阴沉的脸转了晴，也撩得乡长心花怒放，巴掌直拍："好！不愧为干部。"却是没注意村长婆娘躲在灶下，拼命向村长招手。村长望望乡长，借故小便去了。婆娘紧随其后，也顾不得茅坑里的村长正在解裤子，兜头便是一顿奚落："不想好了？谁不知窑厂倒着头？你还要入股？我的天！拿票子对水砸么？我的天！"

"你的天？还你的地咧？"村长眼一瞪，压抑已久的恼火一股脑朝婆娘身上倾，"你当我想入股，乡长逼我！我是村长。村长每年好歹弄几百块补贴，不想当了？"

婆娘眨巴几下眼，沉默了。

茅坑沉默的同时，屋内气氛照样热烈。三瘪子的瘪嘴直鼓："乡长，你想的讲的都是为我们好，我真想入一股。可条件不许咧！我一溜养着四个公鸡头，都会打鸣了，个个旗杆高，还统统没成家哩！愁死我了！我那大狗日的都超过了婚姻法规定的年龄，二狗日的正好，三狗日、四狗日的也跟着撵上来了！我养伢们总该给伢们一个交代，我不能儿子多，孙子少。如今的姑娘比黄金贵，我家却一无所有。一无所有又要姑娘跟你走，那是唱歌人闭着眼睛唱哩！好在大狗日的混了一个，但姑娘妈嘴张得比脚盆大，压我盖屋，砖墙大瓦屋。说我东隔壁的鳖……鳖……"三瘪子看一眼其贵，说，"我隔壁的大瓦屋欺得我家屋都不像个屋了。说如想她丫头做媳妇，非翻了屋不可。"三瘪子说完，正好村长系着裤进来了。三瘪子看到了人证，一指村长："乡长啊！村长最了解村里事，你访访。"

村长一脸茫然，没头没脑问："么事？三瘪子你说么事？"

三瘪子这才明白茅坑里的村长没听见他的话，赶紧张口补救，旁边的乡长却略略嫌烦，手对三瘪了摆摆："晓得，晓得，不说了。"三瘪子就闭了嘴。乡长望着兰英苦笑："该你谈谈了。"

兰英拢了盖住额头的几缕长发，话语很是平和："我是一个妇道人家也没什么好说的，入股不入股是男人的事，我可当不了家。"

刚刚坐稳的村长发了话："谦虚了。家门前的屁股塘，谁不晓得东头深西头浅？谁不晓得你家阴盛阳衰女人当家？"

兰英脸皮一抹红："这个……这个……我承认当着家，也承认老母猪能赚几个。可黄鳝大洞粗啊！我家卫宝正上县一中，花钱祖宗。猪崽子换钱供他上学紧紧巴巴，哪来入股票子？"

乡长一边摇头，一边蔫不拉讥笑。其贵只顾闷着头叹气。村长留兰英、三瘪子、其贵一起吃饭，没留住，三个人各揣个不同的心情告辞出门。不料其贵没走脱，他被乡长由大门外拽了进来。乡长要其贵喝酒，其贵喝不下。乡长说："喝，喝不下也要喝，一醉能解千古愁。"其贵便闭着眼喝，却是酒入愁肠愁更愁，喝到后来，竟嗡嗡哭出声来。乡长瞪大醉红的眼："没出息！哭什么哩？不就万把块钱么，车到山前必有路，没路还有我哩！"

其贵的眼蓦地一亮，煞住哭声，可怜兮兮说："没路了！就靠乡长扶持了。"

乡长一边夹菜一边说："扶，扶，"乡长把受尽磨难的肉咽下肚子，说，"我本菩萨心肠，一心想把更多的小窑堡人扶出贫困线，可惜这些活宝个个属猪大肠扶不起来。"乡长用筷子一指其贵，"你放心。"又掉转筷子头指村长，"你入了股的也放心。"乡长放下筷子，腾出手一拍胸脯，"一万块我包了。乡里正准备给中学盖两幢瓦房，砖的问题还没落实。我看就落实在其贵窑厂里。你明天去乡里暂借一万块，两个月后给砖。"

## 八

屁股塘的鱼转眼就有了筷子长，满塘泛花，一层金波。大秃子笑歪了嘴。

"盖屋。"大秃子首先有了吓死人的想法。"墙用砖砌，顶用瓦封。要弄就弄他个全村一流。超过那鳖窝。然后逮住个漂亮女的，结婚，生人。"夜里大秃子咽着唾沫尽拣快活的想，想想笑笑，笑笑想想，晕晕乎乎，腾云驾雾。忽然鱼棚的外面传来了脚步声，大秃子一激灵，赶紧攥住一把铁做的稻叉，抄起电筒，弓着腰，鬼子似一步一个脚印朝外头走。他不亮电筒，两眼灯笼般搜索着黑暗中的一切。看见了，看见塘沿下一个黑乎乎的人影。听见了，听见哗啦啦的水声。大秃子怒火中烧，日奶奶的，竟敢偷我的鱼！大秃子气得颤抖，轻飘飘迈着脚步，静悄悄朝黑影靠拢。他想逮活的，逮住痛打一顿，以警其余。前进，前进。人影渐渐明显，水声渐渐清晰。近了，更近了。大秃子猛喝一声："不准动！"

电筒放出雪亮的光，却没看见贼，连忙将电筒压低。看见了，贼原来被吓趴到地下，两手深深插在水里，一个又白又圆的屁股活脱脱翘在他面前。大秃子百思不得其解，打从出娘胎还从未听说过有这种偷鱼姿势。出于好奇，大秃子的电筒全部集中在那屁股上："嘿！还是个母的！"满身热血直往秃顶上涌，大秃子直喘粗气。

"缺德鬼！吓掉我的魂！"趴着的人站了起来，迅速捋起裤子，再转过身，"缺德鬼！我解手碍你事了？"听声音，大秃子已晓得是谁了，但还是用电筒照了她的脸，果然是兰英。兰英那羞红的脸仍红着哩！大秃子一转身，一只手捂着嘴拼命闷笑，一只手捂住肚子一拱一拱钻进了鱼棚。

"你个东西啥坏事都做得出。"兰英跟了进来。

"我不是故意的。我啥也没看见。"大秃子一边辩护，一边色迷迷地注视兰英那张生动的脸。

"看你娘哩！娘魂吓飞了。"兰英恶毒毒地骂。

"我不是故意的，我啥也没看见。"大秃子心旌摇荡，"我当是偷鱼的，我那叉危险就戳进你的光屁股。"

"不要脸。你不是啥也没看见么？咋就晓得我光屁股。"兰英气急，一把揪住大秃子耳朵长久不松。

"轻点、轻点。我承认，承认看见了……"大秃子已是上气不接下气，满腹冲动无法压抑，胳膊一抬掀开兰英揪他耳朵的手，张开双臂一把将兰英箍住。兰英动弹艰难，艰难了就干脆不动弹，任凭涎着脸的大秃子在她身上捞油水。初夏的男女穿戴极薄，所以大秃子体验不浅。一边如饥似渴地体验，一边假装正经找理由："好疼，揪得我耳朵好疼。再不抑住你，我耳朵要掉了。"

兰英哭笑不得，恶心无比，肉麻得一颤一颤。本想忍住，忍一会大秃子自然会松的，可她想错了，大秃子不但不松，而且变本加厉愈演愈烈，屁股一颠一颠正儿八经地行动了起来。兰英窝一肚子火。

“放不放?”

“不放。怕你揪耳朵。”

“不揪。”

“骗我。”

“不骗你,有事对你说。”

“不行,不听。”

见软的不行,兰英刷地绷紧了脸,大秃子这才恋恋不舍收了手。

兰英透口深长的气,抖抖褂衫,拽拽裤管:“猪货,活猪货。不是我有事,才不上你门哩!”

大秃子一屁股夯到床沿上:“有事,真的有事?”

“忘了?忘了那天晚上是怎么说的?言而无信的东西。”兰英回忆往事。

大秃子愣一会,嘿嘿一笑:“其实……其实一开始我确没歪心,歪心是后来长的。我光棍半生该成个家了!没钱哪中?所以才失信,把屁股塘挖了过来。”大秃子拍拍后脑勺,“想想怪对不住你。你包涵点,大度点。逢年过节,我包了你餐桌上的鱼。”

大秃子给人道歉可是老奶奶长胡须——稀稀巴巴的。兰英颇受感动。一感动就敛住全部难听话,有的是规规矩矩的道理话:“你说的倒也是,我向来同情你,所以你硬包了屁股塘,我没反对。”

大秃子果然是个抹顺毛的,经兰英顺着一抹,就略略尴尬:“这事……这事……唉!我真不知道咋个说法。”

大秃子这么一尴尬,兰英反倒不好说出那桩自私自利的事。幸亏大秃子会察言观色,一再怂恿她不必顾虑。

兰英这才吞吞吐吐有了声音:“我真没脸说出口。可为了我儿子,考虑两晚上,我还是来了。卫宝明年要考大学了。老师说他成绩不错,但还没有不错到头一年就能稳稳考上的程度。假如头年不中,做田又可惜了。只有供他复读。老师说了,只要菩萨不跟我家作对,卫宝上大学是迟一年早一年的事。唉!我家就这么一条根,就是顶锅卖也得把他供出来啊!眼下的学费跟猪肉、化肥比着涨，复读生的学费又要比应届生高几倍。老母猪横竖是顶不住了，粮食又不是很值钱。我心急烂了！走投无路才来找你。看看能否让我在屁股塘里入一股？”兰英说了全部心里话，那颗心仍悬在嗓子眼。偷偷斜一眼大秃子，大秃子正在摸头思考，面露一种应也不是、不应也不是的难色。兰英敛声静气等半天，没等到他回话。于是用胳膊碰了碰他：“中不中你给个话。”

大秃子深沉的目光慢腾腾挪了过来：“复读一年多少钱？”

“连吃带用两千大几。”

“你入股吧！”大秃子真人一般神圣，“屁股塘算十股，你一股，我九股。”

兰英转眼间成了屁股塘十分之一的股东，喜不自胜，感激的言辞就像屁股塘开了闸，哗哗直流。对大秃子作了千姿百态的赞美，又赞美乡长，说当官的就是心眼活，不是乡长动员她入窑厂的股，她做梦也想不到入屁股塘的股。

大秃子为失落十分之一屁股塘轻微痛惜会，就露一脸大将风度，一再叮嘱兰英不要谢他，让兰英入股完全是为了兑现誓言。当初的誓言是相互的，兰英也有誓言，大秃子忘不了。大秃子目光不禁在兰英脸上多情地摸。兰英的脸红得像熟透的苹果，苹果不时给大秃子抛个风情万种的笑。大秃子失了魂魄，一醉不轻，多情的目光更加多情。兰英觉得那目光邪乎，不禁怨声载道。

“你瞅我？可没有你这种瞅法！”

“我想……我想……”

“想什么哩？想什么哩？”兰英一边应酬，一边退出门外，“你慢慢想，我走了。”兰英急急踏上归家的路。

大秃子白眼一翻，急急追出门：“回来，好兰英你回来。我想脱你裤子。”

兰英没回来，回了声：“嗬嗬！想脱我裤子！想脱我裤子可得等到屁股塘分红。”

兰英就是滑头，自从成了屁股塘的小股东她便缩住头不再跟大秃子瓜葛了。

大秃子躁动不安。三日不见兰英如隔三秋，四日不见茶饭不思，五日不见竟觉得自己活不成。于是撇下屁股塘,走进了小窑堡,直奔兰英家。一般白天去,晚上要戒备偷鱼的贼。鱼儿离不开水儿,也同时离不开大秃子;可大秃子却离不开兰英,兰英晚上又离不开二根子。为照顾全盘,他选择了白天。他已身披阳光找过兰英九趟。遗憾九趟落空。有时兰英不在家,有时兰英和二根子都在家。大秃子虽是懊丧,却并不气馁,不断自勉:“十网打鱼九网空,逮到一网就成功。”要勇往直前,要百折不挠。

这一日,大秃子第十次光临了兰英家。恰巧兰英孤身一人,大秃子就在心里感谢祖上有灵,胳膊一伸逮住了兰英裤带头。

“不中。”兰英回得很绝。

“不中?咋就不中?”大秃子说着理所当然的话。

兰英含糊了,嗫嚅道:“那个来了,莫非想送我命不成?”

“又来了?娘们拖罗,你兰英顶拖罗。一个月没到头来四次。”大秃子愤愤不平,继而眨眨诡异的眼,“你糊弄我?”

“糊弄你是你丫头!”兰英赌咒。

“老婆。”大秃子赌咒也不忘占有兰英。

“老婆就老婆。”

磨磨蹭蹭一大会,大秃子终是找不出留下来的理由。闷闷不乐出了门,闷闷不乐坐在鱼棚里。欲火无情,烧得他坐卧不安。灌下两瓢凉水,那火仍往上蹿。他无限感叹自己命苦:“受气,偷偷摸摸活受气。”狠狠一擂大腿,“日后讨个像面捏的老婆。你兰英巴我、求我,我也不会搭理你!”

大秃子横压着床,胸部节奏分明地起伏,信马申缰的思绪跑得很远很远。想到眼前的处境他悲凉,想到将来的辉煌他兴奋。兴奋、悲凉在他脑海里交替出现,不知不觉已是日落西山,星星眨眼。他勇猛地喝下半斤酒,闷闷地吞下半碗饭,无精打采的一天宣告结束了。天黑的时候是上床的时候,大秃子几十年一直如此。不同的是今晚的心情比任何时候都要复杂,他觉得被兰英耍了。可他没想到兰英这时候会来敲他门。

“谁?”

“我。”

大秃子浑身通电似的一抖："就晓得是你。就晓得你要来。"大秃子身子一翘，站到了地上，急急跨前两步，拔了门闩。

清凉的晚风，簇拥着清秀的兰英共同进了来。当大秃子发现尾随进来的二根子时，就瘪了全部气。真是个不速之客！大秃子原本良好的心情被搅得支离破碎，灰心丧气地给客人让了座，愁眉苦脸地给客人敬了烟。二根子也不晓得客气，接下，点上，由鼻孔呼出两条烟龙，炯炯发亮的眸子在大秃子愁脸上直绕："大秃子，这些年头，眼睁睁望你打光棍，我这做哥的心里难受哩！哥已帮你打听了几个丫头。"

血轰的一下涌上秃脑门："哪们几个？"

"不要问了！那些嫌你老、嫌你秃的丫头们没问头！"二根子神态自若，又呼出两条烟龙。

"唉！"大秃子灰溜溜叹口气，厚重的眼皮耷拉了下来。

"瞧你个没出息的急猴相，你哥话没完哩！"兰英忍不住在大秃子冰凉的心上点燃一把火。大秃子的眼顿时迸出一股碧绿的光。

二根子装模作样地清清嗓门："哥是带你长大的，关心你呐！我跑了几趟姨娘家，我那二表妹还算开通。"二根子忽然打住舌头，急得大秃子脖颈鹅似的伸了过来："开啥通？"

"跟你。"

"跟我？"

"您愿么？她可是个刚死丈夫的！"

"愿，愿，愿。"

兰英撩撩额角的散发："你们两厢情愿，我就不插杠子了。明晚你俩见个面，当面锣对面鼓，自个谈。"

大秃子顿时激动出一串泪来。兰英也长长地松了一口气。

当面锣对面鼓，一敲便响。大秃子和二表妹很快确定了终身 。

十五的月亮饼子一般圆。大秃子领着二表妹来到屁股塘堤上。二表妹坐下了，他也挨着坐下了，捏着嗓子关心人："多大啦？"

"问这做甚？"

“谈年龄(恋爱)谈年龄嘛!”大秃子觉得二表妹不开窍,又觉得不开窍才是可爱,大秃子凑过去了,“我爱你漂亮,贤惠,还有……还有什么来着?”大秃子满嘴粗气地直往二表妹脸上喷,鬼使神差地箍紧了她的腰。二表妹一惊,拼命摆脱。

“莫挣,莫挣。我俩都不小了,迟早要过这一关,迟不如早。儿子是日弄出来的,早生儿子早得福。”

大秃子凭着一身蛮力,硬是放平了二表妹。

## 九

太平盛世,国泰民安。感谢党的好政策,小窑堡各家各户的事业正朝气蓬勃地向前发展。老黑牙的庄稼茂盛,猪也平安。他一生没有好高骛远的事业,只求棺材一口。相对来说,三瘪子的理想远大得多。他可不是为了区区一口棺材在进行艰苦卓绝的奋斗,他要日弄出一幢比鳖窝高一头的砖墙大瓦屋来,要压倒其贵的气势,壮他三瘪子的威风。为了心中大业,三瘪子可是挖空了心思。可喜上帝不薄苦心人,出门挣钱的俩儿子不错,每月都给他寄来些活钱。留家的俩儿子也不孬,田种得出类拔萃,谷收得没有地方放。更了得的还是他自己,他带领婆娘没日没夜地进行着一场什么革命,保密得风雨不漏。据说很能挣钱,挣多少不知道,反正他常常在儿子面前表白:“生姜还是老的辣。”儿子们皆点头佩服,又关照他不要长久地贪晚煎熬身体,没了身子就没了金子。三瘪子鼓鼓瘪嘴:“废话,那买卖夜里干最保险。”

兰英的事业最高尚。她怀揣一颗母爱,望子成龙,苦做苦累培养儿子念书,一心一意要把儿子托过大学的围墙。卫宝还算争气,成绩呱呱叫,进大学只是早一年迟一年的事。问题是家庭经济。这似乎又不是个问题,因为她家的老小猪要多兴旺就有多兴旺,况且她还是屁股塘的小股东。

最富传奇色彩的还算大秃子,都三十三岁了,早已断了讨老婆的甜念头,偏有未婚妻找上门来,并且生米正朝熟饭的方向发展,这实乃大秃子的造化。至于钱,大秃子不愁,屁股塘里都是银子,盖屋、娶二表妹绰绰有余。

阳光普照小窑堡，古老的小窑堡人心情舒畅，人人笑口常开，个个青春常在，然而所有这些跟其贵一比较就显得十分可笑了，简直是小人得志！其贵的事业才叫事业哩！那窑厂自从冒烟以来，生意一直像窑堂里的火那样红，学校的债早用砖抵了。其贵冲着青天喊一声："我的时代到了。"其贵精神振奋，干劲冲天，以锐不可当之势发展事业。鸟枪换炮，添了一口特大的窑，买了制砖机械，盖了两幢宽大厂房，所有业绩都是在这一年不到的时间完成的。

小窑堡地震了。人人瞪大惊讶的眼，暗地一算，窑厂的产业已是过了十万。小窑堡人少了笑容，眼都红红的。不红眼的只有村长一家。当初屈于乡长的权势，咬牙入了窑厂三百块钱的股，红利竟分一千八。捧着厚沓沓的十元大钞，村长夫妇乐开了花，村长婆娘一拍屁股："哎哟！当初咋就不多入些股哩！"村长悠悠吐一句："人没前后眼。"

由于窑厂原始股仅仅三百块，其贵决定不把这小股的利润充作再建设资金，年年照分，让没入股的人心焦，心疼，瞪大牛卵子眼干急。小窑堡人果然急得不想活，纷纷吧嗒着嘴巴后悔不迭，其贵心像喝了蜜那般甜，碰上村人总是客客气气打招呼，并撂去一根阿诗玛。

窑厂的摊子越摆越大，钱越挣越多，轰轰烈烈热热闹闹。乡长总是隔三差五光临一趟。除了喝酒，也顺便参谋一些窑厂的前途。其贵总是奉陪。他清楚，没有乡长，就没有窑厂。没有窑厂，就没有其贵的今天。乡长在关键时刻拉过他，是大恩人。

大恩人眼观六路，耳听八方，政治信息、经济信息都能侃。经过连绵不断的熏陶，其贵的视野渐渐开阔，浑身的泥土气息也抖落了一大半，一股纵马横戈的激情冲撞着他的心怀。

其贵开始思索创办其他工厂的可行性了。乡长更是想他所想，撇开一切政务，集中所有精力四处张罗。乡长认为这种鞠躬尽瘁的张罗更是政绩。这一日，乡长终于捎来信，要其贵和村长赶快来乡里相商联营办厂的事，南京方面的人已在乡政府恭候多时。

其贵和村长不敢怠慢，纷纷穿戴一新，以最快速度走在通往乡政府的沙石路上。

迎接他们的是乡长，乡长兴高采烈地介绍了南京人。南京人面善，语调温柔得能捏出水，口才更是出众。其贵听入了迷，像一个三好学生听一个特级老师讲一堂生动的课，不由得暗暗赞叹，天外有天，人外有人，乡长了不起，伟大的南京人更了不起。其贵对南京人有了良好的第一印象。

良好的开端是成功的一半，加上乡长一怂恿，联合办厂的事完全成功了。办的是毛纺厂，南京人给它取了名——环球毛纺厂。

“环球”！环球就是围绕地球，乖乖！还是日弄出口产品的！其贵惊讶得瞠目结舌，小心翼翼陪同南京人围住满桌佳肴。南京人不稀罕吃，喜欢说。说欧洲共同体，说日美贸易摩擦，说中国恢复关贸总协定，尽说些其贵听不懂的。听不懂的才是玄乎的、高深的。南京人精明就精明在这里，反正在这里可以放心大胆地诌，说错了也没关系，别看乡长正儿八经不停地点头，其实也是戴笆斗进庙门——冒充大头鬼。南京人说了许多，说完了世界经济，又说本土的，说本土恢复关贸大势所趋，复关会给中国纺织事业带来无穷无尽生机。纺织业是个劳动密集型行业，中国的劳动力处于世界之巅，小窑堡的劳动力又处在中国之巅，这是绝对优势，是白种人、黑种人无法比拟的优势。只要认真利用这种优势，“环球”产品占领世界市场就不是做梦吃肥肉。

啊！环球。名副其实的围绕地球。其贵和村长虔诚地站了起来，虔诚地用酒敬南京人。酒杯一端，庆祝合作成功。乡长笑没了眼。其贵和村长不但没了眼，连鼻子也是歪的。

一场酒喝得天昏地暗，和南京人惜别时已是子夜时分。其贵和村长踏上了归途，临出街，村长叫开一家烟酒店，买了两条价廉物美的烟。那烟无名，无生产厂家，一律的白纸门面。其贵说：“这香烟也革命了！革成了白纸包。”又说，“都翻了身，还吸土造白纸包？”村长说：“艰苦朴素。”

天，锅底一般扣住黑茫茫的地，空气中隐约游动着淡淡的雾气。阵阵包含凉意的黑风吹过来，怪兽样由耳根刮过。

“快到家了，翻过乱葬岗就到了。”夜里头的村长说。

乱葬岗是小窑堡人安息后的长眠地。千百年来，这鬼地方不知编出了多少关于鬼的传奇。乱葬岗就堆在眼前了，影影绰绰的坟包馒头样排着，一只乌鸦孤苦伶仃地叫着,像鬼哭。两个人不说话了,腿也开始莫名地抖。村长劝自己莫抖,莫怕。可头皮就是发哆,两眼像受了惊吓的兔子,胆怯地环顾四周。偏偏是怕鬼有鬼,百米外的前方,有一团火在幽幽晃动。

“鬼火!”其贵和村长如漆似胶地粘到了一起,趴地上不动。那团火却随一条隐约站直的人影高悬起来。

“不是鬼火,是人吸烟。像是三瘪子。”村长对其贵说这话时,人影已挑起了担子。小扁担叽喳叽喳越唱越远,人影也哼出庐剧小调。

大人不做做小人,
半夜才敢归家门。
说来辛苦真辛苦,
可我荷包赚个饱鼓鼓。

“起来,起来,是三瘪子。”村长松口气,先站起来。其贵也跟着站起来了。村长望望其贵,其贵完美无缺,缺的是自己那两条土造烟。其贵赶紧帮忙查找,找到了,在田沟找到的。田沟已向两条烟奉献了一泡水。其贵把喝一泡水的烟递给村长,村长接了又甩了:“我日他奶奶,全糟了!”村长就有些恨三瘪子,与其贵一合计,两个人便风车一样绕道跑到三瘪子前头。

两个人又趴下了,全趴在畦沟里,人人手攥一把碎土。

叽喳叽喳……小扁担越唱越近。机会到了,机不可失,说撒就撒。两把碎土蝗虫样朝三瘪子飞去。三瘪子吓得哞哞叫,抬脚就跑。其贵、村长笑弯了腰,正笑得天昏地暗、不可开交时,其贵猛地想起了什么:“别笑了,三瘪子有鬼哩!”

村长仔细一斟酌:“哎!有些像。他说大人不做做小人,他说半夜才敢归家门,他还说荷包饱鼓鼓哩!乖乖!狗日的笃定不干好事,笃定做了贼。”

“像。”其贵附和,“跟踪,看看他到底偷了些什么?”

转眼跟踪到三瘪子门前。其贵朝草垛上一靠,指使村长去看究竟。村长去了,很快又回了,一拍屁股:“我日他奶奶,他不是贼!”

“看准了?”其贵不死心。

“看准了。是烟叶子。”

“咦?烟叶子!咦?烟叶子!不是违反烟草那个法?”

村长醒悟,一拍前额:“哎哟!我天天吸的土造烟就是三瘪子做的噢!”

三瘪子的秘密终于是纸包不住火,村长屁颠颠去了乡政府。乡政府派来几个神秘的税务员。

税务员们挤进三瘪子屋时,屋里头的三瘪子,不知死到临头,还一心一意炮制土烟哩!

三瘪子被带到乡政府,面前端坐着税务所长、乡长。乡长认识三瘪子。尽管一面之交,但他那张与众不同的瘪嘴总能使人过目不忘。

“三瘪子,你正事不做,邪事有余。”乡长的话不温不火。

“何止邪事,简直是犯法事。”税务所长的态度是强硬的。“要参照法律,从严查处。”说着就抖开了一本文件。

三瘪子痉挛不止,痛苦不堪,垂着立在那儿聆听宣判。税务所长已在文件中找到了符合三瘪子那段文字,一呼噜站起来,一字一句念起来。念一句,三瘪子抖一下。等所长念完,三瘪子已是支撑不住,两眼一抹黑,天旋,地旋,所长、乡长一律旋。照文件精神,三瘪子最少得关十五天,外加一大笔罚款。

“完了!不死也得脱层皮。”三瘪子终于晓得绝望是怎么一回事。

乡长看一眼绝望的三瘪子:“可怜、可恶,下次还干不?”

“不……不干。再干割我头。”三瘪子来不及地说。

“知错就好。”乡长宽容地挥挥手,“回去吧!回去把造烟的家伙统统砸了。”

幸运之神突然袭击了三瘪子,反倒使他失了方寸,懵懵懂懂立在那儿像截枯木桩。直到乡长又说一声“回去吧”,他才意识到千斤重担确实卸了九百八。于是冲乡长作揖,哈腰,大礼行毕时告辞,却被乡长短暂留住。乡长说:“其实你三瘪子完全不必偷偷摸摸搞烟草革命,应该冠冕堂皇地干。当初你若听我话入窑厂股,现在不发了?”

“我当初屎糊了心!”

“也别后悔。改革的今天机会有的是。眼前就摆着一个绝好的。”乡长喝口水,一口气把其贵和南京人联营“环球”的事和盘托给了三瘪子,惊得三瘪子半天合不拢嘴。

末尾乡长特别强调:这次的机会难得,你三瘪子,还有全体小窑堡人都要抓住噢!

在“环球”这个事业上,其贵是不想让别人插手的,他现时的处境已非办窑厂之初了。何况联营“环球”出资不巨,总共投资二十八万,南京人出一半,剩下只有十四万。十四万虽说不少,但对今天的其贵来说却不是难事。他想独家投资,最多让知道内情的村长擦点腥,至于村民那就一毛不拔了。肥水不外流,况且小窑堡人一个比一个恶劣,坏人只配和“穷”字瓜葛不清,只配生双红眼睛望他其贵成为十万元户、百万元户。然而发财心是一样的。当消息灵通的三瘪子知道“环球”内幕后第一个动了心,就坚定地踏上通往鳖窝的路。鳖窝里其贵和胖子正以头对头协商一桩事,两人的严肃态度证明他俩协商的事非同小可。

“你……你咋来了?”胖子抢先招呼。

三瘪子小腿肚一抖,差点趴下。想溜又不甘溜,两只手不知所措地搓揉着,灰土气息浓重的脸憋出朵红云来,两股自卑的目光望在其贵脸上。“我……我找你一桩事。”

“噢!找我有事。”其贵友好地赏给他一个笑容,又将手伸进茶叶筒,为他泡了茶。三瘪子受宠若惊:“别客气。”其贵将杯子向他面前一放:“不客气,老邻老居喝口水有甚关系。”

三瘪子一感动,哆哆嗦嗦接了茶。放眼望其贵,其贵脸面温暖如春。他定了心,想说话偏偏不知如何说,于是把视线移到杯子上,吹了气,呷起来,吧嗒吧嗒,很响。

其贵暗地发笑。“狼狈啊!狼狈不堪。你三瘪子原来的气魄哪去了?”能这么想,却不能这么讲,能讲的只是客气话:“三哥,不是有事么?说吧!”

三瘪子的嘴很快脱离了杯子,屁股一沉就挨着其贵小心翼翼坐下去。本来想好的后来忘记的话又回到脑海中,通过嘴巴皮一卷便翻了出来。很多,很长，中心意思就是入“环球”的股。

其贵暗暗吃惊，不明白三瘪子耳朵咋如此长，他给村长撂过底，要求村长在“环球”的事上守口如瓶，可三瘪子咋就晓得了？其贵百思不解，就认为瓶嘴封住，人嘴扎不住。确定是村长说了出去，村长啊！村长！你不该到处瞎讲。“环球”是不能让人入股的！不但三瘪子，活菩萨老子也不能让。你村长不是故意给我添麻烦么？好你烦我，就怪不得我烦你，你错一，就怪不得我错二。其贵没有多想，客客气气对三瘪子说：“三哥，这事可由不得我做主，村长说了算。要入股还得找村长啊！”

三瘪子一脸闷快活，心不在焉扯上几句闲话，搁了杯子。

其贵漫不经心望望被自己踢走的皮球，冷冷一笑：“哼！大白天说的什么梦话噢！”

三瘪子精神抖擞地进了村长门，猛喊一声：“村长。”没人应。又叫一声，还是没应。再叫，应了。应声是村长婆娘。女人的声调很不耐烦：“叫，叫，叫，叫魂啦？”三瘪子头皮一怵，疑疑惑惑朝声音的发源地搜去，没有人，便背着手弓着腰踱过去。女人坐在灶门口，一脸的麻木，一脸的冰凉，三瘪子倒吸了口凉气，恭恭敬敬喊声：“嫂子。”嫂子的头慢腾腾昂了起来：“有事？”

“找村长。”

“死了。”

“哎哟哟！老两口又闹气！”

“怪我！昨晚上，他从乡里归家，像疯了一样，死活要卖家里的大牯年。我说：十几亩良田，没牛哪中？他说：‘家我当着，钥匙我装着，我卖牛当然有我卖牛的理。’我问他啥理，他凶我不要话多，要我张着嘴等着日后吃肉就是。你评评噢！三瘪子啊！他今早真把牛牵集上去了！”

三瘪子没有任何评说，搁往常他是要评评的，可今天没时间了。三瘪子淡淡安慰女人两句，就退了出来，径直踏上赶集路，径直去了牛行。找到村长时，村长手中已没了牛。

“卖了？”

“卖了。”

“哎哟哟，咋就不通知我一声。”三瘪子一拍大腿，气呼呼蹲到地上。

村长很是莫名其妙，没好气说：“我又没卖你家牛，跟你通啥气？”

三瘪子举手过顶乱摆：“不是说牛，不是说牛。牛卖得好，卖钱入股。可你该把入股的事跟我三瘪子通通气啊！”

村长眼一瞪，做惊讶状：“什么入股不入股？”

“瞧，装糊涂哩！乡长都跟我说了。”三瘪子对村长有了不满情绪。“乡长说他引来的厂是为全小窑堡人谋利的。你村长不该瞒着大伙，你这官不清白哩！”

村长一憋噎，赤头红脸，愣怔片刻，别别扭扭地说：“这事都是其贵的事，我插一股也是求着其贵转。”

三瘪子两眼发直，这才明白自己在扮演皮球角色，愤愤不平说：“狗日的吃独食。小心撑死、胀死、噎死。”

后来，小窑堡人都晓得了“环球”一事，纷纷端着一腔发财热血朝其贵门槛上踩。老者一律称他“少爷”，小的一律称他“大爷”。可无论称呼多么亲热，其贵都毫不动心，都是一句永不变更的绝话：“入股的事，不是我能做主的事，南京方面不允许哩！”

梦想入股的人，个个垂头丧气。人人咬牙咯嘣响，个个眼睛红红火火，民愤极大，怨声载道。三瘪子瞅住了时机，振臂一呼：“不管南京人北京人，办厂总得要地方，地方可是小窑堡集体的。他们不让入股，我们就不让地方。看他办厂？办他奶奶个×。”

三瘪子高举的臂刚落下，立马博得小窑堡人的喝彩。大伙很快统一了思想，统一了认识，统一得“环球”没了立锥地。

## 九

应其贵邀请，乡长访问了小窑堡，找到村长，村长找到村民，村民很快聚集一堆。乡长瞅一圈黑压压的人头，手对桌面一磕：“知道召你们开么会嘛？好不容易通过县政府招商局给你们招来个环球毛纺厂，你们却不给人家地盘。那可是大有希望的厂呀！”乡长痛心疾首一通牢骚，村民个个耷着头。乡长的眼逐个在瘟鸡似的人头上瞄，当看见拢着手不吭声的三瘪子时，乡长不由火冒三丈：“瘪子，我一见你就气。搞地下卷烟厂的是你，七戳八捣不给环球地盘的也是你。你真能耐！不过我警告你，到时候我新账、老账全搬出来跟你算总账。”

三瘪子像是被针扎了下，两腿一蹭站起来：“乡长啊！你可不能偏听偏信。我干过地下工厂，但我已听你话不干了。我想干正事，我找过其贵，还找过村长，要求入环球股。可人家不带我三瘪子玩哩！不带我倒也罢，算我不好。可是全村人都不好吗？乡长啊！你问问群众，看看有谁入上了环球股！”

呆板的村民仿佛又看见了三瘪子振臂一呼，乱哄哄向领导反映情况。说其贵、村长心毒屁眼黑，抹了良心吃独食。说天是小窑堡的天，地是小窑堡的地，长江水应大家喝，集体马大家骑。群情激昂，说了许多许多。乡长的眼开始滴溜溜转，转着转着就将全部目光盯在其贵脸上：“咋弄的？”

其贵理屈，尴尴尬尬埋着头。乡长不快，批评了其贵一番，说他风格偏低，说他心胸偏窄，说他辜负了党和政府对他的期望。说得其贵无地自容，可乡长的嘴仍然不停地嚅动。其贵的头沉不下去了，缓缓一抬：“乡长，我错了还不中？环球的事就听你的还不中？”

会场立马爆发出雷鸣般掌声。在乡长亲自主持下，忙而不乱的入股工作开始了，小窑堡人积极参与，除老黑牙和大秃子家外，家家都拥有了环球的股。最多的十股，这个小窑堡之最不是别人，正是三瘪子。十股！五千块！是动了准备翻房子的钱。股金转眼聚集八万六，缺额仅仅五万四，五万四？唉！就剩五万四了！财大气粗的其贵非常遗憾地兜下了这渺小的数目。可这渺小的数目还在缩小，卖了猪的老黑牙苦歪歪站在其贵跟前。

“入一股。”老黑牙盘着腰缩着头。

“棺材可是大事！”其贵开导他。

“想通了，想了好多天，通了。”

“入吧！入吧！”其贵见开导无望，十分寒心点了头。

小窑堡仅剩下大秃子和股份无缘了。然而大秃子哪会就此罢休！他正不屈不挠地做着二表妹的思想工作。

屁股塘的鱼整整长了两年，清了塘，鱼全部换了钱，整整一万二。大秃子虽然在养鱼方面不如其贵，但也心满意足。一万二毕竟也是个牯牛大的数目，盖屋、娶亲都能应付过去。首先出资八千盖了幢辉煌的砖墙大瓦屋，又花了一千买了鱼苗继续养，剩下的三千就准备结婚时发挥作用。把个二表妹喜得咕咕笑，一再催促大秃子抓紧时间，准备家具，准备彩礼，准备把她娶过来。速度要快，越快越好，无论如何拖延不得，拖延了她无颜见父老乡亲，她肚子已悄悄鼓了起来。

大秃子心里闷快活，满口应下了二表妹的所有要求，可正着手实施时，却刮来了入环球股的旋风。大秃子动了心，越想越是心动，便用试探性的口吻问二表妹："能不能入股？全村人都入了。"二表妹明晃晃亮了下眼，又灰溜溜暗了下去："想是想，可要结婚啦！"二表妹这么说的时候，手不由自主在隆起的肚子上摸了摸。

"能否推迟一点？"大秃子的表情很古怪。

二表妹脸一红，头很快低了下去，下意识又摸了肚子，忧忧说："你可不能害我。"

大秃子无方，叹着气，闷闷坐下去，闷闷吸烟，一支接着一支烧。紫色的烟雾袅袅，朦胧住大秃子紫色的脸，二表妹一抹鼻涕，嘴一努："就怪你。"

大秃子挠挠头，没精打采嘟噜："怪我！是怪我！"大秃子后悔了，弄出这么个麻烦，眼睁睁看着别人入股而自己无法入，绝好的发财机会，溜了！大秃子好痛惜，接连数日茶饭不思。他怎么吃得下哩！虽然没尝过入股甜头，可见过村长入窑厂股，一年时间分到一大笔红利。听说环球是个比窑厂还来钱的买卖，全村人都入了，连老黑牙的棺材钱也搭了进去，自己却一毛不拔。唉！都是因为结婚！都是因为二表妹的肚子大了！

人是铁饭是钢，一顿不吃饿得慌。大秃子瘦得一日不如一日了，二表妹看在眼里，疼在心里。劝他吃些，他总是借口不饿。

这一天，二表妹又一次站在大秃子床前，流着泪劝大秃子吃她手里端的面条。大秃子古怪地打量二表妹，一反常态，一呼噜坐直身体，接过碗狼吞虎咽。吃完,顺手牵来二表妹:“我主意定了,环球的股还是要入的!”

二表妹正收拾碗筷的手凉飕飕一抖,那只空碗便落到地上碎成八块。怯生生退一步,空茫的眼失神地瞅着大秃子:“真……真的?”

“真的。”大秃子很严肃,“你的事我也想好了。”

“别指望人工流产。医生说到了月份,流不下来的!”到了这份上,二表妹也顾不上羞耻了。

“我不是说人流。”大秃子眼一眯,再一次牵过二表妹,低声悄语说出全部妙计。

二表妹捂着脸哭了,哭她命苦,哭大秃子缺德。哭着哭着,一把扯过大花被子,从头至尾蒙个严严实实。被子里的一双眼,像两汪泉,涌出许多泪来,堵不住,擦不干。

## 十

环球的设备被两辆汽车拖了回来,成色半新半旧。南京方面很守信用,准时派来了技术人员。安装、调试、合格,万事皆备只等生产。生产须用人,小窑堡多的就是人,很快就有三百多名立志毛纺事业的人围着其贵团团转。其贵犯了难,生产流水线仅要三十人啊!仅仅是三百多人中的那个零头。

其贵准备大刀阔斧劈掉三百人,劈谁哩?谁都不是好劈的。

“拈阄,唯一办法是拈阄。”其贵在没有办法的情况下想出了办法。拈阄是最公平不过的。弄上三百多张一模一样的小方纸块,在其中的三十多张上工工整整写个“用”字,其余一律在“用”字前面添个“不”字,组成“不用”。然后将“用”与“不用”统统揉成一小团团,装毛竹筒里乱摇乱晃,然后撒在台上让人拈。能否当上工人,就全看祖宗有灵了!拈阄的人相当紧张,一律洗净手才去拈,白纸黑字,泾渭分明,弄虚作假是没有机会的。于是就有人眉开眼笑,有人愁眉苦脸。笑的少愁的多,笑的声音朗朗,愁的默默无言。

蓝领阶层解决了,空缺的是白领人员。白领人员是须有一定档次的,要有组织能力,要有专业水平。比如技术活就不是小窑堡人能够胜任的,一律南京同胞。厂长、会计之类，小窑堡人能干，南京人也大度，胸脯一拍，把厂里的大小帽子都交由其贵安排。其贵大权在握，兢兢业业筹划他的领导班子。

络绎不绝的小窑堡人开始摩擦其贵门槛了。村长来了三趟，憋满脸红光说自己不憨，就缺个用武之地，如今世道变样，人人钻钱眼，说他也想在发展小窑堡经济上起个带头作用。

其贵没加思索，脱口而出："你已在入股方面起了带头作用，不差，是位模范村长。"

村长的脸仍旧红灿灿的，不停歇地挠头皮，欲言又止，喝口水，定定心，腰杆才直起来。

"我人品怎样。"

"呱呱叫。"

"我能力怎样？"

"呱呱叫。"

"如真是这样，我愿做你一个帮手。"

其贵没料到村长会作出如此请求，愣了半日才回过神。

"你是干部哩！"

"干部应带头。"

"村子少不了你！"

"村长一职我横竖是不想干了！一年到头，五百块补贴，还要跑断腿挨门挨户凑，不抵我窑厂半个股。我不干了，坚决不干。"村长底气充足地表明决心。

其贵面带难色，良久才微微点点头："我心里有数了，考虑考虑。"

就在其贵拧紧眉头考虑着村长前途的同时，二根子和兰英正齐心协力对付卫宝。

"结果出来了？"二根子问了这话，就觉得莫名其妙。结果指的是卫宝的高考结果，几天前就出来的。卫宝早垂头丧气告诉过他，现在又问，岂不是话讲三遍如稻草。

卫宝的脸蒙上了一层厚重的愧疚，怯生生的目光始终不敢看父亲也不敢看母亲，蔫蔫耷下塞满A、B、C的脑袋，黯然神伤。

瞥一下可怜兮兮的儿子，二根子眼一闭，再也没有了把话朝深处问的勇气。可兰英不允许他不管不问。兰英正对他眨眼哩！这无疑是一种无声的催促，催他尽快向儿子流露一种壮举。二根子怕得罪儿子，无奈兰英缠得紧，说养不教父之过。她可是母亲。他木讷，木讷得无话可说。不得罪儿子便得罪了兰英，而婆娘又是一块炖不烂的骨头，只有改变初衷了！只有捏软柿子在儿子头上做文章了！那鬼迷心窍的东西，也确实需要开导。

卫宝高考失意却死心塌地地迷恋母校，有一颗强烈的复读之心。这些都是二根子不愿看到的，大学出来不就能捞个吃饭的工资么！而环球会计的工资却不是仅仅能维持生活的。一想到那无与伦比的会计差事，兰英总是兴奋得脸红，兴奋瞬间变为动力，于是便迫不及待地催促丈夫尽快和儿子摊牌。

"你……你再把结果说一遍。"二根子显得极不自在，手抖抖擞擞顺着身上摸，由上到下，再由下到上，最后在屁股后头摸到了那包烟，挖出一支叼嘴上，把剩余的撂桌子上。

"说过两遍了。"卫宝的头终于挺拔些，眼里喷出的是一种羞愧和厌烦交织起来的光，"差二十分，名落孙山。"

"二十分！不是说只差两分么?!"二根子故意惊大了眼。他只有在二十分和两分这种误差上面寻找突破口。

"差二十就是差二十。"卫宝的口气很干脆，全然没了先前的嗫嚅。

二根子心一抖，诡异地瞅瞅兰英，像是对兰英说，又像是自言自语："老了！耳朵不行了！二十分听成了两分。"继而双手夸张地来个比划，"二十分可是个不小的距离！这距离多读个一两年能否拿下？我……我看是两者之间，我……我看是个问号，我……我……"没等二根子继续说下去，屁股下方忽然一震，独种卫宝已人模人样地平坐在他的凳子上，两眼正视他的鼻梁，干净利索地搂来他摆在桌上的烟，挖一根，叼嘴上，点上，没有拘束，没有惧怕。反倒怔得二根子一抖一抖的："你……你……"

"我做田。"卫宝的话虽然低沉，却包容一种巨大的威力，压得二根子透不过气来。沉默，整个家庭一片沉默，只有兰英的脸掠过了一丝不易察觉的满足。

兰英踏进了其贵门槛。“好消息！我家卫宝放下书包了。”

果然是桩好消息，正在苦苦思索村长问题的其贵立马换了一副颜容：“好！好！好！总算了结了一桩心病。会计有可靠人干了。”其贵一高兴，心胸豁然开朗，在村长问题上就不再犹豫。

村长终于变成了副厂长。这才是真正的祖上有灵。

几十名职工各就各位，一个个嗨哎嗬擂响了锣鼓家伙，环球的机器运转了。人人一门心思埋头干活，说笑的没有，取闹的更没有，有的是一双双不停翻动的手。虽然笨拙些，但日长天久会灵巧起来的。机器无止境地转动着，一转就是一个月，所备原料告罄时，出来的是一大堆混纺地毯。

“歇工。”其贵大手一挥，做出了果断措施，只有歇工。创业的时候也是最艰难的时候，原料不足，原料不足是因为钱不足。其贵不慌不忙，心定定地。他拥有创办窑厂所积累的一大套经验。窑厂开始时也是无钱购存煤，那是倚仗现烧砖现卖砖，再买煤再烧砖的良性循环一轮一轮翻过来的。毛纺厂就不能吗？当然能。

在几十号工人打赤膊的操劳下，两辆卡车很快装满了地毯，在南京人的指引下，汽车轮子转动了。小窑堡人排成两行，虔诚地目送汽车，目送车上的其贵和卫宝。汽车扬起一股黄尘，带着环球的第一批产品向遥远天际奔去……

## 十一

地毯搭车而去，小窑堡人的心也去了，地毯成了他们唯一的追求和向往。他们祈盼其贵和卫宝的回归。盼星星盼月亮，日出日落，月头月尾，其贵、卫宝仍然音讯杳无。小窑堡开始动荡不安，人心惶惶了。乌云密布于他们头顶，焦急强占了他们心房。顶急的是大秃子，可谓焦急人群中的冠军，双料的。他拥有环球六股，他的二表妹肚子又大到瓜熟蒂落的程度。火烧眉毛啊！大秃子顾不得许多了，一五一十向村中最著名的接生婆坦白了全部实情。接生婆掐指一算:“快了,快了,三五天之内的事。”多么仓促的三五天啊！幸亏大秃子成竹在胸:“上山。”

大山距村十余里,山腰有洞,能容双人。大秃子把洞清扫一新,并埋了锅。这才招来接生婆和二表妹。

二表妹自从肚子惹人现眼,躲在鱼棚里怕见太阳。鱼棚和村子贴近,是不能不明不白爆发娃娃的哭声的。未婚先孕就够新闻了,再来个未婚先有娃娃哭那简直能笑掉小窑堡人大门牙,唯有躲山洞里。山的胸怀博大宽广,能容纳人世间的一切酸楚,苦难甚至罪恶。

安顿好接生婆和二表妹,大秃子告辞下山。山洞狭窄容他不下,他只能退出。临走又关照接生婆一回:“婶,就指望你了。”婶神态自若,一拍胸:“放心,放心吧！我一手曾接出半个小窑堡人哩!”

大秃子略有慰藉,望一眼泪水涟涟的二表妹,望一眼那阴幽幽参差不齐的山洞地平面。不禁生出一股强烈的疚意来。

生命即将起源,太阳就要出世。气势汹汹的疼痛一股脑朝二表妹袭来,她不住地呻吟,有泪珠在她脸上无声无息地滚。那是酸楚的泪,其时的二表妹是多么需要心上人的慰藉！然而山洞幽幽,只有接生婆那职业性的哄骗:“女人都要过这一关,过了便是母亲。”

二表妹的呻吟渐渐变成裂肺般地嘶喊。汗珠和泪珠交融,染湿了她的长发。有血从她两腿之间流出,接着就有一条粉红色的小腿由她体内伸出。

“啊呀！倒着生!”接生婆一惊非浅。在她的接生生涯中,这种现象极为少见。可今天偏是出现了。苦命的二表妹啊！父母给你肉体的同时,也给了你一身苦难。你只有听天由命了!

接生婆表情肃穆。接倒生她有过经验,但极为不足。她的头脑迅速聚集着那一小撮零碎不堪的经验,想起来了:双手抓住小生命的双腿,均匀地拽,再喊女人咬牙用些劲。只要配合默契,太阳就会出世,大自然就会拥有一条崭新的生命。接生婆定定神,稳稳心,抖抖擞擞伸出了皱纹密布的手。那条无瑕的小腿已更多的展露在她眼前,仅仅是一条腿！另外一条哩?！无疑隐于母体。接生婆不禁打个寒战,转动几下眼珠珠,便将希望寄托于二表妹身上。她鼓励她用点劲，再用劲。直到挤出那条藏而不露的腿。二表妹用了劲，牙咬咯嘣响，眼大得恐怖，眼珠珠仿佛随时都可能蹦出来。可惜，一切努力都是徒劳，

接生婆由希望沦为失望只是一瞬间的事。二表妹的脸越来越苍白，呼吸越来越微弱。她每每艰苦努力一会，都要艰难地翘起头，朝生命的诞生地放一眼。她失望了，失望得很彻底。她再也没有用力，也无力可用。一双圆圆的眼绝望在接生婆无奈的脸上："婶，怕……是……不行了！我……我……要……去了！"

接生婆顿时紧张，想到问题的严重性，赶紧扯过被盖住二表妹，留一串安慰话，便撒腿风车似朝山下跑去。扑通一声跌趴下，爬起来接着跑。再趴下，再爬起来。可怜整六十岁的接生婆见到大秃子时，已是一副鼻青脸肿的尊容。

二表妹死了，葬坟的人撒上最后一锹土，纷纷走了，留下大秃子一个人桩一般戳在二表妹坟前。他自已哭死过去三回，其时已没了泪，双手深深插进面前的新土，狠命攥着，仿佛要把黄土榨出油来。空茫的头颅和坟土激烈地较量着，坟上烙下了他的头印，他的前额也染上了一层油黄的土。一直压抑于心底的忏悔也无力压抑，滔滔不绝在这没有生灵的乱葬岗上迸发："怪我呀！二表妹，我不该入股，该娶你呀！"忏悔是真诚的，然而二表妹无论如何是听不见了。她已去了另一个世界。一口棺材、一抔黄土已把她和大自然联系在一起。她来源于自然，最终又被自然埋葬了青春，连同她满腹难以启齿的酸楚。

二表妹的不幸令小窑堡全村悲哀，毕竟才二十六岁呀！尽管她生前的风流已把小窑堡的风水弄得一塌糊涂，但她毕竟作了古。亡者为大，对于亡者，活着的人往往只记住她的优点而忽视她的缺点。就如同一位伟大的艺术家，其成果一定要在其死后才光芒四射一样。

二表妹闪光的东西在她死后的第二天就被发现了，于是络绎不绝的人们在劝慰大秃子的同时也大唱特唱二表妹的赞歌。

"就是，就是。那个丫头好嘴甜，见叔喊叔见婶喊婶。"

"就是，就是。那丫头有横有竖，没哪多没哪少，像面捏出来似的。"

“就是，就是。那丫头……”

“呜呜哇。”大秃子感情的闸门一拔，哭声滔滔。人们赶紧劝，劝的同时又说开了二表妹那些出类拔萃的好处。二表妹的好处越多，大秃子的伤感就越多，后来竟哭声如雷，惊天动地：“二表妹被人害了，害她的有我，也有狗日的其贵，狗日的毛纺厂。”

人们立马打住了舌头的鼓噪，面面相觑。大秃子说出这种话他们觉得奇怪，但仔细一想又不觉得怪，众所周知：入股使得大秃子钱财丧失，因而丧失了结婚机会。结婚机会的丧失又导致了二表妹丧失了性命。瞧瞧，这么大的纰漏完全是因为入股，所以大秃子骂其贵并不是无缘无故的。

大秃子咬牙切齿恨其贵。待到其贵归来，二表妹已经入土八天了。

## 十二

其贵和卫宝回来了，一个赤手，一个空拳。赤手空拳的两个人没有笑容。卫宝看上去精神好些，而其贵就显得狼狈不堪了，步履踉跄，神态麻木，本来挺拔的腰也像遭霜打似的驼下来，乱蓬蓬的头发像鸡窝，整个人像刚刚出窑的泥工。没了气宇轩昂的厂长风度，然而他确确实实是一厂之长，环球的头。

到了。参差不齐的小窑堡一切依旧。其贵耷下头，无颜面对深情的故土。村民们涌来了，潮水般围住他，兴奋而迫切的目光烈火般朝他喷去。其贵心乱如麻，想放声呐喊，却喊不出声。他两只手疯狂地揪住自己的胸襟，外衣上的纽扣嘣嘣地一颗颗飞掉了。

其贵的失态，立马在村民心中蒙上了阴影，一种不祥之兆顿时淹没了小窑堡。村长拨开人群拼命挤了进来，在其贵脚下一蹲，昂首看着其贵面朝黄土的脸：“说话呀其贵，天塌下来的事也该给大家说说。”

良久，其贵缓缓抬起头，就看见一排人杂乱地蹲在面前。其贵身上像着火般滚烫，喃喃自语：“我真不知道说些什么呀！反正我对不住大伙。拉去南京的货，一分钱没成交，反倒贴了两千多块费用！”

人群中激发出一片唏嘘声：“哦！两千多块！花了两千多块！”一直蹲在

前排的老黑牙再也沉不住气。

“黑牙叔,我心里难受,你就不要说了。”其贵心烦意乱对黑牙叔挥挥手。

“你咋说这种话?好像与我不相干似的,我可是入了股的呀。一股!五百块!”老黑牙痛心疾首伸出五根手指头。

“你愿意说你说。”其贵满脸委屈地放开嗓门,“反正我尽了力。反正我对得住良心。”其贵又伸手拽来若无其事站在旁边的卫宝,朝大伙面前一搡,“你给他们说说,我都发晕了,我要睡觉。”

有了卫宝作为挡箭牌,其贵抽身走了。卫宝面对众人,发挥自如,没有伤感,没有愧疚。南京失意,环球前途仿佛与他毫无关系。他首先把眼球放到眼角,用漫不经心的态度也斜老黑牙:“入股不入股的事,是你老人家自己的事。没有人劝你,更没人拽你。一块肥肉你想吃,结果硌了牙,怨谁?”

一番锋芒毕露的话,驳得老黑牙哑口无言,冲卫宝干瞪半天眼,终是又默默蹲了下去。

村长的手伸过来,在卫宝后脑勺上拍拍:“伢子,论辈分,都是你爷爷了!咋能跟一大把胡须人讲枪子话?黑墨水喝多了是不?你要说也该给大伙撂撂实情,让大伙心中有个数。”

村长一串倚老卖老的话还真颇具威力,卫宝原来不恭的面容立马庄重了许多,但少年的激情没使他承认缺理。他首先还是来了句风趣话:“胡须不是检验真理的唯一标准。”逗得民众个个咧开嘴,场上气氛明显缓和。卫宝的神情却陡地一暗:“外面的世界很精彩,外面的世界又很无奈,这趟南京使我寒了心。求爹爹拜奶奶,就差没给人磕头。送烟塞酒,弄到后来仍是一事无成,灰溜溜回来了!路上就担心无法给你们交代,事实证明担忧并非多余。可你们知道么?知道我们住的是南京最低劣的旅馆么?知道我们吃的是南京最方便的食品么?”卫宝说到这,显得特别地激动,眼眶湿润。一帮人不吭声,各人想各人心思,还是村长撕破了宁静,他的问话很有学问,寻不出半点不吉祥的痕迹:“那么……那么……环球哪天才能转?”这算是问在实处。村民敛声静气,个个竖起了耳朵,双双亮眼齐刷刷落在卫宝那张小巧玲珑的嘴上。等待卫宝那张小嘴的开启。

民心所向,大势所趋。卫宝急得乱挠头。倒不是他口笨,他心中记着其贵叮嘱哩!——不能涣散民心。

厂长考验会计的时候到了,会计就不得不认真斟酌:“这个前途问题得看大气候。大气候直接左右环球前途。”卫宝首先弄两句小窑堡人不明不白的话,可小窑堡人是精明的,纷纷抗议。

“什么气候不气候,我们又不搞天气预报。”

“环球有厂房,还在乎老天爷下雨下雪?”

卫宝苦笑笑,很想甩甩袖子开路,可理智到底使他耐住了性子:“我说的大气候是指中国加入关贸总协定。如果复关,那么中国的纺织业将大有作为,到那时,我们的‘环球’就真的环绕地球了,就会生意兴隆通日本,就会财源茂盛超美国。”卫宝忍不住拿眼四下看看,看到一大片盲目兴奋的脸,一种自责潮水般涌向心头,只觉得该给村民们露些实的,“但是,中国目前还没有复关,我们要等,耐住性子等。”

“等到猴年马月?”老黑牙一呼噜站起来。

“不知道。”卫宝实话实说。

老黑牙不信,周围的村民也不信,纷纷批评卫宝,一个堂堂高中毕业生不会不掌握复关的时间。

卫宝想笑笑不出,想哭没有泪,干脆来个玩世不恭:“何时复关我不晓得,大概克林顿晓得,你们打电话去美国问。”卫宝说完,袖子一甩朝家溜,给村民留下无限暇想。说环球绿灯?不妥。一个月的努力竟没能推销掉一件产品,绿灯在哪?说环球红灯?也不妥。偏偏还有个什么关等着。团团迷雾。

卫宝给小窑堡人留下一团团迷雾之后,便背起书包返回了校园。小窑堡人心惶惶,方圆十里的人也渐渐晓得了环球死马一匹。小窑堡各家亲戚来得不是那样勤了,唯独三瘪子家隔三差五来个上亲。他的亲家母,也是他大儿子的丈母娘已跟他交待无数次。说他丫头生在儿子前头,儿子早谈了人,媳妇的肚子都有了动静,急着结婚,无奈丫头霸着路,她不能大麦不割割小麦。亲家母说的都是心里话,一个母亲不被逼绝不会把丫头朝外推的。之所以推,是因为大麦没割不能割小麦,是因为能讨一笔丫头的彩礼去抵媳妇的彩礼。

三瘪子深深陷入无限烦恼之中。娶媳妇要盖砖墙大瓦屋,这是一开始双方定下的事,可盖屋的钱全入了股,而且分红又无望。唉!入股!入的什么倒霉股!偷鸡不成反蚀把米!其贵,还有乡长,我操你们奶奶。三瘪子后悔一番,骂了一番。骂个遍身臭汗却无济于事,亲家母的最后通牒仍在耳边回荡:“说好了的事不作兴放弃,你放弃了,就不怪我放弃,我坚决放弃这门亲事。”

三瘪子失了主张,像没头的苍蝇在屋里乱转,上天无路,入地无门。就在这时候,他家的门被人吱吱推开了,进来的是大秃子,后面跟着弓着腰拢着手的老黑牙。

“我不想发外国财了!我想退股去。”老黑牙就地一蹲,抽手在膝盖骨上一拍,“等!等!等!等复什么关。我能等么?我都六十多岁了!再等就上了乱葬岗!我还没棺材哩!”

“老鸡巴等?”大秃子放开了粗壮嗓门,“狗鸡巴环球害死人。唉……”一提环球,大秃子就气。“长鸟的就退股去!”

三瘪子的眼蓦然打起了亮闪。老黑牙和大秃子这一手他早就想到了,眼下正思索着这步棋的可行性,经他俩这么一怂恿,也就下了八成决心。

“去不去你给个话。”老黑牙开始催。

三瘪子慢腾腾昂起头:“去!去!我也是走投无路逼上梁山。”

大秃子眼一恶,觉得三瘪子不说人话,遭谁强迫似的,真是个混蛋。搁平时,秃头早对混蛋冒火了,但今天例外。大秃子虽然一介草莽,却也晓得统一战线的威力,就捏捏鼻子不吭声,一马当先头前带路,三瘪子居中,老黑牙嘟嘟咕咕走在最后面,一路上招来许多看客。老黑牙越发精神了,左一遍右一遍唠叨着退股的合理性,居然引起看客们的共鸣。大秃子好高兴,索性放开喉咙大喊:

“退……股……去……噢!环球已婊子店关门——歇×了!”

转眼聚集一大堆人,大秃子没毛的头蓦然变成了指明方向的灯塔,胳膊像三军旗帜那样一挥,一列退股大军浩浩荡荡向环球开去。

(发表于《太湖》1998年第5期,发表时的篇名为《发财行动》)

# 毛海走了

## 一

“终于吃了一回亏。”走出来的毛海向“红玫瑰”瞄瞄。声音很轻,四周张望怕人听见似的。“黑店! 宰人! 还图我下回么?”

骂了也就算了,该哪去还得哪去。无精打采走向“贵族浴”。这个洗澡的地方设施一流,收费一流,赚的都是有钱人的钱。自从下岗,毛海就看中了一个新行当,自告奋勇进了来。当时的“贵族浴”老板正愁擦背角色无人扮演,二话没说容下他,并尊称毛师傅。

荷包被宰得缺乏乘车钱,走。越走越累,越累越恨燕子。燕子不上班,天天跳舞,看舞伴比看他这个做丈夫的顺眼,这舞伴又偏是毛海昔日的对头长颈鹿。

长颈鹿起初不叫长颈鹿,九岁那年,这厮忽嫌属相不雅,就央求母亲,说:“我不属猪不中?”其母眼睛一转:“中。不过今后不能调皮,如再调皮还要让你属猪。”长颈鹿小肚子一挺:“中。妈妈让我属长颈鹿吧!”其母憋住满腹乱拱的笑意,挺像一回事地点点头。这本是教子策略,不想后来竟成了儿子的诨名。长颈鹿与毛海一般大小,同年进厂,很快便懒得出类拔萃,并对毛海的踏实肯干十分不屑。每当厂长劝他学学毛海,他总是扑哧一笑:“学他? 菜货。”一次卫生部门来厂里例行公事,对糖池里的苍蝇有意见,厂长很被动,这时长颈鹿站了出来,说:“我厂的苍蝇是吃糖的,又不是厕所里吃屎的苍蝇,有啥不卫生的?”呛得人家额暴青筋,厂里因此落个重罚。事后厂长训他,他反倒抱怨厂长:“不是为你,我才不烦那外国神哩!”

当时的毛海担当厂里的考勤员,讲究“丁是丁卯是卯”的脾气。不管是谁,迟到就是迟到,早退就是早退,旷工就是旷工。这便把自己摆到了长颈鹿的对立面。这厮压根受不了毛海那“丁是丁卯是卯”的秉性,起初他还算尊重人,总是满脸堆笑向毛海敬烟,毛海推不过就接下,但考勤簿上该怎么写还是怎么写。长颈鹿吃了两次哑巴亏后,不再递烟了,说迟到是老子的生活习惯,干活时不玩不就抵了?争执不下便去找厂长,胡厂长当然表扬毛海批评长颈鹿。长颈鹿自愧不如毛海嘴大,再违纪时便不磨牙,留一句:“记记记,记你娘的×,看你能把我卵子记掉?”

毛海渐渐心灰,恳请胡厂长给换个差。胡厂长说:“别推了,只当帮我私人忙,再说这差毕竟轻松,把你从大灶间调出来,别人红眼哩!”

胡厂长晓得毛海的难处,嘴张了张,闭上,再张,再闭,最终还是张了:“凡事求个小差大不差中了,这考勤是吓吓君子的,长颈鹿是不是君子你清楚。唉!别看我们食品厂不大,却堂堂的国营,谁不是主人?若按一个萝卜填一坑的道理,最多用人五十,可食品厂竟养人两百多,一律的梁山好汉。要恁多好汉干啥?吃饭,还就是吃饭,吃饭也是社会效益。”胡厂长拍拍毛海肩:“悟悟去吧!”

毛海一悟三天,悟不通。心想:这差事关乎厂纪厂规呀!松一松就害了厂子,那要留骂名的,让贤吧!拿定主意毛海又去缠厂长,说厂长我晓得你信任我,可一个老实人、一个菜货挑不起重担啊!毛海说得动情,还有一种深思熟虑后的沉稳。

毛海当上了拉煤工,和司炉工长颈鹿狭路相逢在锅炉房。长颈鹿有事做了,总想挑毛海的毛病,然而毛海的工作态度实在是无懈可击。长颈鹿正失望,毛海奶奶忽然死了,毛海请了两天假,第三天刚上班,胡厂长便黑着脸进来了:“毛海呀毛海,你可以了,敢擅自旷工了!”毛海一怔,像不认识胡厂长似的,仿佛也没听懂他说了些什么。

其实胡厂长火得非常有理，就在毛海送奶奶去火葬场时，厂里的生产受到了空前的制约。锅炉房的司炉工按兵不动架着二郎腿，锅炉冰凉，大灶间因此停产。

“搞的什么名堂?”胡厂长怒审司炉工。

“没煤拿手烧?”长颈鹿的二郎腿对厂长颠颠。

“毛海哩?”胡厂长问。

“毛海哩?”长颈鹿反问。

胡厂长被粗鲁地戗了下，咕咚咕咚咽几口气，说：“煤堆又不是十里八里，你不能拉两车对付一下?”

长颈鹿阴阳怪气笑笑：“我可不敢串岗。”他确实因串岗而尝过被罚十元的苦头，所以回答“不敢串岗”时，理直气壮，也喜上眉梢。直气得胡长厂围着锅炉转圈圈，锅炉没温度，他脸上的温度却直线升高。几名曾受过考勤气的职工也挤过来，指手画脚，七嘴八舌提意见，一双双不怀好意的目光齐刷刷刺过来，似乎在说这回看你厂长的了。

胡厂长有了压力，不得不说安慰大家的话：“严惩不贷。”所以毛海一来，胡厂长便来严惩，罚了毛海半月工资。毛海回报他一张写满委屈的脸：“我请假了呀!”语调低而沉。胡厂长的头略略一偏：“混话，我没这个印象。”毛海赌了咒，又以坚不可摧的毅力滔滔不绝帮胡厂长回忆当时请假的情景，非常具体，连办公室里酒气熏天的气味，以及胡厂长趴桌旁呕吐的细节都没遗漏。毛海说：我为你倒了茶，端了洗脸水，干完这些活后，才说请假一事的，你连连点头答应，并接过请假条子塞进抽屉里。毛海这些话几乎是一口气说下去的，顿都没打一个，栩栩如生，活灵活现。胡厂长托着下颌发愣，埋下头在抽屉里翻：“请假条子？怎可能有请假条子？怎可能……”自言自语忽然卡了壳，脸也变了色。因为他到底是找到了毛海的请假条子。

胡厂长蔫蔫自责：“喝酒误事！真误事!”

毛海安慰：“你又不是故意的，纠正就是。”

胡厂长挠头：“按理是该纠正，可这冤案已当众宣布过了！若……若是收回来，职工们会怎么想？他们会怀疑我受了贿，至少要骂我前头讲话后头摇尾巴,我还有什么威信,日后的工作又如何做?!”

由于压根想不到胡厂长怀揣这本难念的经,毛海蓦地呆了,半天才回过神:“你跟职工讲清嘛!”

“讲不清,天上讲到地下都讲不清。现在人思想乱了,不管什么事,一律往坏处想!我真希望你能帮帮我,捏捏鼻子,把那处罚给兜上,就算支持我一下吧!罚多少我由年终奖里双倍赔你。”

毛海沦陷于云里雾中,看看厂长那布满阴云的脸,心一软,糊里糊涂说了话:“我想想。”

见有一线希望,胡厂长不失时机趁热打铁,从小利益讲到大利益,从局部讲到全盘。说得毛海蒙蒙的,恍恍惚惚乱点头:“那……那就这样吧!”

处罚过后不久,刮来一股下岗风,长颈鹿便说,造成工厂停产的责任人不下岗,我也不下岗。加之曾受过毛海“考勤气”的职工们一附和,毛海就这么率先成了下岗工人。

首批下岗工人各奔东西,但基本生活费都还在厂里拿,这便注定彼此每月仍有一面之缘。见面时,大家的表情好像都非常幸福,春风得意地声明自己现在的收入是原来的几倍几倍,仿佛下岗正好使他们得以开脱。这些话长颈鹿不爱说,他爱说的是个人隐私。于是同事们都晓得毛海老婆燕子和他合跳的舞潇洒、飘逸。面对人们神神怪怪的表情,毛海简直想朝地缝里钻,央求燕子:“你跳舞我不反对,只求你撇开长颈鹿另找个陌生对子。你不晓得熟人熟事风言风语多难听!”

燕子满脸不在乎:“长颈鹿怎么啦?又不是特务。不是人家,你毛海饭都没地方烧!”

毛海一憋噎,怔怔地瞥瞥自家搭建不久的小厨房,头一耷拉,咕咚咕咚吞咽着满腹乱拱的辛酸。

说服不了燕子,毛海的肚子天天是满的,时不时抱怨燕子:“跳舞,跳舞,除了吃饭你就是跳舞。”燕子先不吭声,老讲老讲就吭了声:“幸亏你是个替人擦背带捏脚的东西!要是当了官还有人日子过?”

毛海的脸立马由黄铜变紫铜,由紫铜变生铁,哆哆嗦嗦一张嘴:“好好好,我让你!"

出门的毛海在街上毫无目的地撞,忽见一家店里有一时髦女子笑着向他招手,便鬼使神差般进了"红玫瑰"。此时的毛海看得很开,心想:挣钱供燕子邪花还不如自己花。毛海决定花钱出出气,可在登记时又重视钱了。

"请问住一宿的价钱?"

"有八十的。"

"还有哩?"

"有四十的。"

"那……那还有哩?"

"没有了。"

毛海眉一皱,不知怎么就走了出来。大街上依旧繁华,男男女女花花绿绿。这时花花绿绿的燕子又浮现于眼前,毛海就骂自己没出息,再踅回来时便慷慨开了一个连住三天的单间。继而去餐厅吃饭,那小姐好眼力,一下识出是个吃自助餐的主,两片涂得血红的唇一启:"十八块。"

"有孬点的么?"

"最孬的。"

毛海脸一红,正掏零钱的手突然转向内衣,拽出一张百元大家伙,冲吧台无所谓地一扔,很有力度。

毛海有了一份自助餐,一吃方知饭没热气菜没热气,便吃出半肚子牢骚。这时一教师模样的人拍了他的肩,指指邻近的一张已散了人的桌子:"师傅,我们那桌上的大排还没动,端过来吧!"然后径直走了。

毛海隐隐觉得被人扇了一个嘴巴,木木地嘀咕一串谁也听不清的话后,便一股劲点了几个高级菜,大口大口吃。一吃三天,荷包的六百块就吃光了。

毛海好心疼,想想也就算了,该哪去还得哪去。穿街过巷来到老地方,喜得"贵族浴"的吧台小姐乱窜,赶紧把擦背工来了的消息电告那些常年客。这个洗澡的地方虽说硬件设施一流,但若缺了擦背工这一软件,"贵族"们也不来或来了又走,可见毛海所演角色非同小可。

## 二

首先被电话喊来的是胡经理——毛海的老厂长。毛海下岗不久，食品厂也跟着破了，胡厂长不再是厂长，开了个私营批发部而成了胡经理。由小及大，目前已是个离百万不远的“贵族”了。

胡经理腆着肚子走了进来，见毛海点一个头，毛海还他两个，然后咧咧嘴随他进了8号间。胡经理对毛海挺大方，觉得干厂长时对不起毛海，把毛海不明不白整下岗了。在毛海眼里胡经理唯一的不足是懒，不仅要求按摩、擦背，而且连身体也要人洗。他给毛海的钱比别人多，少则三十，多则上百，很浮动的，尺码完全取决于胡经理当天的心情。胡经理今天的心情颇好，所以毛海也平添了一笔精神财富。

胡经理先脱上衣再松裤带，门板样的身体向后一压，那床便吱一声托稳了他，两条腿顺势对准毛海翘起来。毛海心领神会，趋前一步，分别捉住悬在眼前的两只裤管，轻轻一拽，胡经理便脱离了裤子的束缚。光溜溜地站起来，双臂缠在胸脯前，上下牙咯咯一磨，说一句：“好冷的天！”直朝浴间钻，没等毛海捋好袖子，他已在浴缸里睡得笔直。

毛海上岗操作，有条不紊，井然有序。胡经理也不含糊，该肚皮朝天就肚皮朝天，该大马趴时就趴着似胖鳖，相互配合天衣无缝。临了，毛海特别在胡经理裆部抹了第二遍。胡经理怪，始终认为那零件贵重，又极易染脏，要求毛海加倍重视。久而久之，毛海习惯成自然总是在那物件上多摸摸。直至胡经理感觉良好，才愿上床接受按摩。给胡经理干这活向来没有时间界限，什么时候把他服侍进梦乡什么时候算歇。至于时间长短，胡经理心中自有一本清白大账。这大账也是他付给毛海劳务费的重要尺码之一。所以毛海盼望胡经理天长地久睁着眼。可人总有睡着的时候，眼下的胡经理就发出了沉沉的呼噜声。毛海挪腿去了吧台，购来一条蓝色新裤衩，小心翼翼遮住胡经理那明目张胆袒露着的贵重零件。毛海坐下来，瞅着胡经理的睡态出神，那仰八叉的姿势极随意，鼻尖尖有层细密密的汗，嘴巴半张半合，似笑非笑，狡黠，警觉,令人捉摸不透而心生敬畏。毛海越发觉得陌生了,当年的胡厂长可不是这样,不说工作上的鞠躬尽瘁,单那表情就比现在先进得多,像海洋般博大、耐性、深沉、若有所思,让人自然而然滋生出敬意。那时,厂长室的烟灰缸、废纸篓子满了,只要毛海伸手帮忙,总会遭到胡厂长抵制,说:“这些邋遢事是我们老家伙干的,哪敢作践你们小青年!”玩笑是玩笑,其口吻却不容置疑。

毛海将胡经理前前后后一比较,不禁生出额外感慨:“倒退哩!坠落哩!”又觉得感慨得没有道理。“唉!谁也没强迫谁,这胡经理若还是当年那么正经,我吃什么哩?”这么一想,毛海又生出了感激,顺手扯了扯那早已错位的蓝裤衩,胡经理的贵重零件又不见了。

胡经理一觉睡醒果然容光焕发,出手便是一张“老人头”。这对于身无分文的毛海来说无疑是雪中送炭,也诱得服务员的眼窝里冒出红光。毛海蓦然觉得高大,不再低三下四,目光里饱含一种人人平等的幸福。

“毛师傅开业大吉哩!”吧台上送来一句奉承。

“也不吓人,就百把块。”毛海装作满不在乎,可眉宇间还是流露出一种得意的、了不起的表情。抬眼一瞧吧台,那女的正睁大眼冲他笑。毛海陡生一种精神,顺手摸出那张老人头,哗啦啦一展:“我请客,请你们吃酸葡萄,买多少你们定。”毛海很会揣度娘们胃口,选择十分对路,只是娘们按兵不动,好像酸葡萄也不怎么样似的。毛海小有失望,又不好把钱复归荷包,便用眼盯上唯一的一个男性公民:“王疤子你去买。”因为毛海出钱,所以支使王疤子的口吻很有大家气度。王疤子十分反感,缓缓抬抬头,脸皮一板:“我又不吃酸葡萄。”毛海的脸顿时比酸葡萄还要红。“不吃就别怪我舍不得了!”话音刚落,按兵不动的小娘们立即行动起来,一致选举王疤子请客。说他独一个站着撒尿的,眼下的酸葡萄又不是很贵,就买两斤大家尝尝。王疤子被缠得无法脱身,掏出一块票子,冲身边的娘们晃晃:“买斤把酸葡萄够了,不就四个人么?”那娘们并没嫌少,笑咯咯接过票子出了门。

毛海无法久坐,孤单单钻进一个空包厢。每当服务员们起哄买吃食,他都这么低调地避开。那些吃食没他份,倒不是贪吃,他不缺钱,想吃海味都不难,他只是为自己的财富和窝囊同时出人头地而伤感。服务员们怕沾地,仿佛他身患重疾。就说刚才的酸葡萄！唉！还是不说，说了作闷，更作闷的还是那些胀肠子话：“买一斤够了，不就四个人！”连带上我这擦背工明明五个人呀！这王疤子！

毛海忍不住给了茶几一巴掌：“没意思！干这贱活真没意思……”毛海还打算给茶几一巴掌，却被一串电话铃声阻止。抄起话筒朝脸上一贴，吧台小姐的声音朝他耳朵灌：“恭喜发财了毛师傅，10 号包厢有请。”毛海没答话，痴愣愣地盯着话筒出神，嘴里唠叨：“不干了！给成千上万的钱也不干了！”毛海失神地站起来，拧开门失神地走了。

## 三

出了“贵族浴”的门，毛海忽然觉得世上还是家好，就一步一步朝家走。燕子正扶门框，脖颈伸长急切地向这边望哩！毛海的心蓦地顺畅许多。别看燕子嘴狠，我真走了她急哩！毛海忍不住假咳一声，引来了燕子的目光，仅一眼便鼻子一翘缩了回去。毛海站门外头望着已关上了的门并不难过。女人不就这样子么？再错都不认错，再虚，面上都硬得像肫，算了，男子汉弯弯腰算了。毛海弯腰翻出一串钥匙对号入锁，锁开了。进屋后的毛海看见燕子坐床上声色不动织毛衣，神态安详，眼都不向他这边睃，好像压根没把他当一碟菜。毛海仍不窝火，展一脸自嘲式的微笑。三天前硬着头皮离家出走，本想吓她一家伙，没料到第四天就主动溜了回来！跌价跌得凶，哪还有发火的本钱？况且燕子毕竟胜过外头的恶女人，自己一个汉子，跟老婆计较什么？这么一想，毛海就想与燕子交流。首先拉开冰箱门，故作惊讶：“这许多菜咋就没吃？”

“我吃用你教？”

“唉！我不在家你的日子就是苦！”

“我苦得快活，你再走，我给你磕三个头。”

毛海冲燕子瞪几眼，肚里就渐渐窝上了气，一颠一颠在屋内烦躁地夯，夯过来是五步，夯过去还是五步。狭窄的空间使他无法释法放出窝在肚里的能量,便油着腿夯了出来,前前后后转圈圈,转着转着就见长颈鹿打那边走了过来。长颈鹿一边走路一边盯着他家的门洞不眨眼,走至毛海身边才吃一惊:“哟!哟!你回来啦?!”说了这话才晓得这话说得外行,正欲做些补救,毛海抢先不冷不热发了话:“去哪哩?”

这时,长颈鹿已回过了神,心里话:“都到了你门上,还会去哪?”不卑不亢回一句:“不去哪。”

毛海不冷不热“唔”一声,仍没有请他屋里坐的迹象。这时门洞内探出燕子的头:“还当哪一个,来来来,来喝一盅。”碍着毛海,长颈鹿有点进退两难,装模作样看日头:“早早的天,都吃饭了!”燕子食指戳得表壳笃笃响:“还早?差十分十二点,做贼还早。”

长颈鹿斜眼看毛海,期待毛海挽留他,这样就自然了。他满以为毛海会礼貌待客的,毛海是天底下少有的厚道人。然而长颈鹿想错了,毛海久久没有表态,且脸色难看,偏偏燕子又站门外嗲声嗲气地招呼,长颈鹿顾不得许多了,自顾自进了门洞。很快小厨房里便飘出说笑和炒菜的声音,气得门外头的毛海一鼓一鼓的,只恨手中没有手榴弹,否则一下子扔厨房去算了。

毛海恨死了这鬼厨房,他后悔当初搭建了这鬼厨房。

起初这里没有厨房,是毛海家后面的一片闲地,隔壁的三角眼家也有这么一片地。那年,三角眼老婆闲不住,在自家屋后开荒种菜,毛海说你那菜地巴掌大,我这块闲着也是闲,如你愿意也开出来多种些,日后还我就是。三角眼老婆满口答应啥时要啥时还。后来毛海娶了燕子,住房趋紧,于是有了在屋后发展一个厨房的计划,就过去跟三角眼家协商退地的事。不料人家两口子的眼同时一瞪:“什么什么?这大白天的你说的什么梦话?”因此争执起来。公讲公的理,婆讲婆的理。毛海去找派出所,干警说人民内部矛盾找居委会去。居委会主任来找三角眼,见三角眼瞥来一束蔑视的光,女主任就晓得对手是块硬货。苦口婆心说上一大堆,换来的却是三角眼的一通火:“我说大主任,你可不能拿人家的手软吃人家的嘴软。拿人家吃人家是你主任的权利,我家的菜地可是我三角眼的权利。”

人微言轻的主任就这么窝了一肚子气,临走招呼毛海上访去,拷他个婊子儿。

毛海没去上访,而是声情并茂讲给胡经理听。

“菜货！只有菜货才干这搬起石头砸自己脚的事,”胡经理眼瞪溜圆,“地价飞涨哩！又到处拆迁,一拆就是钱哎！你盖厨房人家不晓得盖厨房?搁我也赖了菜地不给你。”

毛海这才惭愧经济头脑不如三角眼。

第二天,毛海跟着胡经理去区里通路子,接待他们的是堂堂的县处级区长。见这么大的官毛海是头一次,挺紧张的,他的苦水都是胡经理代诉出来的。

区长的电话打到了居委会,主任在毛海面前露一脸爱莫能助的表情:“我说毛师傅,这硬货非派出所啃不动啊！你要求区里给派出所打个招呼,那问题就不是问题了。”毛海一想也是,胡经理也赞成,只是没时间再陪毛海去区里了,要毛海直接往区长家上,说有些事在家里处理更效率。毛海问去区长家是否要烧烧香。胡经理说:“菜货,这也要问!”

毛海好心灰,“菜货”是长颈鹿当年在厂里给他发明的诨名,为此长颈鹿曾招致胡厂长多次批评。胡厂长说:你长颈鹿不想好也罢了。别打击先进,你所说的菜货就是毛主席所说的傻子,革命需要这样的傻子嘛！当时,毛海备受鼓舞,可没料到若干年后的胡厂长也会骂他菜货。把空地借给人种菜也是好心啊！也算得上毛主席所说的傻子。咋就变成菜货了哩?！毛海陌生地望着胡经理,胡经理则挥挥手:“去吧！找区长去。”

毛海去了区长家,区长不在。按区长夫人的指点,毛海找到了金达宾馆。迎宾小姐笑微微地表示欢迎,再往深处进时却被保安挡住:“找谁?”保安挺职业,一眼识出是个找人而非就餐的主。

“找区长。”毛海连忙敬烟。

“嗬嗬！河东转河西了,动不动就找区长。”

“哦！长颈鹿,你在这里当保安!”

合该长颈鹿和毛海缘分未尽,后来毛海说:这次异外相逢,是他一生中最大的错。

当时,一对昔日的工友相当亲切,以前的不和似乎已被岁月的流水洗涤殆尽了,两人说着厂里从前的人和事,越说越没完没了,长颈鹿的目光无意中瞥见区长打楼上下来,便一捣毛海:“区长区长。”

区长醉意朦胧,努力稳定着不住乱晃的脚步。见毛海迎上来,装作没看见的样子,眼光一掠便飞了。可听见毛海怯怯叫他时,又显得和蔼可亲:“你好！你好！小毛。”毛海的紧张缓解不少,再说事时就从容了:“又来麻烦您了区长！那菜地……”

“不麻烦,不麻烦。明天去区府里说好不好呀?”没等毛海说完,区长已有了答复。

毛海不便多嘴,点头哈腰直说:“好。”区长拉拉他的手,又挥挥自己手,笑容可掬地跟他作别。

毛海痴痴怔怔望着区长出了门,长颈鹿斜依在桌子旁,对他意味深长地笑:“都讲好了？真快!”

“还得跑。”毛海摇头晃脑叹口气。

“我说哩！怎么可能这么快。跑吧！跑吧！耐住性子慢慢跑。跑官、跑财,谁不在跑哩?!”

毛海蔫头耷脑:“我哪有心思跑官跑财？能讨个公道就笑不动了。”

长颈鹿这才明白毛海是受了窝囊气,一动不动听着毛海关于那片菜地的诉说。继而哈哈大笑:“嘀嘀！还当是多大的事！也配惊动区长？菜货想不到混到现在你还是个菜货。别找区长了,找我就中。”

毛海压根没把长颈鹿的大话往心里去,可他前脚到家,长颈鹿后脚即跟了来,并带来两个着混世装的助手,也不跟毛海多说,只带着两助手绕着菜地转。隔壁的三角眼夫妇吃不准三个人的来头,缩门洞内不肯轻易探头。长颈鹿便人模人样冲他们招手:“来来来,我们是政府的,专来处理这菜地。”一听是政府的,三角眼来了精神,一步窜出:“我管你们是哪级政府的,我只晓得菜地是我的,你们……”

啪！一助手横身挨近三角眼,照嘴就是一掌,扇断了三角眼滔滔不绝的牢骚。

“咋？咋？咋？政府的咋打人?”

“这事还用政府?”助手又一抬手，三角眼的脸爆出第二声脆响。助手始终露着微笑，可眼神中冒出来的森森杀气却是三角眼从未见过的。三角眼就明白来者不代表政府，政府不打人。三角眼头一缩，怯怯后退。可似笑非笑的助手又不声不响逼了过来。三角眼的小腿肚直弹琵琶，哆哆嗦嗦朝老婆身后钻。那女人脸面一堆笑，忙忙迎上：“兄弟息怒，息怒，有话好说，好说。”

以后的话果然好说多了，毛海那竖起来的小厨房就是明证。毛海扬眉吐气，设宴款待三义士。席间忽闻电视里的李瑞英指责日本人骚扰我国领土钓鱼岛，不禁愤然一挥手：“打，打，打他狗日的小日本。”

此后，长颈鹿理所当然成了毛海家座上客，渐渐和燕子发展到“心领神会”的地步。背后长颈鹿是这样评价燕子容颜的。说燕子会治病，专治阳痿，无论多严重的阳痿患者，只要看一眼燕子就不阳痿了。长颈鹿如此崇拜燕子，这便有了后来的故事。眼下小厨房里那对男女肆无忌惮的说笑声便是这故事的开始。

那说笑声越发浪了，越发像一把刀子乱戳毛海的心。毛海垮了，瘫地上抽接火烟，越抽气越足，于是一跍脚站起来，对准小厨房一声吼：

“烧好了?”

小厨房里没反应。

“菜烧好了?”毛海补一嗓子。

门洞里这才探出燕子的头：“酒和菜都蹲在桌上，就你蹲外头。”

毛海脖颈一伸，狠狠咽口气，虎虎朝着门洞走。几样大菜纹丝不动蹲在桌上，坐对面的长颈鹿主人似的吃喝，反倒关照毛海多吃些。

酒香菜香，毛海吃的却不香。

“排骨甜了。”毛海找菜肴的茬。

“甜就甜吃呗!”燕子的口气极平淡。

“麻辣鸡丝咸了。”

“咸就咸吃呗!”

“大鲫鱼哪是这路烧法?”

这回燕子瞪了眼:“就你也穷讲究?馆子里烧的好你再去。”

毛海的嘴猛一张,像个幽幽黑洞,牙一咬才挤出话:“好好好!这回老子真让你。”

长颈鹿见他动了真格,讪讪地过来拉,但毛海还是拎上两大包行李走了。

## 四

离家出走的毛海再不愿去“贵族浴”里做贱活了,他有了一个向上的想法——经商。在这条路上他不愁没有引路人,当年的胡厂长,今日的胡经理就是个现成的。

胡经理接待毛海时的姿态是上级对下级的那一种,随意、从容、优越中蕴含着对毛海深深的关怀。毛海在诉说燕子不足之处时,胡经理始终微闭着眼,当毛海撇开燕子说出经商想法时,一直沉浸在燕子故事中的胡经理似乎不尽兴,可毛海再不提燕子了。他说燕子无非是为摒弃擦背行当寻找理由,铺垫完了,自然要上正题。

“其实我早就想转行。”

“其实擦背工也不赖,县处级的收入。”

“没干头,人家看不起,连老婆都拿我不吃劲。”

“燕子还好,不就是玩心重点么?”

“不提她,反正我这回死了心,一家伙把家中存折、现金全带出来了。干大生意不够,搞个零撮撮还是中的。”

“你挺毒的!想把燕子饿死?”

“我管她?她是她,我是我。”

“气话。”

“不是气话,我做我生意,她跳她的舞,然后离婚。”

“嗬嗬!省省吧!生意不是你做的。”

“哦?”

“你太老实!”

毛海的眼窝里顿时白的多黑的少。憋了好一会才吞吞吐吐说:“什么都是学的,学学就不老实了。”毛海的脑子里很乱,弄不清为什么惧怕“老实人”这样的赞美之词。

胡经理的嘴角动了动,牵出几缕笑纹,又把埋在沙发里的肥腰略略前倾些:“那我考虑考虑再说。”

有了胡经理这话,毛海开始度日如年地等,等待胡经理的考虑尽快成熟。这一天胡经理终于拨了毛海拷机。

“是胡经理么?”

“是胡某。”

“有啥事?我这就来。”毛海挺兴奋,以为是等待中的事来了。

“小猫上锅台——老路。”

毛海一听“老路”,眉头不禁一皱。干擦背工时,胡经理预约他服务,开口便是“小猫上锅台——老路”。唉!刚想转行,这胡经理又要“老路”了。

毛海茫茫然奔赴目的地,在一家宾馆套间的卫生间里见到了胡经理。大概是半月没干这行生了,抑或是情绪恶劣手笨了,反正毛海在提供服务时,怎么也打不起精神。胡经理提了意见:“么搞的撒?兵当老了,枪咋就倒扛?!”毛海赶紧驱逐所有杂念,心无旁骛地在胡经理身上精益求精。胡经理一动不动趴着,一边发出愉快的吭叽,一边闭着眼问:“你真打算走一走你不大可能走通的路?”

“我反正是铁了心。”

“那日后在‘海里’淹死了可不能怪我。”

“我是那种人么?你扶我上路,我谢都来不及。”

胡经理忽然坐直:“丑话讲前头,师傅领进门,修行在个人。我只负责你上路,至于怎么走是你的事。”拍拍毛海肩膀,“松营村晓得么?”

“晓得。”

“松营村长姓李,你晓得么?”

“这……我不大清楚。”

“菜货!连土地爷都弄不清还做生意哩!”

毛海白眼乱翻。

胡经理嘬口茶:“李村长是我朋友,多年了! 他村有个叫松柏的烟酒店,只会蚀本不会赚钱,村里决定承包给外头人,你准备一下吧!”

毛海激动得一颠一颠转圈圈:“老天有眼,我好人有好报哩!”

胡经理也高兴,一高兴竟把自己已到手的一笔现成生意让出来和毛海同做,说是让他先实习实习。

这是一笔关于布的买卖,一乡办服装厂急等一批灯芯绒布从事生产,这种布市面上早不流行了,可一旦急用就是宝。厂里的人马到处找不到货源,神通广大的胡经理却晓得:大新丰布庄的老板正为这种布的大量积压而茶饭不思,只需略施手腕牵牵线,便有五六千元的进项。这样的果子能拿出来与毛海同享,可见胡经理确没把毛海当外人。

毛海踏上了经商路,首先去了大新丰,几乎没费劲就把货源落实了,又马不停蹄去了服装厂。厂长亲自接待,远远伸出手,颠儿颠儿迎上来,一边烟、茶伺候一边老朋友似地抱怨:“毛老板,咋不先打个电话?! 我派车接你呀!”毛海哪受过如此礼遇,简直晕乎得不辨方向了。精明的厂长就看出对手是只非常嫩的鸟。“毛老板! 我们厂小,望多多关照啊!”

毛海有点为难,今天他确实没办法关照这个小厂。胡经理事先已给他敲定了价格底限,说少了就不谈。毛海当时答应嘣脆:“中中中。”绝没料到对方如此友好,以致自己难以狮子大开口。毛海没了直视厂长的勇气,但生意还得硬硬头皮往下谈。谈的都是胡经理教他谈的话。“现在的灯芯绒布俏哩! 最低价也不低哩!”

毛海的生意经虽不流畅,却也讲得厂长连连苦笑。厂长心里明白,这笔生意绝对占不了主动,客户催货,厂里等米下锅,能联系上货源已算他祖上有灵了,哪还敢在价钱上斤斤计较。厂长苦笑着给毛海敬支烟:“开个价吧! 毛老板。”

毛海本想报个上上价,想想不忍心,就报出了中间价。厂长欠欠身子,弹一下烟头上燃尽的白灰,眼睛望着烟灰缸:“客气点吧!”

毛海没作多想,很干脆把价格降到胡经理所规定的底限。

“再考虑考虑吧！”

毛海爱莫能助直摇头。

厂长就看出面前的是个傀儡：“唉！就这样吧！”

毛海的嘴动了动，但没说出话，直直的目光直把厂长当怪物瞅，似乎不敢信刚敲定的生意是真的。他觉得厂长接受这个价就像胡经理报出这个价那样不可理喻。然而不可理喻的事偏在他面前变成了现实。他在心里粗略一算，五千多元已是赚定了，前后不过半天！乖乖！毛海觉得这钱来得太容易，好像是自己用刀抵住厂长劫来的。毛海带着复杂的心情起身告辞，却被厂长死死留住吃便饭，说吃过饭就把交易做了。

酒桌上，明知挨了宰的厂长没有丝毫怨气，反用一种感激涕零的姿态招待毛海，陪酒、劝菜。酒精很快上了毛海头，断断续续一句话要分几次讲。

这时，厂长像是很随意地问：“运输方便么？毛老板。”

毛海压根没想到这是一个套，胸有成竹地请厂长吃定心丸：“放心，尽管放心，工农路的巷子是偏些，但汽车还是能进去的。”

厂长浑身一抖，指缝间的半截烟一头栽到地上。随后声称方便一下出了门，随后就拨了供应科长的电话。

电话打了三分钟，又进包厢，仍陪毛海喝酒。毛海喝他喝，毛海不喝他也喝，这就容易醉。散席时，厂长眼窝里冒出的尽是散光，当毛海提出交易时，厂长就说改日，今天实在醉得不能动了。

毛海改日再去服装厂，已见不到厂长了，一科员用略带嘲弄的口吻转告厂长的意思：生意不成仁义在，这笔就算了，下回再说。

毛海深感大事不妙，匆匆去了大新丰。布店老板精抖抖的，发泄般直嚷嚷：“没货没货！你心太黑，有货都不给你。人家长安服装厂昨日已帮我清了仓，你猜什么价？吓你一跳。每米比你高四块哩！”

毛海彻底傻了眼，一声不吭走了出来。

第二天，因怕胡经理嫌他出师不利而断他生意前程，就咬咬牙由自己荷包掏出一沓钱往胡经理面前一呈：“赚的，五千六哩！”

胡经理眉开眼笑：“可以可以，是块生意料，其实菜货有菜货的优势，容易赢得人家信任。”胡经理在那沓钱上揭下二十张，剩下的全推给毛海：“你准备准备吧！松柏商店的事我再给你催一催。”

## 五

三个月的经商生涯毛海一无所获，仅仅明白一个道理：经商比擦背复杂得多。毫无转机的蚀本现实使毛海的眉毛拧成了疙瘩，连站店的杨子也有些沉不住气。“松柏”的前程连着她的前途，她担心的是树倒猢狲散。为了“松柏”之树常青，她建议毛海和村里协商，争取减少一些上缴金，村人承包时，从没人规规矩矩上缴过，能上缴一半的就算好的。

毛海认为言之有理，就找了胡经理。因为情况属实，胡经理略一酝酿，点头表示找村长试试。

这一天，胡经理传来话，说是已和村长通过气，村长态度不错，叮嘱毛海趁热打铁再去活动活动。毛海去了，村长的态度果然可以，首先抬举毛海经营有两手，生意搞得不错。毛海猝不及防，就在心里抱怨胡经理，他认为胡经理没跟村长通过气，否则村长不会对“松柏”的经营危机一无所知。毛海满肚子苦水被村长堵得无法流出，含含糊糊陪村长扯一些不着边际的话后悻悻告辞。村长笑模笑样送他出门，然后就站在那儿望着毛海渐渐远去的背影嘀咕：“哼！表面蛮老实的一个人，也想吃黑心食！那么大的店会不赚钱？”村长拍着脑袋，为自己的防守成功而沾沾自喜，而此时的毛海仍在心里抱怨胡经理没和村长通气，踏进店门后，便一把抓起了电话。他想把活动的前前后后向胡经理汇报一下，然后再仔细听听胡经理怎么说。然而电话刚通，那头的胡经理已先声夺人了，说：“毛海我正要找你，燕子昨天来了，找你哩！哭哭泣泣的蛮可怜，你回家看看吧！”毛海一时愣住，说不清气愤还是兴奋。愣了好一会终于一闭眼：“她是她，我是我！”

“瞧你说的，都四个月了，多大的气也该下去了。”

“她本事大，她……”

“不说了，万事总得有个收尾，她主动找你，我看就不错。回去吧！今晚回去吧!”

毛海语塞,一时不知说啥好。

那头的胡经理估计说服见效,对话筒意味深长地笑笑:“嘿嘿!让你好好想一会,想想就回去了。”

电话那头已是忙音,毛海莫名其妙有些失落,意犹未尽的耳朵贴在话筒上久久不肯移位。现在毛海头脑里装的全是燕子了。

其实,此时的燕子也满满一脑子毛海。毛海走后,燕子渐渐明白了跳舞之类的精神文明必须以坚实的物质作基础。自从没了财源,长颈鹿已不大情愿带她这个穷人逛舞厅了,这家伙好像是专吃女人饭的,贪钱、贪色,燕子曾亲眼在舞厅里见过他摸人家姑娘奶。每次来燕子家,总是在床上随心所欲地摆弄出各种姿势,燕子也愿配合,并朦胧觉得这就是书本上所说的浪漫。可一待事完,这浪漫就如同那汹涌浩荡的洪水一样一去不回头。长颈鹿脸上的温情会迅速丧失殆尽,倘若燕子再没好酒好菜招待,麻木便是长颈鹿的全部表情。

“这能算浪漫吗?”燕子不时问自己。

“这浪漫和流氓对女人的玩弄又有何区别呢?”燕子又问自己。

日复一日,长颈鹿的脸渐渐清晰了,燕子对长颈鹿有了新认识,时常陷沙发里想母亲想毛海,越想越觉得母亲的话是对的:“衣是新的好,人是旧的好。”“女人要当心,一旦走错了路,一生都是泪水。”

母亲在乡下,六十多岁的人仍在田间自食其力,母亲没别的念头,只盼独生女儿平平安安。自从燕子和毛海闹翻,母亲的心一直是悬的,三番五次数落燕子不该给毛海脸色看。她从骨子眼里看不惯长颈鹿这类人,认为他就是女儿的陷阱。起初燕子不听母亲的话,并与其吵了一回,母亲一气,歇了二十多天没再来。燕子只好去看她。

燕子是上午进村的,阳光下,倚门盼望的母亲早迎上来,一声“我燕儿”自个先哭了起来。吃饭的时候,母亲注视着燕子,良久才恍惚地问:“就回来你一个?”燕子顿时变得迟钝,思绪仿佛一下飘去了一个很远的地方。

“小毛海也不懂事,两口子争吵,哪有男人出走的!”母亲奚落女婿,忽然明白这样奚落易伤燕子心，果断刹了话闸。可多日积压在燕子心底的隐痛还是被勾了出来，化作两汪清泪在眼里转。母亲轻轻叹着气，继而又替毛海找了许多不回来的理由。燕子晓得母亲的良苦用心，可仍像霜打的瓜叶起不来精神。母亲哽咽得再没了下文，又不愿在女儿面前轻易流泪，忙起身向房间走。

望着母亲脑后那绺稀疏白发以及白发下飘飘歪歪的身子，燕子的脖颈一软，迅速伏桌掩面，居室内冥寂，只有燕子含糊的哽咽声。

不知过了多久，燕子才掐断如麻思绪，一抬头，蓦地发现母亲偎在门旁望她，一动不动，凝固成一座望儿塔："燕儿！回去吧！趁早。"

母亲走过来，用她那枯瘦的手摩挲燕子的脸，燕子的长发，拖着慈爱的尾音："燕儿！听妈话去找毛海，衣是新的好，人是旧的好……"

后来，燕子不知是怎么走出母亲门的，不知怎么去求胡经理找毛海的。昨晚，燕子彻夜未眠，想想长颈鹿想想毛海，想想毛海想想长颈鹿。黎明时分，床上的燕子终于发现毛海身上的亮点比长颈鹿多得多。吃罢早饭，陷沙发里的燕子便满满一脑子毛海了。长颈鹿进门时，燕子眼皮抬抬又耷拉了下来，长颈鹿随手把带来的一块肉扔厨房里，挨燕子坐下，抬手便在燕子脸上拧："寡妇相，脸拉得有一尺长。"燕子把长颈鹿手隔开，长颈鹿就势躺下，双手作枕垫头："毛海回来了！"

燕子瓷人似不吭声。

"狗日的恐怕是被婊子缠上了。"

燕子脸蒙上一层灰，猛地掀下长颈鹿压在她腿上的脚。

长颈鹿翻翻眼，心里有些犯堵。他晓得燕子不顺心，毛海走了断了她财路，搁谁都不顺心。这么一想，长颈鹿心里就不堵，并隐隐觉得不顺心的燕子更动人。长颈鹿坐起来，轻轻按住燕子肩："好了好了！下厨吧！我请客，请你喝酒。"燕子像是没听见，长颈鹿又自嘲似笑笑："好好好，我下厨吧！"

首先拉开冰箱门，空的。毛海在家时，这冰箱可没空过。长颈鹿摇头叹气："这多一人和少一人还就是不一样。"好在菜篮里有两个洋葱，若干青椒，再一翻，篮子深处还躲三枚蛋。长颈鹿失望的心情多少有点安慰，尽数将篮中物和他带来的一斤肉并列放在灶台上，而后清洗、操刀，巧妙地配成三碟。

液化气阀开了，蓝蓝火苗舔得小锅嗞嗞响，长颈鹿忙得满厨房乱窜，偏偏又属新来乍到，一切都是陌生的，不时探头问燕子："油呢？"

"油在油那儿。"

"盐呢？"

"盐在盐那儿。"

长颈鹿忍了又忍，终没发作。好在厨房就那么一点大，油盐很快还是被长颈鹿一一找了出来。第一个菜烧好了，再烧第二个、第三个，电饭锅里也开始冒泡泡了，顶得锅盖一动一动。就在这生米即将变成熟饭时，燕子突然怒吼："死烧，死烧，我家液化气是偷来的？"

长颈鹿没法忍了，两眼说鼓就鼓得有鸭蛋大，随手一扔锅铲："烧你娘的×。"虎虎地朝外走，出了门又踅回来，"寡妇，你就是寡妇，毛海离你八丈远，我要离你九丈远。"

长颈鹿走了，这对燕子影响不大，走就走，燕子烦不上他，她的脑部已被毛海塞得满满的。

## 六

黄昏的阳光似乎十分吝啬，不知不觉便收了最后一抹余晖。站店的杨子捧着现金和账簿走了过来，账比钱多。毛海的眼顺账簿一溜："金达酒店又是赊？！"

"皮货。"杨子感慨。

"是皮货，"毛海把账簿对桌上一墩，"也不管别人死活，只晓得赊。"

"我说过不能赊账。"杨子推卸责任。

"还赊？再赊'松柏'就倒了。"

"我早就说过不能赊账。"杨子又推责任。

毛海不吭声了，杨子在赊不赊账问题上曾和他意见相左，杨子认为：一手交钱一手交货应是"松柏"的制度，无奈毛老板嘴大，说都老主顾了，抹不下情面，赊吧！赊吧！杨子只好赊，这一赊就没完没了，目前账面上的总数已超过了一万五。赊者拿东西时，一律信誓旦旦：过两天给钱，我讲话算话。然而二十天都过去了，他也没给钱。再来赊时，就换了许诺方式：过段时间我来结总账。货架上的货急需补充，补充需要钱，毛海手上有的偏偏是账。他已欠了胡经理一万多元货款，胡经理虽没说什么，但毛海已没脸皮再去拉货了。

"明天还赊不赊？"杨子一边给圈闸门上锁一边问毛海。毛海的头一耷拉，抬手坚决地摆摆："不赊了。"杨子应声"好来"，顺手拎上坤包从耳门溜了出去。

望着杨子回家的身影，毛海忽然也有了一种回家的欲望，但骨子里的尊严又像一盆冷水试图熄灭这种欲望。圈闸门上的耳门开了关，关了又开。他有些举棋不定，强迫自己坐下来，作慢条斯理状喝茶。其实内心很乱，渐渐坐不住了，耳门一锁，走了。

那个模糊的、熟悉的轮廓终于摆在眼前，毛海望着家门出神。家门紧闭，卧室里的电视机声音穿过厅堂挤了出来，音量虽小，却能证明燕子固守在家园里。毛海忽然觉得自己还没准备好，这门一敲就见到燕子了，该说些什么哩？毛海悬在空中的手慢慢垂了下来，开始在门前踯躅徘徊，心里渐渐有了底。再朝门前走时显得很有气势，这时就看见东边约四十米处有截烟火在暗夜里忽明忽灭。人！毛海不由自主停住了挺进的步伐。他不知来人是谁，但估计是个熟人，此时的毛海就怕撞上熟人，他实在不敢想象久别了的熟人见面会发出怎样的招呼声。毛海本能地退后两步，又迅速一返身，轻灵得如同猫那样急急躲开了，然后便在暗处静静等待那人走开。可那人偏是在他家门口停了下来。咚咚的拍门声传得很远，那门随后开启。毛海的心一下子蒙上了阴影，匆匆撒开猫步迂回至家的后檐，这里离卧室仅一墙之隔，室内的灯辉煌地亮着，透过窗帘映得后窗一片红。

"你不是要离我九丈远么？咋又来了？皮厚。"屋里头的燕子说，声音极细。

"来日你呗！"长颈鹿一副油子腔。

"去去去，滚一边去。"又传出咚的一声闷响，大概是燕子踹了长颈鹿。

接着窗台下的毛海就听见杂乱的拉扯声，凭直觉毛海断定那一定是长颈鹿在强行脱燕子裤子。燕子的反抗看起来挺坚决，无法得手的长颈鹿愤愤地骂："婊子×，莫非又找了野男人？"

燕子赌气："找了，还不止一个，你管不着。"

啪，长颈鹿扇了燕子耳光："骚货，毛海不管你，老子可要管你。"然后又是一个耳光，比先前的更响。

毛海就听见燕子的哭声，很委屈，很压抑。不一会长颈鹿便发出心满意足的淫笑声，他已随心所欲突破了燕子最后防线。室内的灯光如旧，窗台下蜷缩着的毛海如旧，两只耳朵木然地听着燕子的呻吟声以及长颈鹿粗重的喘息声。毛海的脸蓦地苍白，浑身的每个部位都在抽搐。这个意想不到的恶果将他击蒙了。他趔趄着，蓦地生出一种踹窗捉奸的冲动。右腿开始瑟瑟地抖，像运气的武士又像临阵胆怯的懦夫。抬起的脚放下了，再抬起再放下。三番五次，五次三番。腿的起伏节奏渐渐滞缓，最后岿然不动。手在胸脯乱挠，心在流血："丢人现眼！丢人现眼！丢……"

后来毛海自己也弄不清是怎么由窗台下走出来的，他没有回家，他发誓这一辈子再不回家了。他走在回归"松柏"的路上，不停地捶击行道树："狗日的长颈鹿你不是人……"进了"松柏"，毛海猛灌下两杯烧酒，情绪略有稳定，这就想到了长颈鹿的女人，他想跟她连成统一战线。在这个事件上，他和她都是受害者，他的耻辱也是她的耻辱，他力不能及的事，她作兴能。

话筒稳稳抄在手中，准确无误揿了一串数码，通了，就要和她通话了，毛海却在一瞬间有了负重感，仿佛看见长颈鹿的女人面目狰狞、张牙舞爪地向燕子扑来。

"您好！哪位?"女人的问候悦耳动听，怎么也不像刚才想象中的她。巨大的反差一下使毛海无所适从。多么好的女人啊！给她添乱真是于心不忍，再说这事万一闹开也不光彩。这么一想，毛海越发语塞，当女人第三次问候传来时，他仍抓着话筒像个哑巴。

"神经病。"女人没了耐心，电话重重地搁了。

"神经病？我咋就神经病了！"毛海望着话筒木然嘀咕。

## 七

金达酒店的王老板一进“松柏”,便拿出上帝的姿势对柜台一趴,两眼炯炯地在货架上乱转。站店的杨子缓缓移过来,眨巴着眼一副似笑非笑样:“王老板还账来了?”王老板的脸腾地一红,苦苦一笑:“钱嘛! 你就放一百二十四个心了,我店在那,家在那,跑……”

“跑不掉。”杨子一脸不屑,抢先把王老板要说的话给背了出来。王老板嘴一张,像个无底黑洞,想说什么,却什么也不会说。只好又把双眼放货架上游离,像是对别人说又像是自言自语:“唉! 没茅台酒呔! 算了算了。”王老板一边拍头一边抽身朝外走。

“哟哟! 怎么就走了? 不是说过两天结账吗? 这都过掉几个两天了?”杨子仍在给王老板出难题。

王老板站定,挤一脸争取理解的表情:“这几天手头实在是紧,我饭店的白条都一尺厚了,两三万哩!”言下之意无非是:这不能怪我,人家赊我,我只好赊你。

“哭穷!”杨子兜王老板老底,“谁不晓得你王老板财大气粗,嫌弃二楼盖三楼?”杨子的脸意味深长向柜台外探探,“眼下正装潢是不是? 单装潢工钱就一万五是不是?”

“是又怎样?”王老板终被扎痛,“我还没见过你,少有。”

“不晓得哪个少有?”杨子的脸放了下来,“赊时说得像唱的,还账却像割肉似的,好意思?”

“店是你的?”王老板气得一跺脚,“我赊的是毛老板东西,还账也是还给毛老板,有你这个站店的多嘴?”

杨子的脸蓦地赤红,足足瞪了王老板半分钟,然后才由牙缝里挤出两个字:“皮货!”

王老板又跺一下脚,顺手抓起抹布对柜台上一掼:“你……你骂谁皮……皮货?”

“谁皮货我骂谁皮货。”

王老板脸面乌紫,耳根上的青筋牵扯着腮帮子一动一动,整个一副想吃人的样子。杨子一点也不怕,懒洋洋斜倚在货架上,似笑非笑蔑视着王老板。

王老板没有下台的梯子,进退两难。这时毛海出来圆场,连连给王老板赔不是,王老板就说:“看在毛老板份上我不跟她计较了。”

毛海就觉得自己面子不小,一高兴竟说:“都不是外人,老朋友了,需要什么你再拿。”

王老板有些意外,转转眼睛一口应道:“行,反正在哪都是买。”

对于王老板这种生意上的照顾,杨子纹丝没动。毛海此时也有些后悔,他刚才说的只是随嘴的客气话,都闹到这一步了,他估计王老板一定不好意思再赊。断没料到他还是赊,实实的一个皮货。毛海眉一皱,尽管一百个不情愿,但还是装出笑脸把王老板要的货全拿了出来。王老板提上货,下意识地瞟了杨子一眼。杨子表情木然,耷拉下眼皮像在思谋着什么,直到王老板心满意足走远了,她那似闭非闭的眼皮才突然睁开:“毛老板。”平静的口吻中夹着一股阴森。毛海一激灵,就看见杨子肩挎坤包站了起来:“我走了!”没等毛海反应过来,杨子已坚定地走出柜台。毛海踉跄着跟出来:“喂喂,咋说走就走哩?”

“受气。”

“不是干得好好的?”

“受气。”杨子头也没回地走了。

杨子的辞职对那些手头不活泛的烟鬼、酒鬼们来说,不啻是个福音。他们在毛海面前只要编个理由给个许诺,再搭上两句好话,毛海“不赊账”的防线就会轻易崩溃。账越记越多,钱越进越少,每晚盘点过后,毛海总是苦叹:“唉!这生意越来越难了。”

日益稀落的货架无法弥补,想来想去,毛海就想到了胡经理。他硬着头皮拨通了胡经理手机,声情并茂说出了自己面临的困境。

第二天,胡经理来了,并带来了燕子。毛海直对胡经理赔笑脸,当目光滑到燕子脸上时,毛海的表情忽地变了,目光一收,脸一冷:“你来做什么?”燕子没答话，毛海忍不住又将目光放过去，看见燕子两眼汪汪站那儿一动不动，凝固成一座望夫岩。毛海的目光像被磁铁吸住似的再没瞥开，也莫名其妙有了两汪泪。一旁的胡经理一看有戏，留一句："我去菜市转转。"走开了。这时，燕子开始稀稀溜溜抽泣，毛海也六神无主坐到凳子上，盯住自己脚尖怔怔出神。燕子抹干泪，也不征求毛海意见，自顾自地进了后场。后场零星堆着一些货，摆着一张床，还有做饭的灶具。燕子主人般地向床上一躺，顺手扯过被子，把身子蒙个严严实实。

约摸过了三十分钟，胡经理提着一兜菜笑呼呼走进来了，见燕子不在，脸上的笑容顿时失尽。问："人哩?"毛海的嘴直对后场呶，胡经理心领神会，一探头果见床上有个人，他对毛海扮个鬼脸，继而对床上喊："咦！真是个福人，一来就睡到床上去了。"胡经理将手中那兜菜往砧板上一搁："烧锅烧锅，快起来烧锅，今天中午我不走了。"又喊毛海："她新来乍到，摸不着你的锅灶，你要来指导指导。"

毛海与燕子在后场互不搭话，各忙各的。胡经理当了站店员工，好大时辰不见一个顾客，正闲得慌，金达酒店的王老板来了，目光在胡经理脸上逗留会儿，随嘴打听："人哩?"胡经理迎上去，问他要些什么?

王老板下巴一扬："哦！你是新来的。"又说："来这儿干挺好，毛老板人不错，我和他老朋友了，他从不亏待人。"王老板不愧是开酒店的，寥寥几句既和胡经理套上了近乎，又顺便把自己与毛海的关系炫耀了出来，这便等于是做好了赊账的前期准备工作。胡经理哪能吃得透王老板心思，很像一回事地给王老板提供了一流服务，然后站那儿等着接钱，可等来的却是王老板早已写好的白条。"收好，收好，这就是钱。"

胡经理的眼翻了翻："可……可我不认识你。"

"刚来嘛！当然是不认识。"

胡经理一愸噎，侧脸喊毛海，毛海佯装没听见，胡经理再喊，毛海才出来。王老板一见，抢先抱怨："毛老板成幕后人物了，见都不想见我！"毛海心里话："还幕后人物哩！我这店都快被你赊倒了。"想是这么想，却没有这么讲，他既爱又恨的燕子就在后场，一些没有骨气的话他暂且还不想说。王老板以为他默许了,白条一丢,货一拎,走了。

胡经理疑惑地看毛海,没说什么。喝酒的时候却忍不住,问:“刚才赊账那位,我看像个皮货。他欠你多少账?”

“万把块。”

“哦! 还就是个皮货。”

毛海想把生意场上的无奈露露,可看看燕子又没了露的勇气。胡经理是个明白人,没深讲他,但意见还是提了两条:一,今后不能再赊账了;二,已赊出去的账要讨回来。毛海一一应下,胡经理就撇开毛海望燕子:“我看这店离不开你。”

“我不走了。”

“帮毛海把把关。”

“嗯。”

胡经理又望毛海:“你说哩?”

毛海头一垂:“我没得说。”

“那你和燕子干一杯。”

毛海一时放不下架子,磨磨蹭蹭不知如何是好。燕子不想冷场,她不邀毛海,自顾自干了杯中酒。于是毛海也学她的样子把杯中酒干了。

燕子堂而皇之成了“松柏”的女主人,专职站店,原则性特强,无论你有多大缠劲,没钱都别想拿走她的货。生意是少了些,但都是现钱。毛海轻松不少,真正成幕后人物了。然而幕后人物也不好当,尤其是进货最令他头痛。胡经理已不准他再用白条换货了,胡经理认为毛海最需要的不是货而是磨炼,否则难以成熟。为了尽快让毛海认识什么叫生意,胡经理铁了心要逼逼他,胡经理不但不许毛海再用白条进货,而且还催促毛海拿钱去换他昔日亲笔写下的所有白条。这么一逼就把毛海逼上了讨债路,一些零星的欠账被零星地要了回来,几个欠债大户却成了毛海讨债路上的拦路虎。一趟白跑,两趟白跑,都三趟了,白跑还是白跑。毛海这才发现世道变了,欠债的变成了老子,讨债的反倒成了儿子。这一天毛海又一次来金达酒店扮演儿子。王老板不冷不热对毛海点点头,懒洋洋地把他朝雅座里带,毛海每次来王老板都是让他进这“与世隔绝”的雅座，不同的是这回没给毛海泡茶。毛海一点也不计较，点头哈腰给王老板敬烟，王老板接下，一边在指甲上墩烟，一边口气硬硬地说：“毛老板，我不是说过一有钱就给你送过去么？”

“可……可你没送啊！我就来了。”

“没送就是没有钱嘛！”王老板有点不耐烦。

“那……那你啥时有钱哩？”

“一有钱就送过去，你别再跑了。”

“我真山穷水尽了！要不狗日的想跑。”

“嘿嘿！那你跑吧！跑不跑都一样。”

毛海蒙了会，略略挺挺脊梁骨：“咦！话可不能这么说吧？！”

王老板腰一软，直把毛老板当怪物瞅，直的不知咋说了。

从酒店回来，毛海荷包是空的，肚子是满的。

“又是白跑？”燕子的眼光很准。

“白跑。”

“真是个皮货。”

“何止皮货！还是赖货哩！”毛海一屁股夯到凳子上，挺伤感地把王老板的态度向燕子描述一遍。燕子叹口气，作忧思状：“毛海这也怪你，软柿子，叫人捏惯了！”

毛海的心仿佛被刀刺了下。从打结婚起，他受了燕子不少窝囊气，最怕燕子把他看作软柿子。毛海的嘴巴不禁哆嗦：“我……我也不怕哪一个，我不过是撕不下脸皮子。”

燕子不再刺激他，可毛海还是无法平静。再说店里也确实急等资金周转。毛海决心要跟王老板把账结了，再去金达酒店时，毛海的脸拉得老长，语气也是硬的。可那欠债的王老板比他久经沙场得多，脸一虎，取来一沓食客们留下的白条往毛海面前一拍：“我这儿的白条比你多，我从来也没像你这样不给人家面子。你真是遇上了我，换个别人不骂你八丈远？”

毛海头一重，觉得自己被骂出了八丈远。那老板娘更是个母夜叉，连珠炮似的骂得毛海直发愣，随后又果断地一挥手：“出去。”

毛海晕头转向,但心里清楚:我是债主,债主怎么能就这么被人赶走哩?不出去,不出去,我就不出去。毛海暗暗给自己打气,怪的是两条不争气的腿却不知不觉挪了出去。恍恍惚惚瞅着酒店门面上的几个金字犯痴,痴着痴着忽地一跺脚:“我找派出所去。”

派出所很好找,接待他的干警说了一堆不便插手的理由后,推荐他去找法院。法警虽没谦虑“不便插手”,却表示没有时间插手,说:目前几十万上百万的经济纠纷案堆成堆,我们不能避重就轻,等等再说吧!

毛海等不及,也不愿等。熟悉王老板的人都说,万把块搁王老板身上简直九牛一毛,三层楼装饰得像皇宫,还买了辆崭新的轿车跑出租哩!王老板显然是有钱不还捏他这个软柿子。

毛海又急又气,整天和燕子埋头赛呆。这一日,燕子终于红着脸吞吞吐吐提建议:“我……我说这债还得要。”

“哪不想要?要不到。”

“不想……想想办法不中!”燕子底气不足。

毛海眨巴眨巴眼,似乎已猜中了燕子心中的办法。阴着脸不吭声,想想还是吭了声:“有啥办法哩?你……你说说。”

“万……万一不行,只好找……找……”燕子的脸腾地一红,肚里的半截话再也说不出来了。

“该找谁你说嘛!”毛海鼓励燕子,“不是为了这烂债,我们不麻烦别人。”

“长颈鹿。”燕子说这三字时,声音很轻,节奏很快,然后就低头不看毛海。

长颈鹿如约而至,略略了解一下王老板情况后,就有了讨债主意。

经过两个多小时的耐心等待,长颈鹿终于上了王老板家的出租车。王老板那开车的女儿一点也没想到麻烦就在前头,很听话地把车开到了长颈鹿指定的地点。长颈鹿下了车,把头探进驾驶室的窗子,王老板女儿当他付钱,断没料到转眼间车钥匙已到了长颈鹿的手,车就这么被扣了。王老板夫妻来交涉,碰上几个歪叼香烟的小青年,头皮不由发麻。一个壮硕的小青年主动迎了上来,非常遗憾地问:“就来你们两个?!不想打架了?”

“我都五十岁了，打什么架？”王老板故作镇静。

“那就滚吧！我们替别人看车，你少为难。”

王老板挨骂却挤出满脸笑纹，那母夜叉似的女人此时也“立地成佛”了，她自己不但不发作，还劝丈夫：“走，我们走，找毛海去。”王老板便随女人走，想想窝囊，就边走边抖威：“找毛海去，我看他是不想开店了。”话音刚落，那壮硕青年已蹿上来，没轻没重一拍王老板肩膀：“你狗日的别欺人太甚，再敢欺负毛海，老子割你鸡巴。”壮硕青年眼里有股灼人的火，吓得王老板夫妻捏着鼻子走了。

第二天，王老板来找毛海，说：“毛老板我算认得你了，你真能做得出，天天见面你好意思。”然后把账全部清了。

毛海捧钱的手直抖，怀疑此时的自己身在梦中。“请客，请客。”他有些控制不住自己，上气不接下气地吩咐燕子，接着就抱住燕子，大刀阔斧做了次久违了的快活事。

## 八

庆功宴上，长颈鹿、胡经理、李村长同桌共庆。村长是胡经理约来的，早猜到这是一个鸿门宴，本不想来，无奈胡经理的缠劲太大，就来了。毛海小心翼翼给各位斟酒，很少言语，始终作恭听状，并不时点头以肯定别人的话都是一百分。其实人家压根没有在意他的态度，仿佛他只是一个斟酒的机器。只有燕子偶尔瞅瞅他，那张棱角模糊的脸令她心灰，自信心一落千丈，暗叹：“死相！”燕子越发如坐针毡了，每当她和卑微的丈夫一起亮相，她都是这么如坐针毡，她强压自己的目光不去触摸丈夫。这时她便发现了自身价值：胡经理、村长、长颈鹿都在有意无意地用目光触摸她的脸。她的自信心回归了，索性露出最妩媚的表情给人看。于是人们的谈兴更浓了，她最想听的关于降低“松柏”租金的话题也由胡经理提了出来。村长没表态，模仿市长的样子作深沉状，似乎他一言九鼎，一开口便是钱。燕子的心一下蹦上嗓子眼，敛声静气等待着村长对“松柏”的生死判决。可村长的城府偏偏比海深，良久才冒一句不疼不痒的话："'松柏'还可以吧？"又坐那里菩萨似等待燕子哀求。燕子凭直觉看到了希望，正信心百倍准备攻关，不料略有醉意的长颈鹿底气十足地笑了起来："嗬嗬嗬，真是比小儿科还要小儿科！租金不要又怎样？你亏还是亏，中山路旁的鸽子笼，那间月租不过三千？人家照样赚大钱，发大财。"长颈鹿俨然一副经贸专家派头，这派头使所有人大吃一惊，毛海和燕子更是冷了半截。

"你……你怎能拿'松柏'的位置跟中山路比？一个闹市一个偏郊。"胡经理气得把茶杯向桌上一墩，惊得旁边的毛海一抖。长颈鹿没抖，慢条斯理辩道："'松柏'虽不在闹市，但在这偏僻的松营村也算个小香港。"长颈鹿一本正经，连冷了半截的燕子都被逗得吃吃笑。长颈鹿越发得意，食指弯成铁钩一擂桌："搞批发，唯一出路是干批发。"长颈鹿自作主张把胡经理墩在桌上的茶杯端起来，于是众人都看他咕咚咕咚喝水。

"搞批发。"胡经理嘀咕着，像疑问又像是对长颈鹿见解的肯定。村长也大彻大悟，一手拍桌，一手端杯邀长颈鹿："想法不错，这里有的是搞零售的小店，却没一户干批发的，你也算是填补了我村一项空白。来，干。"

这时的毛海没反应，他脑子里全是糨糊。燕子虽对没降下租金耿耿于怀，但长颈鹿那镇倒众人的气魄已远远弥补了这一点。在她心目中，长颈鹿始终是个勇敢的鲁夫，没想到他也有参谋长的才能，实实是粗中有细，长颈鹿的形象在燕子心目中蓦地高大一丈多。再看长颈鹿时，燕子的目光就有些偷偷摸摸。长颈鹿在这种目光里找到了许多荣耀，却把高兴埋心里，面子上摆出一副不为所动的样子。继而又做谦虚状请求胡经理谈谈看法，他晓得毛海无法拿出干批发的资本，胡经理是棵大树，他不点头，这批发生意的设想便是空想。此时的胡经理已隐隐感到一副无形重担压在肩上，眼睛半闭半睁："主意倒是个主意。"又来个转折，"可一旦干批发，门面就大了，只怕毛海撑不住。"

"不会的，不会的。"长颈鹿替毛海捧场。

"这年头没什么不会的，毛海玩不过人家，不如小打小闹图个安稳。"胡经理半闭的眼对着李村长缓缓睁开，"老李你说哩？"胡经理实指望老朋友会与自己结成统一战线，可此时的村长也在打算自己的，他想的就是“松柏”的生意能尽量大，这样他就无需在租金问题上忍痛割爱了。村长对胡经理展示个笑脸，挺官腔道：“胆子要大一点，步子要快一点。如果担心毛海撑不住门面，那么我要说这个担心纯属多余。我们村支部保证为私营经济保驾护航。”

胡经理脸上的肥肉嘟噜一颤，刚刚睁开的眼皮子又巴叽一声耷拉下来。长颈鹿趁机起哄：“够朋友，村长和毛海无亲无故，这样关心毛海就是够朋友。胡经理，我看你就杀人杀个死，救人救到底吧！你那买卖反正是先斩后奏，东西卖了才给厂家钱，几十万块钱货堆你那是堆，拨些到‘松柏’来也是堆。经营面大了，你多少也能得些益。”

胡经理不快活，冰冷地冒一句：“现成话我比你会说。”

长颈鹿愣了一下，又把笑脸朝胡经理凑凑：“老厂长！你当初总是要我烧锅炉要像个烧锅炉的，要毛海拉煤得像个拉煤的，总之干什么就得像什么。可今天毛海的生意就不像个生意，死不死活不活的，饭都难混饱！我都替他急。”

胡经理脸上的肥肉又嘟噜一颤，眼皮再次撑开，望着长颈鹿捉摸不定地笑：“你也替他急？那你也杀人杀个死，救人救到底吧！你帮毛海筹个万把块，我再为他想想法子，这批发生意也就转起来了。”

长颈鹿断没料到胡经理会出这样的难题，顿时哑巴，风云变幻的脸由黄转红又迅速转紫。胡经理见玩笑大了，不动声色地挽救：“你们俩都是我的老部下，在计划经济时代两位曾合作过，现在早市场经济了，人人都成了精，真怕毛海吃人亏，真想长颈鹿拿出资金和毛海合伙干，那么我就放心了。”胡经理这么说无非是想给长颈鹿一个下台梯子，并不是真的希望他和毛海合作。但顶天立地的长颈鹿却气得暗暗磨牙，喘了好一会才渐渐平静：“好吧！我听老厂长的，我和毛海合伙干。”

胡经理压根没往心里去，所有人都认为长颈鹿说的是气话。然而所有人都想错了。

第二天，长颈鹿就带一万块来找胡经理。胡经理挺被动，说：“开句玩笑你当真了?!”长颈鹿没有暴跳，真诚地哀求：“老厂长，其实你不开那玩笑我也要求你。自从下岗,我便寄人篱下受够了气,早想跳出来试试生意了,只恨没有领路人。我在厂里给您的印象是不好,但人是会变的。我也不说那些大的,单凭老婆孩子向我要饭吃这一点,我也不敢不走正路!老厂长您就先让我试试,哪天觉得我不行,您哪天给句话,我立马走人。"

胡经理定格成一个瓷人,慈爱的目光直在长颈鹿脸上抚摸:"长颈鹿!噢,瞧我这人!都生儿养女了,我咋还喊你乳名?!"又拍头作思想状,终没能记起,只好自嘲,"瞧我这记性!你叫什么来着?"

"老厂长就叫我乳名吧!听起来怪亲切的。"

"好好好,就叫你乳名。"胡经理说,"你的志向我晓得了,等我和毛海商量商量再说。"

长颈鹿便告辞,走的时候脊梁有些弯,胡经理当即约来毛海。毛海明白胡经理意思后,当即在沙发上变成个瓷人,心里一百个不情愿,却又没有伤及胡经理面子的勇气。于是闷着头一声不吭。

胡经理没要他立即表态,要他考虑好了再说。之后每当胡经理提及,毛海便以"没考虑好"之类理由搪塞推托,以期先把事件冷下来,然后不了了之。这可急坏了长颈鹿,他把业余时间几乎全部用来恳求胡经理了。好话说尽,胡经理便接二连三找毛海。毛海深感推托下去不是事,干脆表态:"我听老厂长的。"

毛海和长颈鹿在胡经理的凑合下,终于搞起了股份制,法人代表是毛海,在胡经理的安排下,毛海占股55%,长颈鹿45%,资金很快到位,胡经理的货也开始以白条的形式向"松柏"供应。

鸟枪换炮,长颈鹿天生一块生意料,他不但把商品批发到各零售店,连居民家的日用品只要超过五十元,也可来"松柏"批发。有钱当然有货,没钱的写个欠条也有货。起初毛海夫妇尚视赊账为虎,渐渐便发现这种担心多余。向长颈鹿赊账的人都挺信用,从来没出现过皮货。毛海感叹技不如人,被一种无形的自卑纠缠着。燕子不自卑,女人总是敬佩有气魄的男人。长颈鹿越发像颗星星了,燕子越发成了他的铁杆追星族。对于燕子时不时流露出来的私情,长颈鹿每每能完美地克制住自己。胡经理曾不止一次告诫他:"你已和毛海共事了，天长地久在一起，我不得不打打预防针：朋友妻不可欺，你长颈鹿算条汉子，要是欺负老实巴交的毛海就不算汉子了！我最看不惯。”胡经理的告诫颇具威力，尤其那句“我最看不惯”更叫长颈鹿掂得出轻重。长颈鹿不敢轻易瞎搞，时时刻刻遏制着动一动燕子的念头。然而一些事往往总是歪打正着，长颈鹿的自律恰恰在很大程度上吊起了燕子的胃口。燕子的私情日益萌发，最后冲破土壤直截了当地冒了出来。

这一天，毛海出门不久，燕子便开始实施早已筹划好了的行动计划，她问长颈鹿：“昨晚回家了么？”

“没有。”

“乖乖！都七天了，真能忍得住。”

“没办法，我以生意为重。”

“阳痿就是阳痿，别遮遮掩掩说好听的。”

长颈鹿意味深长地笑笑，不再答话，径自去了后场。燕子很扫兴，蓦地涌上一份伤感，失神的目光怔怔地盯着通向后场的门，就见长颈鹿的头探了出来：“燕子，火腿肠哩？我想喝一杯。”燕子骂一声“酒鬼”，一步一步进了后场。

“哦！”燕子一惊匪浅，她看见长颈鹿的下身早没了一丝遮拦，一根“火腿肠”正精神抖擞地望着她。长颈鹿把燕子牵过来，抓住她两侧的裤腰一拽，燕子那松紧式的内裤外裤便齐刷刷褪至膝盖处。

“我要让事实证明我不是阳痿。”

“青天白日的，你胆子真大！”燕子一手拎裤子，一手拍打长颈鹿。长颈鹿轻轻一挡，燕子就很脆弱地跌倒在床上。长颈鹿上去了，势不可挡的“火腿肠”长驱直入，一往无前。

“还阳痿么？”

“哦，哦，哦。就是阳痿，就是阳痿……”燕子和长颈鹿较上了劲。

有了这分手后的第一次，便有了第二次、第三次。都是在青天白日里，长颈鹿觉得这样干刺激、浪漫。燕子嘴上虽骂，心里却有一种期盼，期盼长颈鹿的鲁莽与野蛮。

## 九

长颈鹿和燕子昔日的温情在渐渐回升，毛海的心却渐渐地冷。他没有勇气轰轰烈烈地吃醋，他唯一的泄愤方式便是向胡经理诉说。胡经理给他想了个不是办法的办法："毛海！你把长颈鹿老婆招店里来吧！你看守不住的东西，长颈鹿老婆作兴能。"毛海觉得颇有根据，像模像样照顾长颈鹿，说生意越来越忙了，人手不够，把你下岗的老婆喊来再就业吧！按理说这本是件打着灯笼也难寻的好事，长颈鹿却不领情，回复：我们已不像夫妻了！快离婚了！管她？再说店里的人手暂且还是够的，不够时再说添人的话。毛海被堵了回来，陡然沉重起来，赶紧把长颈鹿要离婚的消息禀告胡经理。胡经理感到了问题的严重性：长颈鹿要端毛海锅了！真不是个东西！狗日的改不了，就像狗走千里改不了吃屎。胡经理开始给长颈鹿安排后路了，叮嘱毛海把握住"松柏"大权，尽可能地把长颈鹿不当人待，机会一旦成熟，干脆撇了他。按照胡经理的策划，经过毛海一番实施，长颈鹿很快感到"此处不想留爷"了！然而长颈鹿天生不是坐以待毙的料，表面上他虽在毛海面前俯首称臣，暗地里却咬牙咯咯响："哼！不是鱼死就是网破。"他开始废寝忘食筹划自己前程，经过几昼夜的苦思冥想，他终于在毛海前行的路上掘了个陷阱。这一日，长颈鹿以讨好主人的姿态向毛海提供了一条罕见的发财机会，说长街一家批发店因门面拆迁而大量倾销存货，尤其是香烟，一律在原批价的基础上降低百分之十五。长颈鹿说得活灵活现，毛海也谅他不敢扯谎。

这是一家老资格的批发大户，与胡经理的事业旗鼓相当。门口果然立一块"因门面拆迁亏本批发"的招牌。毛海满怀信心进去联系，这才明白长颈鹿的情报有出入，人家的价只肯优惠百分之五，再少就不谈，毛海认为便宜不大，况且还要兑现钞，不想贪了。没精打采走出来。却见一亮顶男子跟了来，毛海心下暗喜，估摸有戏可唱。果然是台好瞧的，那亮顶一边陪毛海并肩而行，一边说他家老板看毛海是个厚道人才愿意在价格上灵活些，但不可能灵活到毛海想象中那个档次，如大家心诚，就一步到台口：降价10%。

毛海一拨小九九，至少有六七千元的便宜可讨，虽和长颈鹿说的有差距，但仍不失为一块肥肉。毛海有了成交的主意，为了油水尽可能多些，鼻子一翘玩起吊人胃口的把戏。两眼在亮顶脸上漫不经心一扫："贵了。"亮顶眨巴几下眼："老板定的最低价，我无权更改。"亮顶说着竟停止了前进的步伐。毛海一看"偷鸡"难成，漫不经心的表情顿时烟消云散："要的是价，还的是钱，你总不是金口玉言吧！"

亮顶直挠头："那你稍等等，我回去问一声。"

亮顶去了又来，很沉重的样子，面对毛海信心不足一摊手："老板不松口。"又向毛海鞠个日本式的躬，"对不起了！生意不成仁义在。"说完悻悻欲走，却被毛海挽住："好好好，我先带点回去试试。"亮顶也说："好好好，我先少带点。"继而嘴巴撮成个"包子"朝东北方一呶："去仓库吧！门面不会放多货的，货多税多。"毛海一想确是生意场上的窍门，心悦诚服尾随亮顶来到一幢二层楼房前。打开院子的铁门，再打开一扇木门便看见了满屋"宝藏"。毛海抽样拆了条开了箱，一律商标"迎客松"。加之亮顶一旁贩卖定心丸："又不是过路生意，敢弄假？"

毛海说句"这我放心"，尽款买了十一箱，尚嫌不过瘾，又借亮顶手机拨通燕子，以老板的口吻命令她速速把店里的现金全部送来。

毛海最终买了十八箱，在亮顶的协助下，招来一辆小货车，一路顺风将他和十八箱送到了"松柏"。

十八箱整整齐齐堆进了"松柏"的后场，毛海直觉得自己完成了一桩大业，虽是一脸无所谓，但那踌躇满志的方步淋漓尽致地展示出他的伟大与了不起，似乎在向燕子表白："瞧瞧！我也是个大气魄的男人。"当晚燕子果然主动出击，配合毛海干了一回快活事。毛海初次尝到了作为强者的甜蜜，直至第二天上午，他还功臣似的躺在床上享清福，听着店堂里接连不断的交易声，毛海简直觉得自己是个仙人，独没想到此时自己已经睡到了陷阱之中。

起初店堂里传来的是小小的争论声，继而越发激烈，毛海就听见燕子和长颈鹿合伙舌战一个顾客。那人平平常常一张嘴，无法以少胜多，眼气得碧绿，嘴巴直鼓："好好好，你们等着。"

那人带来了两名工商人员,工商们劲头十足检查两箱迎客松,就寻到了把柄。再到后场,查出那堆迎客松全是假货。

"松柏"蒙难了,毛海罪人似的坦白了进货渠道。执法者顺藤摸瓜奔赴源头破大案,结果是碰个一鼻子灰。那家批发部压根没有假货,更没有与毛海成交的记载。

"亮顶哩?"毛海大惑不解地问老板。

"不认识。"

"明明坐你这里办公嘛!咋会不认识?"

"坐我这里的人多着哩!你现在不也坐在我这里么?我也认不得你呀!"

毛海翻翻死鱼样的眼,哑口无言,再去仓库探查,才弄清那是亮顶租来的民宅一间,亮顶人已不知去向。

十八箱假烟被没收,还落个停业整顿的命运。尚没富出油来的"松柏"主人们哭丧了脸,毛海更是焦头烂额,默默承受着责无旁贷的失误责任。抱怨、裹挟、嘲讽由四面八方涌来,他被击倒了,连绵不断地高烧,体重直线下降,眼窝深凹,嘴巴变瘪。短短十日赛过十年风霜,苍老了他的脸,"夹着尾巴"成了他做人的唯一标准。长颈鹿又偏偏咄咄逼人,动不动就骂毛海:老鼠日猫×——糊涂胆大。这一天,又面无表情赏了毛海一个立功赎罪的机会。他联系到了一批积压皮鞋,价廉得难以想象,且是卖了以后才付款,是一笔弥补亏损的绝好生意。要求已被暂封了店门的毛老板暗中帮忙捧捧场,也就是扮演媒子角色。长颈鹿说,此举乃新时期最先进的促销手段,见效得很。

毛海体验媒子生活真是头一回,干起来方知比吃屎还难。燕子和长颈鹿守着一辆盛装皮鞋的三轮车,不时嘹亮地喊:"皮鞋皮鞋,大甩卖,五十块一双,买一双送一双。"尽管是买一送一,青睐这陈旧样式鞋的人还是不多。偶尔有个不修边幅的顾客光临,远远地蹲在十米之外的毛海就感到责任重大了。鬼头鬼脑凑过来,战战兢兢捞只鞋,摸摸,再摸摸。看一眼燕子,口张了一下,但没有勇气问出来,又张了一下口,还是不行。短短一刻,汗水已沁满额头,呼吸也莫名其妙越发粗重。身旁的老头正埋头挑选皮鞋的式样与质量，此刻，正是一个媒子发挥才能的时候，毛海偏是无法发挥。燕子一急，不住拿眼偷偷示意他，可她的媒子却不看她。有川流不息的人打媒子身边走过，神态安详，脚步缓缓，毛海觉得这些人和燕子一样，都在等待他那句："呔！皮鞋多少钱一双？"

啊呀！这哪是人做的差事！可这差事明明是他现时的职业。再看燕子，燕子的小嘴巴气得老高，毛海彻底意识到背水一战的时刻到了。用手背擦擦额上汗，狠狠咽几口唾沫，眼一闭，生硬地问一句："呔！皮鞋怎卖？"

燕子笑了，拿出一流的服务态度："全市最低价，每双二十五，两包烟的钱。"

毛海没说二话，又一闭眼："好，拿两双。"然后扔过去一张五十大钞，搂起鞋便走，直惊得那埋头选鞋的老头目瞪口呆。心想：怪了！这年头哪有这样买东西的？老头疑心丛生，嘟噜一句："媒子。"倒背双手不回头地走了。气得燕子和长颈鹿牙磨牙，狠狠拍着三轮车，恶毒毒盯着蹲到十米以外的毛海，毛海却展开一张报纸严严实实挡住脸，眼睛不时透过报纸的一角窥视三轮车前的动静。车旁空落，这正是毛海所希望的。忽又冒出个识货的，毛海的心不由得一沉，软软地站起来，软软地走向三轮车。长颈鹿一见他那漏洞百出的神态，就怕他再次黄了眼前来之不易的生意，果断出击："你这人老在这儿转悠什么哩？我不想你这笔生意了！走走走，有多远你走多远。"

毛海嘟噜一颤，怔怔地望燕子，燕子不睃他。长颈鹿那一声断喝，还真吼成功了一笔，燕子正眉开眼笑接纳进项哩！

失去价值的媒子好凄惶，发誓再不去三轮车旁抛头露脸了，那里不是本分人的作为之地，不去了，坚决不去，哪怕没饭吃，没裤子穿。长颈鹿说：刚开始不习惯是正常的，操操就习惯了。毛海坚定摇摇头："这玩意儿不是操的。"长颈鹿就嘀咕："儿子想干这丢人现眼事？还不都是吃你亏？"

毛海死活不吭声，抱住头蹲到地上不动弹。

## 十

因为假烟事件，整顿后的"松柏"元气大伤，毛海不再是"幕后人物"了，长颈鹿当仁不让掌握了“松柏”的主动权。长颈鹿挺满意，只是流动资金奇缺，单胡经理的货款就超过五万。一时无力偿还，按说胡经理打个喷嚏“松柏”都要乱晃的。然而长颈鹿毕竟不是毛海，他还劝燕子不要急，说：“事物都是一分为二的，比如这欠债，看起来像坏事，其实欠债也有欠债的好处。眼下的胡经理不是比谁都关心‘松柏’么？道理很简单，那就是“松柏”的利益连着他那五万多元的利益，一旦关门，他那五万元怎么办？”在胡经理面前，长颈鹿总是不卑不亢，同时也按计划分步骤偿还着胡经理货款，就这么把个胡经理套得牢牢的。只要长颈鹿张口，胡经理对“松柏”的支持总是不遗余力。

至于毛海，长颈鹿支配起来简直得心应手。长颈鹿总能兜来大量的积压或清仓货，把个毛海装扮成大忙人，整天整天地骑着一辆三轮车走街串巷地叫卖。尽管带不来多大利益，长颈鹿还是乐意天天安排，他暗地对燕子说：“你丈夫瘟鳖一个，有损‘松柏’形象，不如让他骑着三轮车逛大街。”毛海的大街逛多了，不免枯燥，建议长颈鹿另作安排，长颈鹿总是阴阳怪气地笑：“因人制宜嘛！都是为了还债嘛！”毛海默默无言，再逛大街时就不那么卖力，进项一天不如一天。长颈鹿沉不住气了，把毛海交来的几张小钱一扔：“你看看！再数数！对得起一顿两碗饭么？”并以实际行动征服毛海，说不定哪天，他就接过毛海的三轮车逛大街。收摊后总是当着毛海面一遍遍地点钱，那些进项令毛海望尘莫及，比毛海的要高出几倍甚至十几倍。毛海越发焦头烂额没有底气了，又不敢找胡经理诉苦。胡经理形容他是扶不起来的猪大肠，扶也白扶，自生自灭吧！胡经理说的也许是气话，但毛海死活都不愿再去打扰了。

更让毛海伤心的还是燕子，她的胆子不断壮大，当着毛海面都敢和长颈鹿挤眉弄眼，再不像从前那样费尽心机去掩饰自己的情妇角色。起初，毛海拨她一下，她的脸上尚有红潮涌动，渐渐就不红了，反倒向毛海传授一些自由化之类的新知识。毛海的心里始终塞着一顶绿帽子，撵不走驱不散，一有空闲就勇猛地吞云吐雾，到了年底，毛海成了一个标准烟鬼。

“你又进了一步，会抽烟了！”燕子说。

毛海晓得她说的不是好话，不吭声。

“现世宝，我咋就瞎了眼嫁你这个现世宝！”

这下正中毛海痛处，腾地站立：“你哪是嫁给我？！都让长颈鹿包了！”

燕子吓得腰一勾，翘着屁股瞅他小半天：“那……那就离婚吧！”

“我还不想离婚。”

“可我想离婚，真的。”

毛海耳内嗡嗡响，仿佛听到了来自地狱的楚歌。

年底的事件确实多，“松柏”的合同也到了期，等待续签。长颈鹿这回非常谦虚，一再鼓励毛海去找村长，毛海有了一种主权回归的感觉，欣然前往。

村长在村委会的会客室接待了毛海，获知毛海来意后，两束不屑的目光由眼窝里无遮无拦地冒了出来，脱口一句：“就你？！”意识到蔑视毛海的口吻太赤裸，连忙改口，“就来你一个？”

“你……你是打听长颈鹿？”

“不是我打听长颈鹿，长颈鹿是这地方的名人，大家都相信他。”

“可上次的合同是我一个人签约呀！”毛海有意识地露出自己的合法身份。

村长就笑，笑得意味深长。

合同没有签成，毛海知道村长心中只有长颈鹿，但他没有回去喊长颈鹿过来签合同，在这个关键问题上，毛海想尽力一争，合同上如再没自己大名，那么自己今后在“松柏”真没立锥之地了！毛海决定求助于胡经理，他已好长时间没麻烦过胡经理了，回把回麻烦一下，胡经理作兴肯帮忙。

果然是天遂人愿，胡经理带着毛海的委托来到村委会，被村长视若贵宾邀到了酒席桌上，并特邀来长颈鹿作陪。村长本就直率，喝了酒更直，首先嘲笑所有村办企业负责人统统饭桶，只会一往无前地亏，不会源源不断地赚。亏到转动不灵的时候，一个报告送到行政村，从头到尾都是要钱。理直气壮的，说经济效益虽差些，社会效益却不孬，解决村里几十号人就业就是件功勋卓越的事。再说村里也不忍眼看着一个企业因资金缺乏而沉睡不醒，于是拨款。有了钱他仍抱着老油条的方法不松手，结果还是亏。久而久之，不亏的反倒认为自己孬子样，赶紧模仿，赶紧大手大脚，果然就亏了。于是村里又多了一份报告。唉！我也不晓得这样下去如何得了！村里目前是有两个钱，但都是国家征用土地对我们的补偿啊！败光了，子孙后代喝西北风？

村长一腔悲壮做好了外围工作，默默神，直奔主题："其实市场竞争就是人才竞争。比如'松柏'，村人干总是亏。是店小地僻无可救药？不是，事实证明不是。长颈鹿主持工作后，就翻了一个跟斗，要不是毛海心粗弄出个假烟事件，作兴能翻几个跟斗哩！"村长又拍拍长颈鹿肩膀，"要是不嫌松营村庙小，就在此多撞几天钟。"

"哪里话嘛！"长颈鹿很谦逊，"我脚踩生地眼观生人，不是村长支持哪能站住脚？"

村长怔了怔，再跟长颈鹿说话就多了几分真诚，几分亲切："干吧干吧，长颈鹿！呱呱叫的人才，我们岂有不保护之理？"

长颈鹿面子上捕捉不到一丝受宠若惊的迹象，话也说得进退自如："感谢村长信任，我并不在乎个人地位，我服从自然和上帝的安排。"

村长哈哈一笑，借酒撒威："松营村就是大自然，我就是上帝嘛！"

长颈鹿和村长好像预谋好了似的上演双簧，虽没明确表示新合同该由长颈鹿领衔主签，但意思就是那么个意思，并不时恭请被晾在一边的胡经理提提看法，这便很科学地堵了胡经理的嘴，使他一时无法把毛海推荐出来。但胡经理的心仍在毛海身上。第二天，胡经理首先找了长颈鹿，希望长颈鹿姿态高些，把法人位子让给毛海。长颈鹿当即肯定："毛海人不错，希望他拿出勇气，三十多岁的人正是挑大梁的时候，失误难免，操操就成熟了。"

胡经理轻而易举过了长颈鹿这一关，自以为成功就在眼前，高高兴兴去找村长，村长心一沉，暗暗埋怨胡经理"贼心不死"，就摆出了一副一针见血、彻底摊牌的姿势："这……这生意行当可不是人人能干的。"口吻低沉而不屈不挠。"你我不处不处也处了十几年，你的吩咐我历来照办！可这回你得替我想想。'松柏'被毛海弄得一塌糊涂，这你比我清楚，目前在长颈鹿主持下，正一步一步地恢复元气，可不能再让毛海瞎折腾了！否则我无法向村里交代哩！"

胡经理脸上的肥肉嘟噜一颤，错捧起村长茶杯呷一口："我……我不过随便说说嘛!”杯子搁下后,闲下来的双手一时无去处,显得非常多余。

长颈鹿取代毛海成了“松柏”的法人,燕子人往高处走渐渐淡漠了和毛海的恩情。这从“松柏”的财务上面可以一目了然,燕子和长颈鹿主宰着店里的收入与支出,把个毛海蒙在鼓里,报多报少全凭长颈鹿一张嘴。出入大了,毛海的目光不免疑疑惑惑,这时燕子就站出来包办:“差不多,就这样了。”毛海有时明知是个黑账,也只得捏着鼻子认下。久而久之,毛海麻木了,彻底成了一只任人宰割的羊羔。毛海深感这么稀里糊涂干下去没有前途,就求燕子:“你跟我回家吧!不开店了,我还去擦背,保证日子小康。”

燕子有点想吐,没好气说:“你去吧!我不去,井水不犯河水。”

“你不想跟我过了?”

“知道了还问?”

“我死不离婚。”

“嘿嘿……”燕子直冷笑。

## 十一

和毛海在婚姻问题上形成鲜明对比的是:长颈鹿非常想离婚。长颈鹿老婆时不时地来“松柏”大哭大闹,可长颈鹿不悲观,说:“猴子不上树,多打一遍锣。”长颈鹿老婆见和好无望,赏了燕子几个耳光后,便在离婚协议上签了字。长颈鹿如愿以偿得以摆脱了婚姻的羁绊。毛海措手不及,陷入深深的绝望之中,他担心的事终于发生了,像秋风扫落叶般毁灭他的意志。在他看来长颈鹿老婆就像屹立在燕子与长颈鹿之间的天然屏障,有她在长颈鹿就不敢重婚。可如今,这屏障轰然坍塌,生态不再平衡!毛海的烟瘾更大了,不时仰头呆望天花板,像是不让泪珠滚下来,又像是面对苍天呐喊:“苍天啊!我怎么办哩?”

毛海彻底垮了,已在医院的病床上躺了三天。燕子朋友似的来看他,削掉一个苹果的皮,又剥下许多桂圆的壳,所有精力都集中在毛海的吃喝上,仿佛是要弥补些什么。

毛海口含食物,企求的目光始终逗留在燕子脸上:“跟我回家吧!不开店了,我还去擦背,保证……”

“不说了,毛海!”燕子轻轻打断毛海下文,嘴唇有些抖,晶莹的泪光里晃动着毛海憔悴的身影。

毛海凉飕飕的手颤巍巍伸了过来,抓住燕子呜呜抽泣:“燕子,我要说,我要说,我要你跟我回家。”

燕子木木摇摇头:“毛海,我对不起你!你还年轻,再找一个吧!”

毛海的手缩了回来,植物人似的靠到床背上。天在塌,地在陷,手中的苹果也悄无声息挣脱他的手,落到地上,滚,默默地滚。

第二天,毛海从医院偷跑出去了,没去“松柏”,只给燕子打个电话,说他要走了,决心离开这座城市。

两个月后,市报上登出一则启事:毛海,你妻燕子要求离婚,法院限你三个月内到庭应诉,否则将按缺席判决。

三个月时间转眼即逝,毛海没有露面。

毛海真走了!

# 风流家史

## 一

那年头的雁山村穷，是块盛产光棍的沃土。前仆后继的光棍，层出不穷的光棍，就像雁山水库的水长年不涸。有老婆的反倒被没老婆的视为贪色。黑蛋不服水土，愣是把水灵灵的菊珍姑娘诱了过来。光棍们少了一个同谋，眼气得碧绿，纷纷指责黑蛋为“雁山村贪色队伍中的骨干分子”。

带头这么指责的是皮猴子。黑蛋笑呵呵应酬：“这是我福分。谁像你皮猴子，裆里痴长一根报废的屌。”

皮猴子也没气，鼓起腮帮子过嘴瘾：“我裆里的绝对正品。不信叫你家菊珍过来试试，试试。”话到极兴处，还有模有样一下一下拱屁股。光棍堆里炸开了锅，个个咬牙切齿摇旗呐喊：“皮猴子你操，当着黑蛋面操。操，使劲操。”

黑蛋恶心无比，肉麻得一颤一颤，心里话：“瞧这伙和尚的骚相！这往后还得防着点。”

黑蛋和菊珍的婚事，纯属自由那一类，却要搬来个媒婆吃一顿现成的酒。媒婆摆出一副公证人的架势，敲定：迎娶菊珍不论砸锅卖铁，不论卖碗卖碟，都得铲了黑蛋祖上传下来的老古屋，重盖三间新的。可以是土墙，可以用茅草，但不可以不宽敞。并拍板：如黑蛋家屋翻了，那么迎娶菊珍的时间就攥在黑蛋妈手里。

“儿哎！抱着头死累两年吧！媳妇是累来的。”黑蛋妈对黑蛋说。

累就累。说累就甩开了膀子。黑蛋一咬牙，雄心勃勃捉来三头小猪崽。

妈的眉一皱：“恁多的猪口拿什么喂？”

黑蛋眼一闭：“难是难些。可一旦肥了，媳妇就来了。”

三头畜生还算孝顺，吹气一般地长，短短六个月，都有了百把斤。

“菩萨不薄我孤儿寡母哩！”黑蛋妈总是这样说。还说这恁顺的日月是死鬼男人的保佑，要黑蛋常去爹的坟头烧些纸。

猪到百把斤的时候，正是能吃的时候，疯长的时候。

粗野地抢食，抢没了就哼，食孬了也哼。那堆队里平均分配的花生秸很快填了猪肚子。只有菜籽秸了。菜籽秸的营养可无法跟花生秸比。猪们对它很不青睐。纷纷罢吃，纷纷掉膘，纷纷瞪大不懂事的眼盯着黑蛋妈嗡嗡哀号。愁得黑蛋妈连连叹息：“唉！得想办法了。不能糊弄它们了！糊弄它们，它们就合伙掉膘糊弄我。”

黑蛋妈利用工余，开始了割草生涯。割的全是巴根草。巴根草是好草，猪爱吃，比吃花生秸更有味。巴根草是个好东西，大凡好东西世上就不多有。起初黑蛋妈还能割些，可渐渐就难了。黑蛋妈愁弯了腰，直抱怨黑蛋不该心像榔头养上三头，养一头就不愁了。

也该天无绝人之路，也该三头畜牧有吃福。这一天黑蛋由爹的坟头烧纸归来，见妈瘟头鸡样戳在猪圈旁为猪的日子愁眉苦脸，便向妈泄漏了一个玄机：“乱葬岗上多的就是巴根草。”

有巴根草的地方，当然有黑蛋妈。乱葬岗上的草全长在坟堆上。坟上草，死鬼衣，动不得的。动了等于掘人老祖坟，其恶毒程度可想而知。黑蛋妈从没恶毒过，这回恶毒全是让三头哑巴猪逼的。

正午的日头毒辣辣地咬人。活人们全缩在屋里头躲阴凉。黑蛋妈放心大胆扒着死人们的衣。全力以赴，如饥似渴，挥汗如雨，根本没有丝毫纰漏的征兆，可纰漏偏偏是出了。

起初是她头上的草帽忽然掉了。以为是风刮的，没在意，仍然埋着头，全力以赴，挥汗如雨，如饥似渴。直到头皮发痛时，方才意识到头发被人控制住了。她打个冷战，一回头，邻村那个秃头凶神恶煞地站在她面前。控制她头发的手又粗又黑，另外一只手乘她回头的当儿，顺畅地在她脸上拍个来回。很响亮，惊得四周的乌鸦扑通乱飞。她眼前的金星乱冒，眼前的秃头乱晃。秃额上有汗珠蚯蚓般蜿蜒，额下的一双眼瞪得血红，眼下的鼻子歪歪扭扭，鼻子下的嘴咬牙咯嘣响："奶奶的，你扒我大伯衣，老子扒你衣。"他很想扒下她的衣，可胆儿不争气，只好咽下那个歹念头。念头忍了，恶气难消，就用黑掌在她脸上又顺畅一回。她的嘴角有血渗出，她没擦，她指望那鲜红的液体能软化秃头心。她启开滴血的嘴，胆怯地说："秃大哥！我不晓得坟里的是秃大伯，晓得我不扒。"

"谁的大伯也不该扒。"秃头的话仍很坚挺，但却放了她头发。放了头发却不放过东西，镰刀被秃头扔出五十丈，扑通一声栽在水里。筐子也没幸免，秃头破坏筐子绝顶的水平，两只一重叠，一蹭上了去，碾得筐子再也不像个筐子。她心疼得直落泪，没有央求秃头脚下留情，却央求秃头嘴上留情，千万不要把她割坟草的事传给坟的主人们。

"我不传。"秃头是个干脆人，嗓门也洪亮，"没事干我搬块土坯下水里洗洗。人家坟上草关我什么事？爱扒你扒去。"

黑蛋妈徒然松口气。眼前的秃头也徒然变得温柔。

秃头的巨大巴掌扇断了黑蛋妈割巴根草的前程。那堆菜籽秸成了猪的唯一主食。考虑猪的健康，妈在猪食里掺和些人吃的东西，猪的日月倒也过得甘甜。可却苦了人。队里分的口粮，每天仅能吃上大半饱，青黄不接的季节都要闹粮荒。粮食喂了猪，能保年饭米？考虑长远，只得多吃稀的，少吃干的。冬日天短，黑蛋妈干脆免了晚餐，每晚仅熬两碗稀的填黑蛋肚皮。黑蛋死活劝妈吃，妈说天花日短，中午吃得迟，不饿哩！劝急了，才舀上小半碗，一口气喝光，说："涨着难受。"

猪一天天胖起来，黑蛋妈一天天瘦下去。可妈没怨言。她说："人吃得再好都要屙掉。不如猪吃了，猪吃了长膘，膘能换钱，钱能换媳妇。"黑蛋妈一想到媳妇，就笑没了眼，嘴也合不拢。

可是天不遂人愿，一桩倒霉事正悄无声息地在她头顶盘旋。

那天清早，她给猪送去了吃的，那头小猪很快将嘴插在了食里，两头大的却不稀罕，阴阴地闭目养精神。她认为食孬，又掺和两碗大麦粥，两肉货仍没起色。她很气恼："猪日的东西得寸进尺哩！莫非要我把锅端来不成？好。不吃好。随你饿，饿急了看吃不？"黑蛋妈搓搓手，一拍屁股走了。谁想中午再喂时，连小猪也不吃了。她心一沉，赶紧跟队长请了假，赶紧捆上两只老母鸡，赶紧在去公社的路上急急地走。鸡卖给了公社食堂。她攥住钱径直去了兽医站。站上没人，隔壁的文化站人说兽医下了乡。劝她明天一早来。她听了劝，归了家。天已擦黑，打把电筒看望猪，猪全有了吓人的病态。她心急火燎，彻夜不眠。鸡都叫了三遍，她仍在床上睁着眼。

该起来了。粪总是要拾的。摸来粪叉，用粪叉挑起粪筐，一吱溜埋入黑暗。她每天早晨的这个时候都要去拾粪。拾粪换工分，工分换钱，钱换媳妇。拾粪和养猪的目的一个样。

她会养猪，拾粪也是位好手。一双空筐晃悠悠，星星冲她直眨眼。她熟人熟路摸到了队里的养猪场。猪场里关着十头猪，都关在半人高的院子里。猪多吃的多，吃的多屙的多。每夜都能在院子的东南角生产一大堆猪屎。这个东南角是个死角，距看猪老头睡的地方最远。

黑蛋妈靠上了院子的东南角。腿一跷，脚尖搭上了墙头，一爬，身体横上了墙头，一翻，整个人站在了猪屎堆旁。猪屎喷香，两只空洞的筐瞬间实在起来。

翻出去吧！翻出去就到手四分工。她的脚又翘上了墙头，一爬，很合格，一翻，却出了岔头。一夜未眠，她的头昏昏沉沉，昏沉使她在一翻的节骨眼上失了手。咚的一声她栽了下来，栽院外倒也罢，偏偏栽在院子里。院里全是猪，猪被咚的一响惊得哞哞叫。哞哞叫又喊醒了看猪老头子。以为是偷猪的，急忙光着脚丫窜出门。电筒的光柱落在黑蛋妈脸上，是个偷屎的，偷屎的倒在屎堆上没来得及直起来。黑蛋妈觉得自己正朝无底深渊里坠，撞撞跌跌爬起来，老头已立在她身边。电筒的强光刺得她睁不开眼。她没用胳膊挡，她觉得这种时候自己没有胳膊。她的唇抖抖擞擞想说话，什么也不会说。老头熄了灯，冰凉地说："黑蛋妈，你咋能做这种事哩？"说完一猫腰缩进了看守棚。黑蛋妈失魂落魄跟进去，扑通一跪，作揖，磕头。

老头用眼漫不经心斜睨脚下的奴才，没拉她，没扶她，直嘀咕："黑蛋妈，你怎能做这种事哩？"

老头越是嘀咕，黑蛋妈越是心跳。老头若将事件扬出去，她将成为雁山村新中国成立以来的第一个贼。那时的贼可不像现在的贼，偷了你自行车被你看见有脸对你嘻嘻笑。那时不笑，偷了猪屎被看到都哭。黑蛋妈当时就哭，边哭边恳求老头千万做个保密员。

老头总算刹住了嘀咕。黑蛋妈见有希望，急匆匆掏出昨天卖鸡的钱，颤巍巍呈老头面前，说："朱伯伯，这些你买烟吸。积个德不声张不汇报。汇报了我要游大街，我脸哪搁？我没过门的媳妇也得黄。我……我……呜呜哇……"

朱伯扫一眼泪涟涟的黑蛋妈，扫一眼她手中的几张钱，灰暗的瞳孔蓦然亮了许多。朱伯一生光棍，日子越过越穷，烟瘾却越过越大。没钱就借，借不着就弄些干枯树叶子揉碎，再用废纸卷成个大喇叭，把碎叶子装进去点上火，有滋有味地吸，还取个骄傲名称"吹喇叭"。朱伯的喇叭吹了好多天，一直想改善，一直没钱。眼下黑蛋妈情愿进贡，难免他心颤，心痒。但骨子里的本分终使他没有勇气接那钱。他不接，黑蛋妈反而更急，抬起头在朱伯脸上努力研究，才晓得朱伯内心有矛盾，有心想钱，没胆接钱。黑蛋妈站直了身体，将钱虔诚地搁上朱伯床头，说一声："孝顺朱伯伯了。"便出门融入浩浩黎明。

腾云驾雾的黑蛋妈飘歪歪归了家门，忐忑的心依旧忐忑，她没去惊扰黑蛋。这类偷事让儿子晓得也是耻辱。她蔫头耷脑爬上床，思绪万千，似脱缰的野马，梦得很远很远。

待到自然觉醒时，方知日上中天。一呼噜爬起来，狠狠一擂大腿："睡死，睡死。"

首先还是想到了猪，猪却不很念她，见她来哼都懒哼。她的头皮猛一炸："兽医！兽医！"

荷包光得像砂纸打，昨日的鸡钱是给猪看病的，却全给了朱伯做烟钱！

猪可是大家畜，一大半的家业。万一……她不敢往坏处想，赶紧抓来一把稻，咕咕咕诱来最后两只生蛋鸡。捉住，捆上，朝竹篮里一塞，腿又开始在通往公社的路上走。

尽管走得不慢，进了公社大院还是过了下午一点。找厨师，没找着。一打听，厨师四点才能来。又去找兽医，兽医在，仔细问了猪病情，很负责任地开了药。药在药室里，药室里有人，也有药。独独她没钱，她的钱还在手里的鸡身上。

厨师还没来，焦急地等，耐心地等。终于看见了一摇一晃蹒跚而来的胖厨师。鸡变成了钱，钱变成了药。兽医用自行车驮着她，拼命踩着车脚踏，急速去救她的猪。

她带兽医钻进了猪圈。圈里的猪死鳖一样趴着，她用脚踢，它们不动。再踢，不动就是不动。

一种恐惧魔网一样罩住了她，急急猫下腰逐个摸摸猪鼻子，一头没气！二头没气！三头都没气！她立马沦成个木鸡。木鸡拿眼死死瞅兽医，多么的盼望他怀揣绝活。兽医却平庸地摇摇头。

“你可不能谦虚！”她对兽医说。

兽医深深叹口气：“唉！”

“完了，三头猪集体完了。”她梦呓般唠叨，泪如泉涌，一串悠扬的哭声在空中萦绕好久。

猪的死使她悲痛欲绝，横在床上不吃不喝。黑蛋不忍心，劝说日益消瘦的妈：“猪愿死让它们死。愁不是法。东方不亮西方亮，车到山前不愁路。另想办法就是。”

她认为儿子这番话像人说的。

再养猪崽捞一笔，横竖是来不及了。她已在菊珍娘前擂过胸，保证下半年盖屋，下半年做几样柜子，下半年把菊珍娶进门。喜日子也定了，定在腊月初八，眼下离那激动人心的日子仅五个月了。盖屋和结婚没个四五百块钱是打发不了的。四五十好借，四五百可不是好借的。本来那笔大钱全落在猪头上。猪却不争气死了！哎！钱啊钱！这钱逼迫黑蛋妈想到了皮猴子。

皮猴子免贵姓刘。父亲刘根标活得轰轰烈烈,雄赳赳的。可仅吃了胡宗南部下一颗枪子,小命就被阎王勾了去。撇下个婆娘,还撇下个残腿小儿皮猴子。

刘根标成了烈士。仗着这一点,皮猴子月月都能领到政府一笔抚恤金。母亲是位勤俭人,总是把钱存着,从不乱花一分。母亲死的那一年,皮猴子恰好混过第十八个扬扬得意的年头。政府正好有理由停了刘家的抚恤金。当时皮猴子并没察觉领抚恤金与不领有啥区别。他不缺钱,妈遗传给他一大沓钱。他花去部分钱盖了三间呱呱叫的房屋。虽说为土瓦结构,可在当时就是呱呱叫。人们羡慕皮猴子,说他过得不像人日子,像神仙。神仙的婚事当然不乏媒婆张罗,可总不泛个泡。世上姑娘欠缺奉献精神,个个都嫌他那条煞风景的腿。唉!那条因小儿麻痹症遗留下的跛腿害苦了皮猴子。婚事一搁再搁,一搁八个年头,一搁皮猴子就告别了第二十六个春秋。皮猴子明显觉得自己老得可以,心急如焚,蔫蔫央求媒人说:“姨!我心急烂了,你抓紧给我凑合一个。丫头再大我不嫌,寡妇也中。你跟她说我有三间瓦房,你跟她说我有白米吃,你还跟她说我不打她。”

终于有媒婆在一个遥远的村庄寻着个不嫌皮猴子腿跛的女人。据说是个黄花闺女。皮猴子神气活现随媒人去了。

路并不遥远,很快就到了。皮猴子见到了姑娘。这一见使他半天没合拢嘴。嘴合不拢是因为姑娘双腿合不拢,她是个瘫子。皮猴子的跛腿顿时强壮,一甩出了门槛。害得媒人红头红脑给姑娘家人赔偿一大堆好听的。

后来,愿替皮猴子操心的媒人绝了种。皮猴子也就绝了讨老婆的甜念头。

## 三

黑蛋妈的脚踩在皮猴子门槛上,就如同踩上了电,一个劲地抖。平日她很少跟皮猴子啰唆,从没登过他家门。皮猴子光棍一条,她寡妇一个。寡妇门前是非多,人们都这么说。这寡妇登了光棍门,那是非就不是一个“多”字能够形容了的。一种担忧深深左右她的情绪。她尽力挤一脸“姨”的表情，尽力让发出的声音更具有“姨”的气质。

“他……他皮猴子哥。”尽管尽了力，她的话还是漏了嘴。

毫无缘由的称谓使得皮猴子吃一惊。应该是“皮猴子侄”为啥变成“他……他皮猴子哥”？

“我姨……我姨有事？”皮猴子问。

“有……有……”黑蛋妈嚅嚅嗫嗫一长串，忽地一闭眼，一副豁出去的模样，“你有钱么？”

“有。”

“能借些么？”

“多少？”

“顶少三百。”

皮猴子吐吐舌头，一下软在床上：“借许多钱干吗？”

“给黑蛋结婚。”

皮猴子脸刷地变了色。心想自己那笔钱天长地久舍不得花一分，就是指望它在娶老婆时发挥主力作用，不曾想老婆的事天长地久不着边际，那笔钱倒要替黑蛋讨媳妇了！这世道！谁说有钱能使鬼推磨？屁话！皮猴子愤愤不平，说：“姨！三百块钱是有，可连根拔了也就三百。都借给你我咋办？我还光棍哩！”皮猴子说完，向黑蛋妈放一眼。黑蛋妈仍在那里岿然不动，一脸的失望，一脸的焦急，连眼角眉梢都写满了愁。

皮猴子的心像翻了五味瓶，眼皮一耷拉，重重叹口气：“唉！借，借，借。你这就随我去信用社拿。”

天已是橙黄一片。太阳显得特别的大，在西边山顶坐一会一滑坠了下去。原野上的一切都变得模糊了，仿佛是一种颜色。黑蛋妈鲜亮亮的一脸喜色，怀揣皮猴子在信用社取出的钱，乐颠乐颠尾随醉醺醺的他向家走。蜿蜒的黑路越走越难，酒又偏在皮猴子肚子里抖威风。皮猴子渐渐晕眩了。晕眩的结果是扑通扑通的跌跤声。黑蛋妈使劲把他拉直，让他手搭在自己肩上，自己的手扶住他的腰。继续向前，她渐渐累出一身汗。女人的汗味弥漫周围的空间，皮猴子陡生一种亢奋。有一股他从未体验过的女人味迎面扑来，弄得他血液沸腾。黑蛋妈的脸毛茸茸的轮廓朦胧，微微晃动如电影中之女，晃得皮猴子神魂颠倒，生命之泉汹涌澎湃，像扬子江的潮。他的臂鬼使神差缠住了她的腰，拼命地一扳，她便横在了乱草棵里。地上的她抖抖擞擞像筛糠，惊恐地哭叫："不能这样！不能这样！我是你姨哩！"

"乖乖姨！好乖乖姨！"皮猴子酒劲骤起像一条憋足劲的公狗。

公狗很快泄了气，变得疲软，失落的伦理道德回来了，朦胧的头也清醒许多。他的脸发烫，他的心发慌，他不敢正视黑蛋妈一眼，他撇下她，疯了般地跑，两手轮流在脑壳上撞击："我不是人，是猪，活猪啊！"

腊月初八这一日，黑蛋和菊珍分秒不误地入了洞房。真是个大喜日子。可对皮猴子来说就很灰暗。每当村上有光棍告别光棍生涯他都很灰暗。"活着也真没劲！再有钱，有房子也比不上有个丑老婆。"他这样一想不禁又念起黑蛋妈。一想到她和他碰面时那个赤头红脑相，心里就熨帖些。他认为黑蛋妈对他已染了上情分，他还一厢情愿地肯定：黑蛋妈会来找他的。可黑蛋妈到底是没有来。

皮猴子度日如年。日出盼到日落，日落盼至日出，喉头干渴无数回，脖颈狂跳无数回，心脏躁动无数回，裆里的玩物气恼无数回，一气恼就茁壮得跟瘪瘪的身体不协调。再也不能这么遥遥无期的空等，得将被动换成主动。

他主动地寻找着每一个契机。他终于瞅到了菊珍带领黑蛋回娘家这么个空隙。

他急急地去了黑蛋家，在黑蛋房间望见了黑蛋妈。

"我姨为啥老不来见我面？都三个月了，急死了我。"他抱怨说。

姨凄惶地摇摇头："好侄子，菊珍都过了门，我快成三代以上的人了，这种事是不能再有下一次了。没有严严实实的墙，露了馅叫我怎么活？欠你的债我想方设法还，你就做做好事收收心。"

皮猴子一歪脑袋，向黑蛋妈身边凑些："姨！三百块不还了。我反正没婚结，光棍一生算球，姨若望我可怜，就……就再……再让我吃一口。中……不？"

黑蛋妈没说中也没说不中,默默坐着。皮猴子估计有些希望,赶紧趁热打铁地劝说:“姨! 人就是这个东西,对于干这事,不干没邪心,一干比吸大烟土还容易上瘾,染了瘾还没法戒。”皮猴子躁动不安地搓搓手,“有些狗日的说这叫好色,难道他们就不好色? 其实好色也不是什么罪该万死的事,就如同好吃、好喝、好凫水、好骑驴一个样,没什么见不得人的。我是光棍,你是寡妇,正好哩!”皮猴子的语音已变了调,不住地吞咽口水。再看黑蛋妈时,她已不知啥时候闭上了眼睛,脸上的表情麻木得像块板。皮猴子见时机成熟,急不可耐关严门,急不可耐松了她的武装带。

没有严严实实的墙,黑蛋妈这话说得颇准。她跟皮猴子之间的逍遥事果然透了风。也该他俩倒霉。娘家路上的菊珍都走了一里路,忽然发觉花袄里的荷包空空如洗,就站着不走。新媳妇回娘家总要给娘家亲人捎些吃的喝的,没钱捎个屁。菊珍骂一句:“我是个没有魂的人!”急急调头朝回走。黑蛋怨一句:“尽出岔头。”坐在树下静待心上人。

房门关得铁紧,可关不住菊珍,她有钥匙。钥匙在锁里一旋,一推,门开了。她顿时发现一个从没见过的奇迹。

皮猴子也做了贼似的溜了。撇下个黑蛋妈坐在床沿像个木偶,无声的冷泪顺着双颊一串一串地滚。她多么盼望刚才的耻辱是场梦,可儿子床上零乱不堪的被褥偏又证明耻辱的存在。怎有脸见人哩? 一个见鬼的念头在她脑海里渐渐成熟。

她站了起来,从容地理顺床,从容地走出房门,又从容地将思绪万千的头紧紧扣在悬挂于屋梁上的绳子里。再蹬开脚下的凳子就万事大吉了,可她没有蹬,她还使脖子迅捷脱离了绳子。不能这么潦草地死,死也要死得有据可依,要死得有个名堂,要死得让人理解。万万不能给这千年雁山村写下一页风流史。

她收拾起一堆脏衣,拎着篮子昏头昏脑向雁山水库撞。她在桥板上飘飘荡荡洗着衣,眼撂在四周刻苦地寻。水里风平浪静,岸上缺乏生灵。正是个断送生命的好机会,赶紧把头插进水里 ,好深好深,好远好远。

她死了,平平静静闭着眼。

黑蛋、菊珍守在尸首旁拼命哭，惊天动地。哑了嗓子的菊珍当晚就上了皮猴子门。

“我婆妈死了。”

“死……死了。”皮猴子耷拉着头。

“我婆妈死因你心里有数。”

“有……有数。”他的心一沉，仍耷拉着头。

“也不是什么光彩的事，你不要朝外面瞎传。我和黑蛋还要在世上活哩！”她的声调柔了下来，略带些恳求。

皮猴子的头徒然一轻，扑通一声跪在了菊珍脚前。

## 四

说时间，时间过得飞快，一过就是许多年。村西的山未老，村东的水未涸，世道却发生了翻天覆地的变更。田分了，结果产生三个“多”：粮多，出门挣钱的人多，砖墙大瓦房子多。盛世带来了繁荣，家家欢笑，人人发财。相比之下，黑蛋和皮猴家反倒成了破落户。菊珍心急如焚，毅然决然勒令一贯怕出门的黑蛋出门挣钱。皮猴子就不如菊珍复杂，他从没察觉自己穷，穷什么哩？一日三餐有饱饭填肚子，屁股又有布严密地裹着，算穷么？只在空守孤灯时才感到不如人。小一辈的光棍们大多结束了光棍生涯。就连像他这样的老一辈光棍也有不少花钱成了婚。他很乏味。极力向女人堆里靠，可女人们偏偏不爱搭理他，唯菊珍拿他略微当个人。当菊珍手握棒槌将黑蛋撵下海里捞钱后，皮猴子的心油然升起一股莫名的滋润。

皮猴子的烟囱又冒烟了。浓黑浓黑，湿烂的稻草创造的火焰阴死阳活，毫无生机。忙活半个时辰，小铁锅里的生米才冒出几缕懒洋洋的气。

该蒸些菜了。蒸什么菜哩？皮猴子摸着脑袋斟酌这一问题。

菜有两样。一是坛里的咸菜，二是屋梁上悬着的那嘟噜肉。现在的雁山人都喜欢显示富有。谁也不认穷，谁也不愿在财富的问题上落人后。别人显富显得财大气粗，如盖屋、买彩电，皮猴子值得显示的就那嘟噜肉。

“是不是开次荤哩?”皮猴子在吃菜方面仍未考虑出结果。吃肉的决定是不能轻易下的,若不是长年累月的慎重,还有那嘟噜肉么?皮猴子的眼又斜在肉上,终于一咬牙搬来了梯子。

肉很快由锅里钻出一缕神秘的香气,诱得他多情的口水爬进爬出。急匆匆摸来老海碗,装满饭,肉就显山露水骑在饭头上。

端碗出了自家门,进了菊珍门。皮猴子的眼专情在菊珍脸上,菊珍的眼专情在他碗里的大肉上。皮猴子看见她的喉管滚动得毫无城府,她的碗头堆一堆黑物,不用细瞅就晓得是粗糙的老咸菜,干巴巴的,显然是缺乏润滑的油。皮猴子蓦然生出一派拥有大牯牛拥有百亩地的豪迈来。

“妹子生活苦哩!”皮猴子同情别人。

“想翻屋呗!不刮牙齿缝哪中?”

“也不能苦垮身体哟!吃好身子不愁金子。吃,吃。”“吃”字刚脱口,已拣了块大肉撂她碗里。

菊珍望他笑笑,拿来一把快刀将肉一分为二,大女儿小花一半,小儿子二五子一半。二五子是个见了肉没命的家伙,一口就将肉包了。尽管噎得直翻白眼,也敢不顾性命地伸手来抢姐姐那半块。小花是个上了初中的女孩,自然不会跟七岁的弟弟为半块肉伤害感情,笑“咕咕”望着弟弟抢,笑“咕咕”放了碗,笑“咕咕”背起书包上学去。

菊珍拧一把二五子屁股:“狗日的狼一样。”大概拧得过重,二五子哎哟一声,嗡嗡哭起来。皮猴子赶紧过来讨好地哄。二五子忽然停住哭,叫一声:“我还要。”小脏手迅捷抓走了他碗里的肉,一叽溜跑出了门。菊珍抬脚准备撵,却被皮猴子拦下。皮猴子说:“算球,算球。肉我家多的是,都吃腻了,还真想弄些咸菜吃。”说完就在菊珍的咸菜碟里挟两筷子。菊珍觉得对不住人,便冲门外摇头晃脑啃肉的二五子骂:“狗日的无足食。”

狗日的无足食。皮猴子觉得其话值得分析,就发挥水平义务地分析起来。他一指门外的二五子:“他是狗日的么?他若是狗日的话,黑蛋就是狗。”

菊珍脸一红,顺筷子在他脸上捣一下:“你狗日的缺德,老也没个正经。”

皮猴子把饭碗在手上打个旋:"我不正经?我老?别看我人到四十四,我一辈子不结婚就一辈子不老,一辈子不老就该一辈子不正经。"皮猴子干笑两声,又人老心不老地接着分析,"黑蛋是狗的话,你菊珍又是什么?"

"我是你娘,养你个蠢子不孝顺。"菊珍脱口而出,脱口而笑,笑声咯咯如银铃。

皮猴子眉头一拧,感觉吃了大亏。就认真思想语言报复菊珍。终于想起一桩事,顿时有了精神:"还记得那天二姑子是怎么教你的么?"

提起二姑子,愤怒之情不禁爬满菊珍脸。

那还是十天前的事。

事件完全是由二五子引起的。二五子嘴馋在雁山村很有口碑,二姑子儿子红卫闲着无聊总爱利用他嘴馋的毛病逗他。红卫现年七岁,也是个够不上学龄的小野人。红卫爱吃糖,吃糖总是当着二五子面,诱得二五子眼睛发直。皮猴子对可怜的二五子深表同情,劝红卫给二五子一块。红卫说:"中。"二五子听了一窜蹦到红卫面前。红卫说:"中是中,可要条件。"

二五子急得手直搓:"么条件?你说快些。"

"摸你鸡巴。"红卫说。

"中。"二五子没说二话,裤子一脱小鸡巴又一次对着红卫晃。

红卫想换一种摸法,要求二五子趴下。二五子就趴下。红卫腾出抓糖的手,一抖由背后插进二五子裆里聚精会神地摸。

"摸够了吧!"二五子转过头来说。

"不够,早着哩!"红卫一边说一边猛力提拔插在二五子裆里的手,二五子头一顶地很快翻了个筋斗。红卫乐得呵呵笑,说:"再来一个,有代价,一个筋斗一块糖。"说完兜二五子屁股一掀,二五子一滚又生产一个筋斗。正当红卫着手给二五子安排第三个筋斗时,菊珍气愤愤奔了来,捉住红卫肩膀一搡:"你个小杂种欺侮人。"红卫演个正宗仰八叉,哭了。

红卫的表演恰好让洗菜归来的二姑子看个正着。二姑子一扔手中菜篮子,一路"我乖乖,我肉乖乖"地跑了来。

翻筋斗翻晕了头的二五子没有看见二姑子,仍骑在红卫身上欣喜若狂:

“摸鸡巴一块，两个筋斗两块，我有三块糖喽!”

二姑子火从心起，兜二五子屁股一踹脚，二五子到底翻了第三个筋斗。红卫一把鼻涕一把泪地站起来，一五一十向妈妈控诉二五子母子是怎样虐待他的。

二姑子两眼发绿，说菊珍像猪，活活的母猪，强迫她儿子交出糖，不交就打。

菊珍不甘示弱，说红卫不该仗着几个臭钱戏弄二五子翻筋斗，说二姑子不该支持儿子的土匪行为。

越说越难听，越吵越生分。

“我有钱，我儿子有钱。有钱能使鬼推磨，不能使你儿子翻筋斗?”二姑子口泛白沫说。

“小婊子，屁话哩！去村里访访。谁不晓得你男人挣的都是黑心钱?”菊珍口泛白沫说。

二姑子男人是工头，村上好多男人都围在他身边挣钱。黑蛋就是其中之一。

“黑心钱就黑心钱。就有那么个女人，拿着棒槌撵着她男人让我男人剥削。”二姑子趾高气扬。

菊珍气不过，脱口而出：“拿黑钱没好死。说不定哪天让雷劈了。”

二姑子气得嗷嗷叫，全部力气运到嘴上：“你个穷鬼，穷还有穷说法。你好活？三餐烂咸菜拌饭好活?”二姑子不解恨，一抖身上的料子衣，“你睁眼看看你娘穿的，几百块钱一套！你下辈子也休想有这福。”二姑子又一指菊珍屋，“瞅瞅你住的，歪墙歪壁的破草屋。说不定哪天倒了砸死你全家。”二姑子正说得一身劲，忽然听见皮猴子惊叫：“猪吃肉了！猪在偷肉呢!”

二姑子拿眼朝放篮子的地方一睃，看见自家的猪正大咧咧吃她刚洗净的肉。很想去撵猪，很快又不想撵，卖派说：“看见了吗？娘养的猪比你伙食强八倍。”

菊珍的心翻江倒海，嘴唇气得漆紫，一汪酸水夺眶而出。

二姑子占了上风，挂一脸整倒别人的欣慰。洋洋地一指狼狈的菊珍，嘹亮的嗓门又嘹亮起来:“穷鬼!你服不服?”又用另外一只手指着皮猴子:“不服么?不服就趴皮猴子屌毛上吊死。”

“还记得那天二姑子是怎样教你的么?”皮猴子又一次提醒菊珍。并朝菊珍拢了拢,近得像促膝谈心了:“二姑子叫你趴我屌毛上吊死。”皮猴子说了这话觉得很过瘾,并拿脚碰碰菊珍。

菊珍一门心思全放在二姑子身上,像是没听见皮猴子的话,也容忍了他的碰撞。

皮猴子就感到眼下的经济开放,眼下的女人也开放。他的胆大了,他的皮厚了,一抖手在菊珍胸前捞一把。可几乎在这同时,他的两片脸同时出现了五道血印。那是菊珍双手齐下创造的功绩。

他感到脸上麻辣辣的疼,兴趣顿减,很自觉地缩回手。不料绝情的菊珍仍不甘休,闷闷地给他一脚踹。他防不胜防,咚咚朝后直踉跄,正好跌坐在一只安睡的狗身上。狗一惊,照准他屁股就是一嘴,疼得他嗷嗷乱叫。菊珍这才消了许多怨气:“你狗日的报应!你狗日的家有镜子么?”

“没有。”皮猴子认为镜子之类能医狗伤,回答得挺上心。

“那你就撒泡尿照照。跛腿一条,丑瘪三一个,癞哈蟆还想吃天鹅肉?瞎了你娘给你的狗眼,给你三分颜色你就开染坊。滚,滚!”尖头皮鞋夯在他屁股上。他屁滚尿滚地朝外钻。

又是一个难眠之夜。希望沦为失望,失望伴着眼泪,眼泪打湿了被角。那是酸楚的泪,羞辱的泪。他一无所有了,他受到了空前最恶劣的伤害。一种凄惶和孤独蚊子似的和他瓜葛不清,他的脑海乱糟成一锅糊。人生一世草木一春,像这般吃没吃到,喝没喝到,穿没穿到,嫖没嫖到地苟且于世,算什么哩?他也曾力求改变生活,他也想了许多条致富路,可全被那条不中用的跛腿阻挡得滴水不漏。那条跛腿无力载他上富路。穷吧!一无所有吧!这都是上帝的安排。让岁月的尘埃一点点蚕食生命吧!

他消沉了,绝望了,再也懒得出门了。整天阴在那三间霉湿的破层里,走过来是五步,走过去还是五步。

## 五

王乡长勾下腰光临皮猴子家,这使雁山人着实吃个惊。连皮猴子自己也打个激灵,蛮有把握认为:乡长肯定是找他的碴。皮猴子是个烀不熟煮不烂的硬货。村干部提成钱,民办老师钱,他向来一毛不拔。乡长大人是否来拔他毛哩?皮猴子不免发憷,抬头怯怯看乡长,乡长正冲他弥勒佛一般笑。他很纳闷,吃不准乡长为何这么友好。乡长由上衣口袋取出一封信,友好地递给皮猴子,一边递一边说:“恭喜呀!想不到你皮猴子还埋藏个海外亲戚。真是高人不露相,露相不高人呀!”

皮猴子只顾发愣,没顾接信,傻傻地问:“海外的!什么海外的?”

乡长呵呵一笑,觉得皮猴子文盲一个,跟一个文盲怎么能说些文化的哩?说文的等于对牛弹琴,对牛弹琴可是伤人又伤牲口。乡长连忙用文盲能听懂的直肠子话,乡长说:“恭喜你呀!你家台湾的亲戚给你来信了。收信人是你妈,可你妈不在世了。你是合法继承人。”

台湾方面的信?皮猴子一惊,怎么会有台湾亲戚哩?皮猴子接了信,两眼疑疑惑惑在乡长脸上萦绕。他怕乡长富得无聊拿穷人开心。

乡长一个好人做到底。在征得皮猴子同意后,拆了信,一字不漏为皮猴子朗读信里头的秘密。在场瞧稀罕的人全成了木鸡,继而爆发出一阵压过一阵的唏嘘声。人人都被皮猴子父亲刘根标的复活弄得大眼瞪小眼。刘根标不是死了么?刘根标死得壮烈。刘根标亲属还傲气十足地接受过政府多年的抚恤金。可烈士却好端端地活在台湾,这到底是怎么了?世界啊!要说有趣真有趣,要说荒唐也真荒唐。

刘根标说他在台娶了位美籍女人,和那女人合伙生个儿子。那儿子照刘根标信上说比皮猴子小八岁。黑头发蓝眼睛,是个标准混血儿。刘根标还说他十分思念家乡思念亲人,并决定中秋节前携带混血儿来大陆归宗认祖。

皮猴子那张和年龄不合槽的枯脸蓦然鲜艳起来,灰暗的瞳仁迸着铿亮的光,一蹦三尺高:“嗬嗬!我不孤哩,我台湾有父、有弟哩!”提及兄弟,皮猴子忽然想起"混血儿"一词,觉得新鲜,打从娘胎出来还没听说过。可那词句又偏用在自家兄弟头上,不弄个水落石出实实熬人。

"混血儿?混血儿是男儿还是女儿?"皮猴子挠挠头皮问乡长。

乡长眯眼一笑,扯亮嗓子卖弄文化:"混血儿就是不同人种结婚生下的孩子。那蓝眼睛是外国人给的,那黑头发是中国人传的。"

乡长的解释皮猴子相当满意,人堆里的老黑牙却自以为是地哄笑:"哎哟!还当有多玄乎,混血儿就是杂种噢!"

皮猴子气歪了鼻梁,跛腿一甩窜到老黑牙面前,不问好歹扇老黑牙两个耳光:"你狗日的倒是杂种。"

西装革履、保养较好的刘根标回来了。雁山村空前轰动。皮猴子外表倒像是刘根标父亲。刘根标的眼在皮猴子身上柔绵地爱抚,又面带一种少见多怪的表情默默参观着皮猴子屋内风景,眼泪立马像断了线的佛珠。

"孩子呀!这么多年就这么悲凉地活着?"父亲悲凉地问。

皮猴子垂头低吟一个"嗯"字。

屋内鸦雀无声,肃穆得庄严。片刻,刘根标的泪干了,展示满脸笑容,环视他的乡亲。

他的眼在人群中捕捉,看到村长时,显得特别地激动,高喊起村长乳名"毛头",他又喊了"老黑牙、歪子、花狗",还想继续喊,已没了可喊的对象。当年的伙伴所剩无几。

四名被点了名的老汉齐刷刷站到刘先生面前,个个拘谨得要死。直到刘先生提及儿时一同挖黄鳝、捞鱼虾、躲猫猫、放风筝那些难忘的童趣时,四老汉才把眼前的刘先生和当年的"纰漏桶"联系起来。刘先生少年爱捣乱,所以得个相应的名字——纰漏桶。四老汉顿时活跃,围住刘先生问长问短。毛头村长干脆直呼其名:"纰漏桶,你咋没死呢?我婶都拿了一辈子抚恤金。你说说你咋又活了?"

刘先生笑微微捋捋花发:"命大哩!命大福大哩!当年黄岗打击胡宗南,我曾向首长拍胸表示:'活捉胡宗南。'不料老胡部下反倒捉了我。捉了就不放,还问这问那,我不说,他们就打,打毒了我就说了,把晓得的都说了。可他们还是不放我，留下我给他们干些顶脏顶累的话。我想活命，就拼命累，一直替他们累到台湾。”

## 六

三十年河东转河西。皮猴子到底有了笑的时候，忽然间的富有激动得他无法安睡。父亲给的钱就放在枕头下，已数过四遍，整整四万。

有人敲门。他轻轻地问：“谁？”

“我。”是菊珍的声音。皮猴子听得一清二楚却偏偏又问：“你是谁？”

“我就是我。”

门开了，进来的果然是菊珍。她还是那般美得撩人。每餐必吃的咸菜丝毫没有丑化她的容颜。这个尤物的造访，使得皮猴子蓦然生出许多自豪，可面上却凝固着不屑的生分。皮猴子的头傲慢地一昂：“你来干吗？”这句话里明显带着怒气，菊珍以前的不够友好他记着哩。

“商量个事。不欢迎么？”

“欢迎。”

说商量就商量，一男一女对面坐着唠，都挺上心的。菊珍说得颇伤感：“自从分了田，我两家就手拉手地比着穷。你家第一，我家第二。可如今你爹回来了，你升了，升为富户了！我家却还在穷窝里打滚。我家东隔壁的是砖墙瓦屋，西隔壁的是楼房，硬是把我家的草屋夹在当中丢人现眼。西隔壁的那个尻二姑子，一有钱，鼻子就上翘，眼向天望，气死人！”

皮猴子拿眼在菊珍脸上漫不经心一瞄：“你也盖呗！盖了不就解决了全部的丑？”

“是想盖。材料也备了些，就差砖头问题没解决！”

“那你就先解决砖。不就两千块钱的事么？”皮猴子说得很轻松，还拍了拍瘪塌塌的胸。

“不就两千块！看烧的。上个月还穷得不如我哩！”敢这样想却不敢这样讲，敢讲的只是奉承话。她说：“皮猴子哥哎！眼下的两千块对你来说小菜一碟、小事一桩。可对我和黑蛋来说却是个跟牯牛一样大的数字。我们一不会做生意,二不会干手艺,三不愿当婊子,这两千块足够我们夫妻俩合伙累两年!”

“那你们就抱头累去吧!”皮猴子这么说还内涵极深地挥挥手。

菊珍眼翻翻,鼻子歪歪:“哟!不怪说死得穷不得。我不就是穷么?你拿话刺我?你对不起我哩!”

皮猴子觉得好笑,一拍脑袋:“嗬嗬!我对不起你?我哪方面对不起你了?”

“真对起?”

“真对起。”

“那你就借我两千块。”

皮猴子眼球滴溜溜转两圈,深感菊珍的话说得莫名其妙,恐怕是穷昏了头。皮猴子不昏,皮猴子清醒地说:“你说的像唱的。”

“真不借?”菊珍把头向前伸伸。

“不借。”皮猴子脖颈一挺。

“好,好,好,你不借,不借就拉倒。不借你等着。”菊珍说得信心百倍,表情冷漠。

“好就好,等就等。你能把我搬了?”皮猴子勇猛地说,“我不晓得我等什么?我等着跟父亲周游全国,等着二楼竣工,等着娶老婆,等着抱儿子。”

“你等空。”菊珍站了起来,“说你等空就等空。你等着去坐班房。”

“我坐班房?我不偷不抢能坐班房?你狗日的咒我!”

“我咒你?不配。我问你,我婆妈是怎死的?嗯?”

皮猴子瘪了。菊珍却笑了,那笑脸刻满寒意:“我婆妈的死,你皮猴子最清楚。她死得冤,为婆妈平反昭雪是我这个做儿媳的孝道。当年的世道闭塞,我不懂这个法。如今懂了,就应该将她老人家的冤情兜出来。一旦兜了出来你皮猴子吃不了兜着走,即使不死也得脱层皮。你结婚吧!你发昏都来不及。”

皮猴子被菊珍一番话震得一颤一颤:“可是……可是那码事已过去好

多年。”

“好多年算什么？一眨眼的瞬间。岳飞死了多少年，不都平反了？秦桧不照样沦为千古罪人？”

皮猴子的脸涨成猪肝色，说不出一句囫囵话：“那你真……真想致我残废？”

“义务么！”

“狗日的还尽拣好听的说。”皮猴子在心底恨恨地骂。说：“那样做你也不光彩。”

“我没什么不光彩的。我婆妈的事又不是我的事。况且她早死了，亡者为大，相信世人也不会撵到阎王那里去笑她。”

“你铁了心？”皮猴子可怜兮兮说。

“铁了。”

“你真毒辣。”

“你先毒辣。”

“我毒了什么？”

皮猴子果然这么问了，这正是菊珍巴望的。菊珍心一喜，说：“说来我两家关系向来不错。可如今我没法混了，你却见死不救。我婆妈为你都丢了命！你却不肯借钱给我。”菊珍怨恨地说。

“你狗日的一肚子弯弯绕。不就两千块么？吓得老子一身臭汗。”皮猴子顿时活跃起来。

胳膊朝枕头里一埋掏出一叠钱来，数好两千，正准备递给菊珍时，忽然打个顿，若有所悟说：“眼下不好借，让我父亲晓得，不骂我花钱祖宗？”

菊珍也非蛮不讲理的角色，体谅地说：“你先收着，等你父亲回了台湾我再来。”

皮猴子千恩万谢，用送姑奶奶的礼仪把菊珍送出门外。

翌日清晨。皮猴子早早去了父亲下榻的乡招待所，兴高采烈随着父亲踏上了漫长的旅游路。不玩不知道，世界真奇妙。世界越玩越大，越玩越精彩。下南京上北京，逛上海游西湖。黄山、黄河、长江、长城，无一不使皮猴子流连忘返。皮猴子开了眼界,长了见识。花花绿绿的世界提醒他:人活世上,不单单是混个肚儿圆,要做的、值得做的简直太多,得有所作为,得干番业绩。皮猴子在两个月的旅游生涯中树立了一个宏伟志愿。

当皮猴子再回到雁山村时。雁山人几乎认不出他了。他胖了许多,红光满面,西装革履,连原本枯黄的发毛也变得墨黑。村长为他操办的二层洋楼也巍峨在村的中部,他住了进去。

皮猴子彻头彻尾变了,包括家园。可在菊珍眼里他没变,皮猴子仍是她手中的皮猴子。她随时可以拿捏他。可后来的事实证明她小瞧了皮猴子。他真的变了,连带骨头。

菊珍是在皮猴子荣归故里的第二天晚上去了他家。顺着楼梯爬上楼时,脚不禁有些酸。进了皮猴子卧室,他正自斟自饮:嗞嗞响。皮猴子邀她上坐。她就座,就喝,酒过三盅,菊珍忍不住谈了钱的事。

皮猴子一翻白眼:“敲竹杠也不睁眼看看什么人。”

菊珍一怔一怔地瞅他:“你反悔了?”

“反悔了。”皮猴子说完,嗞溜一声又一杯。

“好好好,你反悔,你反……”

“什么好不好。不就是你婆妈那码事么?”皮猴子果断打断她的话,“别拿老眼光看人,我皮猴子不是两个月前的皮猴子了。就说你婆妈的死,怎会冒我一身血?我没强奸,她自愿的。有罪的倒是你,你不贼一样地偷看,你婆妈就不丑,不丑怎么寻死哩?你明目张胆侵犯我们的隐私权,导致我身心受到伤害,导致了你婆妈的死,你说你该当何罪?告上法庭就算你拉上关系也得判个五年。”

菊珍瘪了,说皮猴子说的不是理却又像个理。

皮猴子得理不让人,挥动胳膊趁热打铁:“退一万步说,我对这回事只要不认账,谁也不能把我怎样。既没人证,又没物证。公安局偏偏讲究这两证,一证都不证,你就是把冤枉喊到北京也没人理,人家当你是疯子。我还要倒搂你一钉耙,说你穷发了昏,想着点子敲诈有钱人。就凭这点,又得关你五年。”

雄心勃勃来敲皮猴子竹杠,反被皮猴子敲得胆战心惊。菊珍木木坐着,脸色红一阵白一会。皮猴子看得开心,一开心就畅饮,一畅饮就晕乎,一晕乎就抖心里话:“想两千块么?我给你,但有条件。”

菊珍不知这鬼东西闷葫芦卖的啥药,开口想问,却见皮猴子摇摇摆摆站起来,摇摇摆摆朝屋角的方向走。到了,顺手由裆里掏出一样东西乱晃,晃出一股水流,冲得一屋子尿臊味。菊珍哪晓得皮猴子去干这种勾当,脸一红,匆匆移了一直萦绕在他脊梁上的目光。

皮猴子排泄完毕后,一边关裤子上的窗口,一边朝位子上坐。坐下来又忙着喝酒,也忘了刚才说了些什么。

“什么样条件哩?”菊珍等不起,就问。

“我说了什么?我……我记不清。”皮猴子醉意蒙蒙。

“借钱的事。”菊珍提醒。

“噢!对对对。反正人活着就那么回事,我就直说了,你能……能陪我睡一觉,我就能……能给你两千块。”

因为估计到狗嘴里吐不出象牙,所以菊珍还能坐得住。

“干不干?干了不疼不痒,不胖不瘦,却能得到两千块。”皮猴子劝说。

菊珍的脸抹一层晚霞,没说干也没说不干。

皮猴子又劝说:“你别执迷不悟地封建,这年头的外面可荤了!我和我父亲住宾馆,常常接到一些婊子揽生意的电话。老头子虽不干,可也没骂她们,回的还挺礼貌,还说了‘谢谢’!”皮猴子又朝菊珍身边凑凑,“还有那些荤录像,放的尽是男女赤裸裸地干那事,各种姿势,各种动作,又狂又野。我老头子说是动物世界。”说着说着皮猴子就管不住自己,不安分的手鬼使神差在菊珍脸上抹一把。

菊珍没动,保持沉默。沉默就是默许,默许怂恿皮猴子的欲望,欲望加强胆量。皮猴子的双臂缠住了菊珍,一较劲将菊珍弄平在床上。操作中忽然想起那些录像镜头,赶紧模仿那里面的动作、姿势,苦得菊珍怨声载道:

“你狗日的缺德。”

“你狗日的缺钱。”

## 七

有钱能使鬼推磨,更能买到砖。砖单已握在手中,找辆拖拉机拉回来就成。

拖拉机很容易找。她已找了不下两打,可一直没有拍板。她不急着拍板,爱给谁拉就给谁拉。权在她手里,钱在她包里。有权不用过期作废,用钱要用出学问来。她乐此不疲地寻找拖拉机,反正不用跑许多的路,只要在村后的公路上一站,见机子来招下手,机子就停,就谈生意。完了说一句:考虑考虑,拉就喊你们,不拉就生意不成仁义在。拖拉机开跑。她就再等第二辆,第三辆……

一等就是三天,还是没决定要谁的机子。全乡拖拉机还有一辆没碰到哩!一旦碰上那最后一辆就着手拉砖。这样全乡的机手们都晓得她菊珍家买了砖,要财大气粗翻屋了。翻屋就是翻身,机手们会把她翻身的消息传遍全乡的每一个角落。她就有脸在人前人后踌躇满志地走,光芒四射地晃。也有权鼻子上翘,眼观青天,高兴就理下穷鬼,不高兴就给他一个白眼。

最后那辆拖拉机让她碰到了。生意也定下。那机子开始通通响为她服务。本不需要随机忙活,她却偏偏学习雷锋。她站在窑厂最显山露水的地方,始终挂着笑容。碰上熟人,一律热情招呼。对方也热情招呼她:"干啥呢?"

"没干啥。就买两万块砖。"她答。

对方现出惊讶:"嗬!真有本事,不声不响盖大瓦屋了。啧啧!乖乖!"

车子进村了。她又忙着替车子义务引路。看稀罕的当然多。啧啧!乖乖!惊叹声此起彼伏。她慢腾腾地走,以便有足够时间欣赏那一片唏嘘。当看见二姑子也在人堆中唏嘘时,心里简直像灌了两斤蜜。

"狗日出来的狗眼。看吧!看个够吧!娘比你不差多少哩!你打两开窗子,娘打三开的、四开的。"这么一想顿时生出许多气概来。气概有了,底气就足,底气一足不吼两声嗓子痒痒:"让让,都让让。让车子碰了可不得了。"她的嗓门像打雷。

若皮猴子为大雁,菊珍仅能算个麻雀。这并不仅仅是房屋上的区别,壮志上的悬殊也颇大。菊珍仅局限在小家小舍,而皮猴子已决定开个轰轰烈烈的工厂。他当厂长,当人事科长。他要面向全乡招工,准备多招女人,女人干不了的事才招男人。他计划招三十人,月工资一百零一。不搞九十九。一百是三位数,九十九两个位!一百仅仅零一,但毕竟是一百出头,中听,气派。让人眼红,让人羡慕,让人踏烂我的门槛,头削尖尖向我厂里钻。那时要谁不要谁,我一锤定音。乡长的话也是屁话,凡事一律由我说了算。我是金口玉言,是孤家寡人,是皇帝,厂里干活的女人们是三宫六院七十二妃。那般活着才叫人,才威风。让人人晓得,雁山村包括全乡只有我皮猴子本事通天算个人物。至于钱的问题,不求大赚只求小赚。小赚也说是大赚,赚了好多好多万。吃不了,穿不了,花不了。有钱干什么不中?吃喝嫖赌,关键是嫖。做了半世和尚,也真苦了鸡巴。要弥补,要挽回,要让全乡的女人都肩扛醋缸朝我床上钻。

呱呱叫的理想很远大,余下就看行动了。行动得迅速,得讲究个效率。皮猴子开始一门心思筹办他的工厂。他要办的是酱制品厂,决定办这样的厂是受父亲提示。父亲带他周游全国时,包里总装些农村人不屑的酱菜。小小一袋,二两东西,却糊去父亲两块钱,父亲吃了还乐得连连称好。还有什么买卖比这买卖更来钱哩?

皮猴子找到乡长。乡长明白他的理想后,十分高兴。偌大一乡,方圆数十里,至今没有诞生冒尖人物哩!宣传材料特别紧张,乡长脸上不光彩哩!皮猴子有家又财又有靠山,他出头露脸正好,正好补了乡里那块处女地。于是乡长给了他很大鼓励,并答应帮他去县城蔬菜公司联系销路。

在乡长鼎力相助下,皮猴子由乡银行一次性贷款三万。三万盖楼房可以,办厂就显得微不足道。皮猴子找乡长追加贷款。乡长两手一摊说:“不行了,三万块在乡银行来说已是破天荒头一回了。”皮猴子也能理解,托乡长给亲爱的父亲写信求援。台湾方面很快汇来三万元,并说是无偿的,是什么爱的奉献。父亲是个干事业的人,对皮猴子办厂既赞成又牵心,他在信上叮嘱皮猴子：干事业得一步一个台阶，逐步繁荣，逐步兴盛。末尾还说：如孩子发达了，可不兴忘了当父的。父亲说不定哪天去投靠孩儿哩！

鬼晓得刘根标说的是真心话，还是鼓励话，甚至纯属一句玩笑话。可皮猴子却如获至宝，跑不急地到处宣扬。一传十，十传百，越传越夸张，越传越无边无际。传到乡政府竟成了这般说法：刘根标先出三万，让皮猴子把锣鼓家伙先支起来。年底刘根标就把台湾的家全搬过来，把所有家财三百万全部搭上，扩大规模，扩大生产哩！

这一消息震得乡政府乱晃，赶紧派人过来核实。皮猴子故作神秘，故作大财不可外扬。急得核实人员额头直冒汗，皮猴子才笑微微地谨慎地开了腔："我承认有这么回事，也承认这回事是我父亲来信说的。但照我看，应等老头子搬过来才算数。我可不敢说大的，我有一讲一，有二讲二，实事求是。"

核实人员舒口气，擦干额上汗，急急朝乡政府里赶。乡广播站的女播音员激动地操起半生半熟的普通话，把皮猴子筹办工厂吹得神乎神乎又玄乎。

这么一神吹，百姓们更是相信得五体投地。皮猴子立马成了热线人物。认识他的直接来，不认识的转弯抹角托人来。被委托之人都一律说委托人是他亲戚，老亲，亲得不能再亲，恳求皮猴子把亲人招进厂来。皮猴子来者不拒，请坐，倒茶。还让来者自己动手在一个簿子上登记。寥寥数日，记名簿已满得不能再满。保守估计不下一千活人。菊珍也来过。菊珍说："你办厂可不能忘了我家。我家两口，最少安一个。"

"两个都来。二五子等我厂办了托儿所也来。"皮猴子很有气魄。

菊珍千恩万谢告别刘厂长（皮猴子已变成刘厂长），刘厂长却招呼她坐会，抓来大把糖撒桌上要她吃。菊珍剥一颗塞嘴里，连说："甜，香，好吃。"

"好吃你使劲吃。"刘厂长说。

"好吃我带家去吃。"菊珍说。

皮猴子眼一眨："愿带就多带些。"很快又抓来两把朝菊珍荷包里塞。荷包长在菊珍裤子上，皮猴子正好顺手牵羊在她裆里捏一把，捏得菊珍一抖擞一抖擞。

皮猴子嘻嘻笑，菊珍也嘻嘻笑。后来，床铺却发出吱吱一串呻吟。

第二天,皮猴子没胖,菊珍也没瘦。皮猴子中指上少了枚金戒,那枚台湾产的漂亮金戒赠给了菊珍。菊珍欢天喜地,却不敢戴它,请了金匠给它毁个容,做成个普通戒,才敢戴手上。果然华贵,明亮亮的晃眼,晃得黑蛋两眼睁不开,问:“戒指哪里来?屋前屋后的砖哪里来?”

菊珍直说:“皮猴子赞助的。”

黑蛋虎眉一戗:“他凭什么赞助给你?”

菊珍觉得黑蛋在侮辱她人格,怒道:“瞧你个德性,还吃醋哩!凭什么赞助的,还不是凭你死鬼妈对他的情分。”

黑蛋的脸立马像抹了一层霜。母亲的死因,菊珍告诉过他。为了颜面,他捏了十几年鼻子没吭声。今天菊珍老调重弹,他又驴踢卵子似的不吭声。他围着砖堆不停地转,心里有一股形容不出的味。怨恨皮猴子?不像。感激皮猴子?也不像。

黑蛋获悉皮猴子财大气粗办工厂,就打城里返了回来,指使菊珍去求皮猴子。菊珍说求过了,皮猴子答应你我都进厂。

黑蛋问:“进厂干什么?”

“干工人。”

“嘿嘿!工人!干工人!破工人!”黑蛋自言自语,又像对菊珍说。弄得菊珍蒙头蒙脑。

黑蛋说:“工人有么干头?我在瓦工队干壮工,全干些流大汗的粗活,人家也抬举我为工人。屌,不干就不干,要干就干头。一个厂不会没厂长,最少两位,一正一副。正的非皮猴子莫属,我不争,可副厂长我黑蛋也能当。”黑蛋说完,还硬邦邦擂下胸。

菊珍被逗得发笑:“你能干厂长?你扁担倒下都不认得是个‘一’字能当厂长?”

“屌。张飞不识字还当将军哩!我咋不能当厂长?”黑蛋唾沫星乱飞说了一大堆当厂长的好处,并向菊珍保证:只要当一年厂长,就能贪污一幢楼房。贪污公款犯法,贪污私人的,政府睁只眼闭只眼。

菊珍动了心。男人到底是男人,就是比我们蹲着撒尿的有知识。她服了，赶紧理头，搽粉，一溜烟向皮猴子家走去。

一去好大时辰。坐家静等的黑蛋忍不住了，就去了皮猴子家刺探军情。皮猴子的楼上有灯，有灯即有人。黑蛋推推门，门拴着。黑蛋不再推，一边退身子，一边仰头冲楼上看。咚的一声响，脊背撞着个硬物。一回头，原是一棵树。黑蛋灵机一动："咦！明察不如暗访哩！"黑蛋这么一想猴子似爬上了树，树干顶对着亮堂的窗口，黑蛋看到了一个热烈的风景。那镜头和他在城里花高价看的黄带子没两样。黑蛋猛一愣神，整个人顺着树干滑下地。地下的黑蛋两眼一抹黑，天旋地转，一股恶气直在胸窝里撞。跌跌爬爬来到一块石头旁，雄赳赳地要搬石头破门捉奸。他两手捞住石头一提拔，石头没动，再加些力，石头仍然像生了根。倒不是他气力不足，他心虑。他怕女人，怕得滴尿，他不敢捉她。捉皮猴子么？捉了厂长还当不？也不能捉。况且母狗不翘尾巴，公狗也上不了。女人是为他前途而失身，闹开了没脸。家丑不能外扬，屎哪能往脸上抹？黑蛋终于舍弃了捉奸念头，憋一肚子恶气肩扛醋缸朝家夯。

办厂的资金全部就位。贷款三万，刘根标赞助三万，加上皮猴子那本来的四万，整整十万。这种经济规模比作坊大得多，比工厂又小得多，真有些不伦不类。皮猴子决定挂工厂的牌。牌子已做好，工作人员的名单也落了实，黑蛋如愿以偿当了副厂长。有失必有得，没有皮猴子赐给的绿帽子，哪会有皮猴子赐给的官？黑蛋的心理渐渐平衡。

这一天，正厂长给副厂长一笔款项，要黑蛋负责办理执照、食品卫生证之类。交代说：如今办事要长个心眼，有些关节，该打发就打发。黑蛋接钱，说声："是。"便出门办公事。办完事回家刚刚下午三点。他家的后门闭着，绕上前门，也闭着。觉得蹊跷，问在门口玩的二五子："你妈呢？"

"我妈跟皮猴子叔躲在屋里头。"二五子实话直说。

黑蛋心一沉，眉一皱，急急躲窗下细细听。屋内果然有人，还有一种不知是快活还是痛苦的呻吟声。

"不好，黑蛋回来了！"皮猴子惊慌失措。

"回来就回来。"菊珍沉沉稳稳。

皮猴子还是心虚，很想溜之大吉，遭菊珍骂："你狗日的猫胆，我说没事就没事。"

黑蛋果然没有打门，急得在门外团团转，一声接一声地干咳。

大门终于开了。一脚迈进屋的黑蛋看见后门也开着。菊珍站面前红头红脑冲他笑。黑蛋身上的肉麻麻跳，到底露一回男子汉的刚气："你个女人都不分白天黑夜了？"

"你个男人还打算不打算盖楼房？"菊珍也不柔。

黑蛋成了瘟头鸡，老觉得有股气咽不下，便叽溜出门撵上皮猴子。

"厂长，办执照的官多，光见面礼就花了五百。领照恐怕还要花一大笔。"

皮猴子眼珠滴溜溜转一圈，很想骂声饭桶，但到底没骂，捏捏鼻子说："该花你花去。"

黑蛋陡然舒坦许多，骂咧咧向家走："贪色的，我人吃亏，你钱吃亏。"

皮猴子没听见黑蛋嘀咕什么。但还是恶心无比，奋勇吐口痰："喝人血的黑骨头，找个机会辞了你。"

## 八

三十名女工，三名男工，一双正副厂长各就各位了。在乡政府一班干部的大赤膊支持下，酱制品厂轰轰烈烈运行了。原料不愁，销路不愁。皮猴子很快红得发紫。头毛油光锃亮，眼睛炯炯有神，春风得意踌躇满志。原本秋茄子一样衰老的脸年轻了十八岁。就连老相好菊珍都不免望他拘谨，拘谨又渐渐演变为担忧。皮猴子年轻了，菊珍的模样却一成不变。她就担忧一成不变的老模样跟不上不断变换的新时代。

后来的实践证明她的担忧不无道理。她明显感到皮猴子在渐渐疏远她，皮猴子的全部眼光让厂里那群花花绿绿的嫩丫头们诱了去。皮猴子曾大刀阔斧辞了两个漂亮的妞。据说，两个倒霉的妞倒霉原因并不复杂，就是因为重视贞节。皮猴子也将另外两个妞由下层扶到上层，据说两个幸运儿就幸运在特别顺从。

出了两个幸运妞，菊珍很是落寞，一种遭人遗弃的落寞，但又无力回天。她曾对着镜子一次次抚摸眼角的鱼尾纹，可怎么也抹不平岁月刻上去的印痕。在皮猴子眼里她已老得一塌糊涂。她悲伤地警告黑蛋："我不中用了，无力左右你的前程，你自己照顾自己吧！"

"我前程似锦哩！我楼房都盖了。"黑蛋说得自豪、自信，做梦没想到皮猴子正在掘坑让他跳。

这一天皮猴子分给黑蛋一个挺光荣的任务，皮猴子说："黑蛋同志，近来厂里生产旺盛，乡政府供应的盐对付不了了。生产可离不开盐，没盐不咸，不咸叫什么咸菜？我派你去城里进五吨盐回来。"皮猴子又深情地拍拍黑蛋肩："盐的数量不小，饭桶们去我不放心，只有你去我心才定。"

皮猴子的信任使得黑蛋万分自豪，只觉得血液直往天灵盖上涌，飘飘荡荡一擂胸："厂长放心，这任务我接了。"

乘了一整天的车，到了繁荣昌盛的江城。江城很大，卖盐的地方也多。黑蛋站在一家盐柜前跟售货的女人搭了腔。

"卖盐的，我买盐。"黑蛋俨然一个大买主。

"你买去。"女人没好气地说。

"我买去。"黑蛋自言自语，脖颈忽地一硬，"你这儿难道不卖盐？"

"卖盐。可不卖给贩子。"女人一动没动说。

黑蛋被戗得直翻白眼，词穷。

还是跟他一起来的帮忙人秃头有些文化，一点一哈地给女人介绍："大姐，这是我们厂长，不是盐贩子。"

女人这才拿眼在黑蛋脸上用心望："厂长？哪厂的？拿证明来。盐可是国家专卖物资，乱不得。"

"酱坊的。"然后觉得不够气派，连忙改口，"酱制品厂的。"说完在包里翻出一沓盖了章的空白介绍信，当着女人面叫秃头一五一十填。

女人一惊，真是开了眼界。她还从没见过这么当场"生产"介绍信的。

女人阅读介绍信也让黑蛋开了眼界。她不看正文，仅在右下方的公章上瞅一眼,一扬手扔废纸样扔得老远:“哈哈,算嘛玩意?”

盐还是不卖。

黑蛋赶紧放下架子真诚相求。可恨女人仍不行方便,还略略嫌烦,冒一句:“讨厌。”

“讨厌。我怎么会讨厌?”黑蛋愤愤不平,一擂柜台,“你这女人狗眼,看不起我们泥腿子。”

女人一惊,接着一怒。眼喷凶光,鼻子嘴巴也变了形。黑蛋这才清楚女人发怒也是威风凛凛。威风的女人也擂下桌子,居然比黑蛋擂的还要响:“你奶奶倒是狗眼。瞧你个驴相,还想人看起,还冒充厂长。下等骗子,小瘦土鳖子,滚秧田里栽秧去吧!”

同来的秃头早吓得跑到了一百米外的安全地带,捧着肚子笑弯了腰。黑蛋到底是厂长,虽有些慌,还能稳住,愣在那里构思以牙还牙的语言。不料女人抓起了电话,跟话筒里说:“喂!城南派出所吗?……”

我的妈,这娘们好毒!跑啊!唯一出路是跑。黑蛋一步三回头地撒开了腿。

受了女人侮辱,黑蛋怒气难消。骂秃头不该在关键时刻撒腿不管,骂他怕死鬼一个,孬种一个。秃头不服,气恼反驳:“你不就比我多硬撑五分钟么?你不怕死你再去。”

黑蛋捏捏鼻子,哑口无言。

黑蛋领着秃头在城里一转悠就是五天。尽管吸取了教训处处小心,可盐的问题依旧悬着。卖盐的全是一个鼻吼出同样的气,都说:盐是国家专卖物资,乱不得。黑蛋看看没了指望,灰溜溜带领秃头打道回府。

“盐呢?”皮猴子问。

“盐是国家专卖物资,不乱卖。”黑蛋说。

“国家专卖的?我做的酱菜也没卖给日本人,不都卖给了中国人?你没把这个理跟卖盐的头头说?”皮猴子写一脸不满意。

“卖盐的凶。我不敢说。”黑蛋灰溜溜耷下头。

皮猴子一听更火:“不敢说?一个堂堂副厂长不敢跟卖盐的说话?笑掉

我的大门牙。还当你黑蛋不是个饭桶,其实还就是个饭桶。你摸摸你胸口好好想想,你当了一年多的副厂长,做成了什么事?对得起岗位津贴么?配当厂长么?"

黑蛋惊一身冷汗。可冷汗还是没能阻挡皮猴子的冷酷,皮猴子大手一挥,黑蛋的职位泡了汤。

黑蛋绝望得捶胸顿足,一个劲央求菊珍去皮猴子那儿求求情。可菊珍把头摇得像拨浪鼓,凄惶地说:"我找他好几回了!这狗日的吃了果子忘了树,绝情得不认我!"

黑蛋沦在无际的痛苦中。菊珍站在一旁无奈地叹息,叹着叹着,灰暗的眼猛地一亮,情不自禁说一声:"有了。"

黑蛋眼里立马喷出一种金属般的光泽,急急地问:"快说说,有了啥好办法。"

菊珍说:"狗日的想招个秘书。要女不要男,十六到二十岁,个子要高,眼要大,鼻梁要直,嘴要小。你看我们的女儿小花可中?"

黑蛋听完瘪了一些气,冷冷地说:"当了秘书也是私人秘书。一个光棍的私人女秘书……"黑蛋有心把话往深处侃。不料菊珍的话把他拦腰截断:"你别说,你别说。那些难听的我早耳风招招听过了。不过……不过你的厂长……"

提起"厂长"两个字,黑蛋的眉舒展了一些:"办法倒是个办法。小花的条件也正合适。不过……不过我怕别人戳我脊梁骨。"

菊珍嘿嘿一声冷笑:"黑蛋哎!不是我说你,你不是我丈夫花钱买我也不说你,你这人迂腐,跟不上形势哩!不怪皮猴子辞了你。电视上天天吓唬干部们'不换脑筋就换人',眼下的经济是多么的开放,人不开放哪中?你瞧瞧隔壁的二姑子,有几个钱烧得不轻,刺得我无法睁眼。如今我家也有了楼房,总算跟上了她,总算出了口气。可你下了台,我们家又会落魄的。这年头,死得穷不得,穷了受急不说还受人欺。人生一世,草木一春。干啥要活得窝囊?"

菊珍说得辛辛苦苦,可黑蛋依旧心有余悸:"理倒是个理。不过……"

“不过什么？还是怕别人戳你脊梁骨？你把你脊梁骨称称，能值几钱，值得人戳么？现在的人个个头削尖尖挣票子，谁有闲心搬弄别人是非？可不比我婆妈那个年代了！”

提起母亲，黑蛋脸不由黯然，不住地嘀咕：“是的。我妈咋就死在那码事上？实实不值！人干吗那样迂哩？”

听了黑蛋一番话，菊珍长长舒口气。胳膊一拧，拽直黑蛋，列队朝小花的房间走去。

（发表于《大时代文学》1994 年第 3 期）

# 严冬季节

三麻子成为五好村民纯属偶然，在小窑堡村，完全是村长说了算。村长一拍桌子，三麻子就捞了张奖状，捞了辆金狮自行车。奖状倒是无关紧要，那金狮车却辉煌得令人眼馋。难怪全村百姓一律红了眼，难怪有望代替三麻子的杠子怒不可遏："操村长妈，操村长奶奶，操村长祖奶奶，操村长……"还想追根求源往上操，不料自家抵挡严寒的门被擂得山响。

"哪个冒失鬼？"杠子气上加气唬一声。

"我。"门外的汉子抖一下，"杠子是我。"

"纰漏桶。就晓得是你纰漏桶。"

门吱溜溜裂开一条缝，纰漏桶身体一扁见缝插针挤了进来。

"不是去镇上么？"杠子的眼在纰漏桶脸上猜疑地绕。

纰漏桶展示满脸神秘兮兮的表情，伸手在杠子面前抖抖再抖抖："烟。"

杠子就晓得纰漏桶肚里有特别情报卖，毫不怠慢撂去一根尼古丁。

"朗朗白日，煞星高悬啊！三麻子憋儿不能了，钻进了汽车裆。"

尼古丁换回一则预想不到的消息，惊得杠子一怔，红嘴白牙一龇："死……死了？！"

"活着。"

杠子小有失望，抹一把蔫蔫尊容："狗日的天生好命！这回又该他恶捞一笔赔偿了！"

"屁。汽车没熄火，一溜烟跑得无影无踪。三麻子一个筋斗甩出八尺远，跌个鸡巴蛋朝天。金狮车的前轮成了麻花,后轮也瘪得像他奶奶的嘴。”

杠子的精神略略饱满些,手很有力度地挥挥:“瞧瞧去!瞧瞧那金狮还能飞一样地跑。”

刚跨出前门,后门外却有鸡的扑腾声传来,特别强烈,特别悲壮。杠子和纰漏桶立马站住了。两颗头颅很快球一样探出后门洞,头颅上的四只眼睛清楚发现一条大汉拎只鸡钻进了那片桑树林。

“贼!”杠子和纰漏桶同时吐出一个字。

杠子和纰漏桶几代邻居,父交子往,就连两家鸡的感情纠葛也有一匹布那样长。它们形影不离,难舍难分,这就使他俩吃不准到底谁家鸡遭了殃。摸不到坟头千万不该瞎哭,双方岿然不动。恰好一孩童点破迷津,说那汉子拎走的是只芦花老母鸡。

“噢!”纰漏桶紧绷绷的心绪陡然一松,无声无息溜进自家门。

沉重的是杠子。他养了几只芦花老母鸡。芦花母鸡是杠子辛辛苦苦喂大的,操了多少心,烦了多少神?你个贼没份,你不该抓它。你抓它无非是看中它的肉,可要儿自生,要钱自挣,要吃老母鸡自己养。吃白食,喝我杠子油哪中?

“撵!”杠子首先这么想。又一想贼的身材是那样高大、健壮,腿就犯了顾虑。就算腿快撵上了,又能把贼如何?那家伙万一发横,我这个一米六的人只好给他磕头,弄不好还招一顿打。不能莽撞,都三十多岁人了不能欠缺稳妥,得前思思后量量,得请上纰漏桶帮助一把。纰漏桶一米八,加上我正好三米四,比穆铁柱还要高。到时叫纰漏桶敌住贼,我瞅个空档捉住贼的腿,喊纰漏桶一拽,贼不就倒了么?他想:贼跌倒一定有打夯那样响。可要亲耳听听那夯声,少了纰漏桶可不成。杠子以匆匆脚步钻进了纰漏桶家。

“纰漏桶,纰漏桶。贼偷了我家鸡,请你帮忙撵撵。”杠子急匆匆求援。

纰漏桶阴幽幽反问:“贼?是贼么?也许……也许是你家哪门亲戚。”

“笃定是贼。我家没有那么牛高马大的亲戚。”

“牛高马大!”纰漏桶皱皱眉,“牛高马大可不是容易对付的!”

杠子一擂胸,虚张声势道:“还有我。我也帮着追。”

“你帮着追？笑话。”纰漏桶的唇微微抖抖，想继续说些什么，偏偏什么也说不出口，赤头红脸戳在那里进退两难。

此刻，杠子的女人大姑子就坐在纰漏桶屋里，纰漏桶女人山里花也在家里。当他们晓得有贼偷鸡这回事后，就打住热烈的说闹声。大姑子肃穆的目光瞄瞄瘪三一样的夫君，就庄严地凑近纰漏桶：“大哥，这关键时刻，还是离不开你。”

女人的话使得纰漏桶左右为难。推辞？推辞了怕大姑子日后喊他“大姐”，可不推辞就有机会伤筋断骨，甚至伤性命。偷鸡摸狗的都是些什么货色？好货色决不偷鸡摸狗。这类坏种杀人、放火、投毒、扔炸弹无一不敢，无所不为。这种人鸡巴是好摸的？纰漏桶彻头彻尾陷落在不能自拔的矛盾中。可大姑子仍然执迷不悟地看中他：“大哥，就难为你跑几步吧！”一边动嘴一边动手将他朝朦胧的深渊里推。纰漏桶变得稀里糊涂，竟朝后门口踉跄了几小步。幸亏山里花清醒，首先对当家的一斜眼：“死东西，叫你去镇上你硬是不去，年货不办了？”

云里雾里的纰漏桶猛然打个愣，继而领悟女人话里内涵。脸红立马波及到了脖子根，蔫蔫转过身，面对门板耷拉下头。

杠子又焦急又气恼，一拍大腿一咬牙，虎威威冲出门外，腿忙嘴也忙：“不够义气，就是不够义气。离掉萝卜不成席，离掉你纰漏桶我就追不回鸡？”人一气跑得就快，旋风般朝贼的方位刮去。吓得大姑子流出了眼泪，裂帛一样拼命呐喊：“你回来！回来！不就只把鸡么？小老子哎！你省省事。”大姑子手拍屁股脚跺地，可杠子还是雄赳赳地撵进了桑树林。

大姑子彻底傻了眼，晕头晕脑原地打转，顺手捞起一把锃亮的锹，跌跌撞撞赶去增援。连绵不断的脚步，生产出连绵不断的风，连绵不断的风卷起细沫黄尘漫天飞舞。

手拎偷来的成果，贼正悠闲逍遥地走着。想不到杠子气喘吁吁一下子堵在他面前。贼一愣神，可眨巴几下眼又平静了下来。没等杠子开口，反倒来个先发制人：“有急事么？”

贼的冷静反倒使杠子乱了方寸，脊梁骨发凉，似有一条细溜溜蛇一样的东西直朝心里钻。幸亏杠子一眼瞥见大姑子来了,手里还端着锃亮的锹。杠子的腰一下子硬了,手指冲贼的鼻梁上一点:"当然有急事!"

贼一看杠子不像是盏省油的灯,便崩溃了脆弱的防线,恍恍惚惚一龇嘴:"哥们,鸡是你的么?"

"是的。"

"还你。"

芦花鸡展露在杠子面前,乱扑着翅膀。可杠子却猛地打个顿,伸出去的手也缩了回来。狗日的小把戏人小眼花谎报军情哩!明明是只公鸡他说是母的,况且鸡的脚上少个脚趾。只有纰漏桶家的鸡才少脚趾。那是纰漏桶在鸡出壳时做下的记号。杠子的心一滋润,咧开了荷花样的嘴,抬手冲贼抖抖:"去,去,去,抱着鸡一道去!"

杠子夫妻挂满脸可人的表情凯旋,山里花倚在门旁用一种探究的目光望着他们。杠子夫妻双双空着手,山里花很觉蹊跷,便在心里瞎猜:"笃定贼种拔出小攮子,幸亏没让当家的追,否则纰漏桶说不定被贼捅直了。"这种悲哀的猜想,使得山里花莫名其妙生出遍身鸡皮疙瘩。为了考证猜想的准确程度,忍不住探问一声大姑子:"鸡哩?"大姑子眉一皱,没答她,径直埋入自家屋里。杠子却男子汉大肚量站住了,说:"鸡么?鸡没长脚趾。没脚趾的鸡不是我家鸡,不是我鸡痞子不给我。"杠子说了这番话,只觉痛快淋漓,甘甜至极。

"鸡没脚趾?真的?"山里花急圆了眼。

"真的。骗你死我家鸡。"杠子肚子一挺赌个咒,笑咕咕进了屋。

"鸡没脚趾!没脚趾!"山里花自言自语,一双圆眼,紧张地随鸡四周飘游:"一只、两只、三只……操你妈,都别动,动了我数不清。"鸡们穿行如梭,山里花点数极端不便,于是便骂。可鸡们怕打不怕骂,仍然笑咯咯地我行我素。山里花数三遍,落得个三次有始无终。山里花急得乱抓头,急中生智,一转身,一颠一颠端来半碗雪白的米,满地一撒,米粒就在坚硬的土地上欢欣起舞。山里花的嘴撮成个包子咯咯咯招来鸡。鸡们吃食,这才相对静止。山里花数一遍,少一只;数两遍,还是少一只;数三遍,少一只就是少一只。少的就是那只英武的唯一的芦花大公鸡。那鸡威风，山里花赐之为鸡王。再也见不到鸡王了，鸡王让贼抱去下油锅了。山里花不禁喊一声“纰漏桶”。没人应，这才想起丈夫已被她撵去了镇上。找不到纰漏桶，就谈不上去拯救芦花大公鸡。山里花心疼得直蹦，腿蹦酸了就骂：“贼可恨！狗日的杠子也可恨！”可杠子家那只大红公鸡更可恨。它一路小跑过来，依仗身强力壮，一挤一拱，轻而易举地插进了鸡群，埋下头不问价钱猛吃起来。一本正经，落落大方，摇头摆尾，气得山里花歪了鼻子鼓了眼，一甩手，那个白瓷缸子直奔大红公鸡而去。鸡群里很快炸开了锅，纷纷远走高飞。唯独大红公鸡没跑。倒不是它英雄，它已成了狗熊。它头贴在地上，两脚掌乱蹭，想抬鸡头，却是心有余而力不足。它终于壮烈地倒了下去。山里花不免心慌。本想给大公鸡生产个闷伤，一个让杠子摸不着看不见的闷伤，没料不重不轻就断送了它的性命。这一断送，杠子夫妻会善罢甘休？

山里花的担忧实事求是。杠子夫妻的头很快被鸡的扑腾声诱了出来。见一只红公鸡规规矩矩趴在地下，就心一拧。不由自主凑过去，不看不知道，一看吓一跳。这鸡咋跟我家那只大红公鸡一模一样哩？再朝头部看，遗憾鸡头已被砸得不像个鸡头。大姑子不敢轻易下结论，便用脚不停翻弄一动不动的鸡。翻过来像，翻过去还是像。好奇心陡然被愤怒接了班，猛地一抬头，两眼恶毒毒杀在山里花脸上：“我的鸡犯了法？”

山里花理亏不吭声。

“我的鸡犯了啥国法？”

山里花一如既往不吭声。

大姑子的五官被愤怒扭得变了形：“你个女人好歹毒！我的鸡咬你心了？吃你肝了？啄你……”大姑子细水长流慢慢骂。越骂越上档次。山里花的忍耐终于到了极限，咚地一跺脚：“老骂，老骂，我怕你不成？谁叫你家鸡偷我米吃？”

“鸡是畜生，懂啥？难道你也是畜生？”

“你娘家妈是畜生。”山里花脖颈一挺。

女人们骂仗极有欣赏价值。你做梦想不到的刻薄话，她们全滔滔不绝骂出口,骂着骂着就动手动脚了起来。她们干架不像男人那样三拳两拳定乾坤,上帝安排她们畜养长发,可能就是考虑干架时派用场。大姑子揪住山里花的耳朵毛不放,山里花拽住大姑子的大波浪不松。因为是女人干架,杠子不便插手拉,以免有拉偏架之嫌。杠子不拉,局外人更不拉,局外人爱的是看热闹,看热闹又不花钱。那家视角良好的二楼阳台上早已挤满了人。一位艳丽少妇为争丈夫眼上的望远镜,竟威胁离婚。那丈夫脱口而出:“离婚就离婚。”

由于缺乏调解之人,两女人只好埋头拼搏。一转眼已斗了半个时辰。久斗必有胜负,大姑子到底做了亚军。山里花技高一筹,死死将亚军压在身体下动弹不得。大姑子翻身无望,便用求援的目光盯着杠子,遗憾杠子拢着手蹲在地下像菩萨。大姑子悲愤交加,对着杠子叫骂:“狗日的死人,就不能过来帮一把?”

杠子满面凄苦,无可奈何摇摇头:“又不是抬大土,咋个帮法哩?”

大姑子的眼绝望地一闭。谁说一日夫妻百日恩?扯鸡巴蛋。紧要关头还是靠自力更生。大姑子咬紧牙关,拼出全部力气在下面死拱,拱得身上的山里花摇摇晃晃。

“政变?老娘想瞧你政变?”山里花抡开了巴掌,大姑子脸上就嘹亮起啪啪的脆响。几大巴掌一扇,大姑子软了,乖了,抱住头哇哇哭。哭声牵扯着杠子心,杠子不由火起:“我老婆哭了,哭就是认输。多国部队还不虐待伊拉克俘虏哩!”杠子凶相毕露,可是唬不住山里花,山里花说:“女人之间的事,男人少管。”她清楚杠子不敢把她怎的。最危险的是大姑子,不能分心,要认认真真压住她。不是东风压倒西风,就是西风压倒东风。

听到丈夫的呐喊,水深火热中的大姑子哭得更委屈。杠子心里直发酸。想到一日夫妻百日恩,想到男子汉不是大豆腐,杠子决定要把老婆从下层扶到上层。他再次警告山里花:“泼妇,你放不放?”

山里花蔑视一眼杠子:“老娘就是不放。”

“我操你妈。”杠子乱了方寸,气得乱转。

“我操你妈。”山里花以牙还牙。

杠子气上加气。眼珠一转又不气,客客气气喊一声:“山里花。”

山里花猛一愣,本能地“嗯”了一声。

“我操死你妈。”

山里花这才晓得吃了杠子的老鼠药,被他喊应了骂,赶紧补救。“杠子儿呀!我操死你亲妈。”

杠子胸有成竹,阴险地一笑:“山里花,你怎么操哟?”

山里花两眼一直。她万没料到杠子会这等智谋,简直是刘伯温后人。

“嘿嘿,你山里花拿什么操?别保密吗!”杠子越发得意,心里却直抱怨婆娘欠缺主动性。眼下的山里花分了神,婆娘啊!你出头的机会来了。可你却死鳖一样趴着不动。

“嘿嘿,你山里花拿什么操哟?”杠子仍然给大姑子创造机会。一旦大姑子领会他的用心,一拱一挺,必然能翻身得解放。可惜大姑子只会悠扬地哭。

山里花果然分了心。她已经被杠子询问得赤头红脸,可又不甘心那份屈辱,于是牙关一紧豁了出去:“杠子儿呀!老娘借你的头操你妈的×不中?”

“中,中,中……”楼上那帮看热闹的闲人十分肯定,个个笑得东倒西歪。杠子气绿了眼,万没料到山里花的智商如此惊人。男子汉的理智荡然无存,一扬手,巴掌盖上了山里花的臭嘴。山里花防不胜防,人仰马翻。大姑子顿时轻松,奋不顾身一个翻滚,幸福地骑在山里花身上。双手并用拍击山里花的脸。又有女人悠扬地哭,哭者是山里花。

大姑子报了全部的仇,方才松开山里花。可山里花却委屈得不愿起来。直到纰漏桶肩担年货归来,她还没哭完全部悲哀。鼻涕一把泪一把诉说辛酸,诉说磨难。纰漏桶太阳穴上的青筋蓦然暴鼓:“杠子呀杠子!你能初一我就能初二了!”纰漏桶怒火冲天出了门。看见杠子就像鸡看见了蜈蚣,大喝一声:“狗日的皮作胀,老子给你松松。”纰漏桶雄赳赳地逼了过来。杠子六神无主,骇然退却。忽然发现地下横睡个棒槌,不由暗喜,一弯腰捞在手中。有个家伙在手中,胆子大了,棒槌对纰漏桶一扬:“敢来?老子劈你头!”

纰漏桶略略一顿,顺手搂起一条扁担,又向杠子逼进。扁担挺拔,阴森可怖。

杠子很是焦急。狗急了跳墙,杠子急了扔棒槌。棒槌直奔纰漏桶而去,不偏不歪恰好夯在纰漏桶胸窝上。乘着纰漏桶惊慌的当儿,杠子好汉不吃眼前亏拔腿就跑。纰漏桶吃了亏,哪肯罢休,穷追不舍。可杠子尽管腿短,却有兔子功能。纰漏桶根本没有撵到他的可能。为了弥补,纰漏桶铁了心,双臂一抖,吼一声:"去你妈的!"

扁担在纰漏桶的抛掷下,划着优美的弧线朝杠子飞去,咚一声落在杠子头顶上。杠子腿一软,眼一抹黑,扑通一声成了死鳖。

纰漏桶蒙了,面色苍白,腿弹琵琶。他打杠子就如山里花打那只红公鸡,只想击个闷伤解解恨,不想就打倒了!

看着丈夫头上汩汩流淌的血,大姑子首先哭出了声。山里花也急得像只没头苍蝇,摇晃呆若木鸡的纰漏桶:"你个猪货,出娄子了! 怎搞? 怎搞啊?!"纰漏桶幡然回过神,不问青红皂白扯下件褂子,没头没脸将杠子天灵盖上窟窿堵住。又急急返回家搬来张凉床,把死鳖弄了上去。床腿上捆上绳子,绳子搭在扁担上,招来婆娘山里花,一个嗨哎嗬,抬起死鳖踏上去镇上的路。柏油路面平坦宽阔,但却颇为漫长。凉床上的杠子仍闭着眼。纰漏桶就担忧自己那老牛拉破车的速度会耽搁杠子性命。杠子的性命偏又瓜葛他性命,纰漏桶的额角不禁沁出许多额外的汗珠,哭丧个脸跟婆娘说:"歇下吧,这么慢走不是事,得抓紧拦辆车!"

不时有车鸣着喇叭开过来。纰漏桶见车就招手:"停! 有个生命垂危的人!"

车没停,但明显慢了下来,司机们一律探出头,一律冲他瞪眼:"找死?"他被吓得一踉跄,司机们却一踩油门撇了他。他就明白用"生命垂危"吓不停车子,便叮嘱两个女人抬着杠子退后。自己憋口气猛地往前跑一百米。车又来了,是辆半新半旧的东风。驾驶室里只有驾驶员,真是辆合适不过的车子。杠子赶快招手:"停! 带货!"

东风果然停下。司机的眼滴溜溜在地下打转:"货哩? 多少?"

"不多,但挺贵重。"纰漏桶一边说话,一边对两女人招手。两女人抬着杠子,吭哧吭哧跑了起来。

司机扭头一放眼,方知上当,一缩脖颈弄响了机子。纰漏桶一急,一抬腿跨上了车门下的踏板,整个身躯紧紧吸在车门上,口吐白沫央求:“师傅,积个德,菩萨保佑你生儿子。病人不垂危我不拦你车,我给钱,你凭良心说个数。”

司机眨巴几下眼,嘟嘟噜噜一串抱怨话,熄了火,说:“儿子不要,钱就是儿子。”

“多少?”

“进城还是进镇?”

“进镇。”

“镇上不远,又是病得不轻的人,不该多收,给一百块吧。”

纰漏桶心一沉,嘴一张:“一百?就一百来斤的东西!就十华里的路!”

讨价,还价,一争论就是五分钟。大姑子沉不住气,胳膊肘一捣纰漏桶:“就付一百吧!我家杠子的眼还闭着哩!”

纰漏桶一摊双手,喊声小姑奶奶,说:“我不是舍不得。我荷包里总共就一百块。付了车钱,杠子的头咋治?”

大姑子一憋噎,看看纰漏桶,又看看杠子。纰漏桶一脸苦相。杠子眼闭铁紧,腿伸笔直,顾不得钱了。大姑子咯嘣嘣一咬牙:“我付!”说付就搜荷包,钱很快就露了脸。可杠子一咕噜坐直,扯开喉咙叫:“大姑子,别信开车的哄。我好着哩!”

司机瞅一眼杠子那鲜血染红的脸,一缩头启动了车子,一手掌握方向盘,一手点戳杠子头:“要钱不要命,血不流干才怪哩!”

杠子气得屁股直蹭:“老子没吃你饭,你倒咒我。我操你妈,就操出你这么个不孝顺的东西。”骂完咽几下爬出来的白沫,横竖瞧瞧纰漏桶,又变成痛苦状,仰倒下去,不停地呻吟:“头胀,头晕,头疼。”

杠子的杰出表演使得护送他的三个人都松了一口气。“还当有多大纰漏,其实……嘿嘿。”纰漏桶不由笑出声,满脸忧愁烟消云散,就有心情仇恨司机的丑恶嘴脸。

司机驾着东风,正和一辆十吨黄河慢车交会。纰漏桶不禁瞪眼咒一声:“黄河,撞,撞得小狗日的见阎王。”遗憾黄河不听话,东风安然无恙擦了过去。纰漏桶非常失望,还想咒些更恶毒的,忽然想起一件事,便将目光紧紧盯在渐渐远去的东风尾部。看清了。看清又怕记不清,于是,赶紧用笔记下那一串长长的数字。此后,那数字又引出一大串故事。想听听么?那得等一会。

镇上的医院上规模的只有两家。一是东头的公家医院,一是西头的钱氏诊所。公家医院设备一流,钱氏诊所手艺一流。钱氏诊所里的医生都姓钱,一老一小。老的治病,小的收钱,附带些打针、换药之类的杂务。老钱医生原是市里一家大医院的骨干分子,前些年退了休,闷在家里发急,便发挥余热带领女儿开创了钱氏诊所。从此,公家医院的医生们就有了打扑克走象棋的闲时。那个酒糟鼻子院长着了慌,三番五次放下架子恳请老钱医生跟公家联营。无奈老钱医生看不起公家,小钱医生更是狂,愣是三次用最冷的话把酒糟鼻子气走。

一行三人抬着杠子进了钱氏诊所。首先听到一首绝妙的歌,那是出了车祸的三麻子躺在重病室里哼。一行人油然升起一股莫名的滋润。小钱医生过来了,俯首察看杠子伤情。

“打架的?”小钱医生问杠子。

杠子装死不吭声。

“打架的?”小钱医生抬脸盯着纰漏桶。

“跌的。”纰漏桶脱口扯个谎,不假思索,也无需思索。早就酝酿妥了,并跟大姑子协商过:“大姑子呀!我们两家一向团结,伤和气仅仅为了丁点蒜皮事。到了诊所,断不能说是打架。否则,医生会打着赤膊逮我钱。”大姑子当时沉默,沉默就是默许。所以看到纰漏桶欺骗小钱医生,大姑子就没有当面揭露。可惜杠子却一身正气,又一骨碌坐直,指着纰漏桶鼻子剥画皮:“把我打得不成人形,还说是跌的。狗日的!扯谎祖宗还是你孙子。”

小钱医生以手掩嘴咕咕笑,劝杠子息怒,劝杠子住重病室。对待纰漏桶就不是劝的口吻,而是要求。要求他安排钱,五百整。纰漏桶凉飕飕打个战,汗毛管根根耸立,头颅一耷拉:“医生不是我嫌你要得多。我兜底统共就一百整!”

“一百整能凑合一顿饭。”小钱医生眼一斜，脱口顶了句。

纰漏桶憋噎得白眼直翻，底气不足地恳求：“那我先欠着。日后还，绝不赖，我用人格担保。”

“哟！还什么什么人格？”小钱医生少听多怪，想笑，却憋住没笑。眨巴几下眼，叹口气，“唉，农民哥哥也可怜！我总不能见死不救。可是……可是目前的药价瞒天过海地涨，加上没有良心的病人成群结队。你同情他，他却不同情你。治疗前，赌咒发誓说顶锅卖也不能少你药钱。可病好了，他能动了，就拍拍屁股留一言：‘人不死债不烂。’一走了之。你打他犯法，你杀他偿命，只有捏住鼻子认亏吃。亏吃多了，心也寒了，就贴出了这张规定。”小钱医生略顿片刻，抬手指指墙上那张《就诊须知》，“你看看，仔细看看。”

纰漏桶腰一躬，手一拢，走近了《就诊须知》认真研读。一认真就没有读不懂的文章，《就诊须知》明文规定：住院之前，首先预交五百块。否则，恕不接待。纰漏桶的脸立马像霜打的瓜叶蔫了。看完了全部文字，眼还在纸上痴痴地绕。绕着它那隽秀的文字，绕着它两旁的那副对联。上联说：但愿世人体无病；下联说：不怕架上药蒙尘。好一幅上乘之作，文化偏低的纰漏桶百思不得其解。看不懂就干脆不看，纰漏桶灰心丧气挠挠头，灰心丧气跟大姑子集中票子。一合并，恰好是个不吉利的数字——二百五。

小钱医生眉一皱，蔑视一眼二百五，又蔑视一眼纰漏桶。心里话：“粗糠里榨不出油。”嘴上话：“农民朋友也确实不易，我也不能真的见死不救。”小钱医生收下了二百五，杠子肚子朝天压上了重病室的床。

重病室里两张床，另一张上睡着三麻子。三麻子是杠子五好村民的竞选对手，是成功者。杠子恨他，恨他的奖状，恨他的金狮车。于是等三麻子不哼叽的时候就找他谈话。

“金狮还能骑？”

“能骑个屁。”

“腿可能走？”

“能走个屁。伤筋断骨一百天。”

“唉！真不知金狮跟了你倒霉，还是你有了金狮倒霉。照理说都不倒霉，倒霉的是开车的。他该赔钱。可他却开车跑……跑了。唉!”杠了说了这番话,觉得愉快无比。拿眼偷偷瞄瞄三麻子,三麻子表情酸溜溜,眼珠转溜溜。忽地,三麻子露出笑脸,一指杠子头上缠着的白纱布:“唉!纰漏桶也真是纰漏桶。就不晓得打人赔钱?真不知道纰漏桶赔钱倒霉,还是你杠子挨打倒霉。照理说都倒霉,走运的是钱……钱家医生。唉!”

杠子很是尴尬。抓抓头,干笑两声:“我人虽吃亏,钱却不吃亏,全由纰漏桶承包。不像你,人吃亏,钱也吃亏。”

一股阴云弥漫了三麻子的脸,可嘴里愣是透出硬气:“其实我的经济也没吃多大亏,我明天出院了。”

“你能走?”

“不能找轿子抬?”

“抬家去咋办?等死不成?”

“养着。住这儿是养,回家也是养,省钱!”

提起钱,杠子就在心里抱怨钱氏诊所的收费,就以一种同是天涯沦落人的口吻对三麻子说:“是的,这诊所要钱也真狠。其实我也没多大伤,真想回家,可咽不下那口恶气。纰漏桶太可恶,那么硬的扁担也敢对我头上夯。我不能便宜他。”

“傻×!”三麻子城府颇深,“你猴急出院就是傻×。住,当大使馆住。怕纰漏桶不结账?”

“想他不敢。”杠子很肯定。

“那不就中了?我若是逮着那个开车撞我的主,我……我就……唉!不说了!胸口痛。”

三麻子确实为失去撞他的车主而极端懊恼。好在老天有眼,这一天,老天爷突然派来了两位气宇轩昂的救世主。救世主是头戴大盖帽的交通警察。交通警的到来,立马驱散三麻子满面愁云。交通警告诉他:肇事汽车已查出了眉目,有一位负责的匿名公民,已写信揭发了肇事车的车牌号码。

天上掉下个林妹妹!喜得三麻子扯开嗓子哞哞叫:“钱医生,我包了这床位。”

小钱医生撒一路银铃般的笑声，一蹭一蹭跑了进来，贴住三麻子耳朵悄悄说：“恭喜！恭喜！你住，长住，有回扣的。”

自从找到了花钱的靠山，三麻子的心里一直飘荡爽爽南风。苦闷的是杠子。他看不惯三麻子那得意忘形的脸。他真想撇开他回归家园。只是担忧便宜了纰漏桶，才耐住性子往下住。好在他不为钱的事发愁，纰漏桶又给小钱医生送来了三百块。大姑子也捎来了村长的初步处理意见：无论如何治病救人要紧，并责令纰漏桶拿钱先付医药费。至于营养、误工之类的费用等出了院再做处理。

住下，长久地住下，当作旅馆住下，让纰漏桶好好损失一大笔。杠子做了长住久居的打算，一住又是十天。第十一天，小钱医生又来提醒他，说三百块仅剩下三十块了。杠子便指使大姑子去找纰漏桶。大姑子去了，可纰漏桶没有来。大姑子说纰漏桶被法院抓了。抓得莫名其妙，全村人猜不透。

杠子泄了全部的气，直抱怨法院不该凭白无故乱抓了人，不该在他还没出院的情况下抓了纰漏桶。

小钱医生听到了风声，迈着碎步钻进来。问明原委，捧着肚子咕咕笑。她不愧为镇上生养出来的优秀儿女，思维敏捷，逻辑分明：“纰漏桶还真会耍小农民的狡猾。还会演苦肉计哩！故意找帮朋友把他带走，造成被法院抓了的假象。你千万别上他的当。他的目的一目了然，无非想断送你接受治疗的权利，让你没钱在诊所里住下去。”小钱医生亮一脸正气，说，“这种人可恶，应引起全社会的痛恨。别怕，我破例让你杠子写欠条。处理的时候，我给你出示证明，看他纰漏桶能赖过去？”

小钱医生这么一分析，杠子颇感是这么回事。于是，又振作精神，放心大胆往下住。

县法院一班人马来小窑堡时，纰漏桶正在向杀猪的屠户兜售活猪。见到戴大盖帽的心一沉，话说得也不利索：“我……我承认有罪。我用扁担夯了杠子，我赔偿一切损失。我已卖了一头猪，这第二头正和屠户谈价哩！”

那班人中站出个头儿模样的人，劝纰漏桶莫紧张，坦白从宽。

纰漏桶瑟瑟发抖：“我不紧张，我坦白过了。”

头儿睃一眼纰漏桶的狼狈相,就晓得对手不是个烧不熟煮不烂的硬货。对手狗熊一个,并不难对付。内心蓦然升起一股滋润,面上却摆出法官的威严:“纰漏桶,请你不要回避实质性问题。好好想想,还犯了哪些更严重的罪?”

纰漏桶懵懵懂懂越发糊涂起来,硬着头皮问一句:“你们不会弄错吧!除了那一扁担,我可是大大的良民呀。”

头儿略一迟疑,给“良民”递去一纸一笔,要求“良民”认认真真写几行随随便便的字。纰漏桶没说二话接了就写,写好后给头儿。

嘿嘿嘿,头儿看了文字就这么莫名其妙地笑,笑着笑着忽然演员一样降下脸,叉住纰漏桶脖颈一搡:“上车吧!”

车是警车,上去的后果明明白白。纰漏桶当时就软了,死死抱紧车门不进去,哭歪歪说:“同志,我很迷茫。我没有跟法律作对,你们咋就跟我作对哩?”后来纰漏桶一直奇怪咋晓得说“迷茫”这样的高级别话。当时只想尽量说些文的,以便头儿掂出他的沉重分量。有了分量,头儿就不敢在他头上为非作歹。

头儿果然有些寒惚,叉纰漏桶脖颈的手很快退居了二线,笑呵呵说:“哎,你纰漏桶特别沉着哩!”顺手由小皮包里掏出一样东西,那是一纸长信,对纰漏桶哗啦一展示,“这玩意是谁干的?嗯!”

纰漏桶拿眼朝信上仅一瞄,顿时魂飞魄散。他终于明白是怎么一回事。本来指望写给交管站的那封揭发信,能上上那黑心东风司机的烂药,不想竟招来自己一身烂疮。那封信的大意,他至今记忆犹新:他给交管站提供一个重要的破案线索,就是三麻子被撞的那个案子。他写道:作为一个真正的公民,应敢于正视黑乎乎的邪恶。撞翻自行车的汽车虽说一溜烟跑了,可它逃脱不了正义的眼光。我的眼比电灯泡还要亮。我有义务向政府部门揭发犯事车辆的车牌号码。信的尾部工工整整写着车型、车牌号码。

一纸书信,轻而易举将那辆见死不救的东风司机,变成了糊里糊涂的替死鬼。

纰漏桶终于明白了法官们为什么跟他作对了。罪人一样钻进警车,几名法警围在他左右，虎视眈眈盯着他。纰漏桶吓出了眼泪。坐在前排的头儿脖子像生了锈的转轴一样缓缓拧过来："你哭了！你是男子汉哩！大丈夫哩！敢作敢为嘛！你的诬告信格调不浅哩！作兴不是头一回。你可晓得我们的交警围绕你那封信都查出了省。"

纰漏桶听了一抖瑟，反倒哭得更凶："这种勾当我仅此一例，大姑娘上轿头一回啊！"

头儿的话没掺一滴水。事故出在安徽，交警们却查到了河南，在郑州找到了那辆东风车。没料到那司机拼着性命喊冤枉，并向交警书面交代了那一天的全部活动内容，还特别强调在出事地点附近曾遇到一个头破血流的伤者。伤者的一帮家人求他顺带伤者去医院，因价格谈崩而没带成。司机交待材料的尾部这样写道："我冤枉，我是被别人栽了赃。我怀疑暗算我的人十有八九是跟我没谈妥价格的那帮人。"

交警们只好顺着东风跑的线路逐一对证。结果证明：司机诚实，司机冤枉。重大嫌疑被排除仅是一瞬间的事。

交警们绝了全部希望，想想辛辛苦苦跑了那样多的冤枉路委实气愤。便千方百计暗暗查明了事发地那个头破血流人的下落，又顺藤摸瓜摸到了纰漏桶，一纸诉讼很快呈到了法院。纰漏桶便有了乘坐警车的福分。

纰漏桶被逮，三麻子仍蒙在鼓里，依旧幸福地闭着眼睛睡在钱氏诊所。直到交警向他汇报了所有事实，他才捶胸顿足大骂：吃了日本鬼子亏，骂纰漏桶不是人操的货，不该天良丧尽支使我苦命的三麻子冤枉地花了许多钱。

纰漏桶的被抓，对于杠子来说无疑又是当头一棒。人都抓了，到哪去揩他油哟？回吧！唯一出路是回家。小钱医生也劝："回吧！回吧！该回了。"又递来一笔一纸，用救世主般的口吻说，"写欠条吧！你没钱，就让你缓缓。"

杠子肚里的气一浪一浪地翻，对着小钱医生翻弄半天眼，很想恶劣地臭骂她一顿，很快又不想骂。骗也骗过了，当也上过了，骂有何用？忍了吧！唯一出路是忍。冷冷地问小钱医生："欠你多少？"

小钱医生哗哗啦啦拨拉一阵算盘珠，风平浪静告诉他："不多了，反正四百来块。你就写四百整，都已成了熟人，我也不好意思追究那毛毛的几个零头。”

小钱医生这番话说得杠子心里毛茸茸的,一时竟不好张口说个“不”字。心里想:“这敲诈勒索的小钱医生咋就比要农业税的小干部们文明哩?”这么一想不由愣在那儿半天没做声。

“写吧!写吧!不要觉得打白条子对不住我,我们都是朋友了,还能说个‘不’字?”小钱医生说得柔柔情深。

“可……可我仅仅伤了一丁点头皮,你……你也就是换换药打打针的事。”杠子终于嗫嚅出一串心里话。

小钱医生这才明白原来杠子嫌钱要多了哩!小钱医生没显出惊讶,只是换了一种脸面,换了一种嗓门:“哎哟!我说你不识好歹哩!怎能把好心当成驴肝肺?头烂得像马蜂窝,我在你没有钱的困境中拯救了你,你反倒赖我医药费。”

杠子猛然打个激灵,就认为小钱医生有明星素质,跟巩莉似的说凶就凶,说笑就笑。凶吧,凶吧,凶反而是好事,她凶了,他反倒能抹下脸面。杠子脸一抹:“你说的像唱的,你救了我?你不救我照样活。仅仅住了二十几天,现钱已去了五百五,还要欠下你四百!你这钱医生也真像你的姓氏!”

“亏你说住了二十多天。二十多天哎!住二十多天旅馆多少钱?”

“你哄我住的。”

小钱医生的脸拉得不能再长了,翻鼻子翻眼睛:“你满嘴白牙讲×话。我哄你给钱咋不给?无赖角色,亏你裆里还长一坨肉。”

杠子颤颤一抖,瘪三一样的目光老在小钱医生脸上恍兮惚兮。看不出她是否结了婚,但敢肯定她还没有混过第二十五个春秋。这张嘴,跟她的年龄、性别太不合槽。杠子一狠心,极不情愿又无可奈何地立了字据,签上名,还烙个红指印。笔到字成,指到印成,轻松自如,根本没想到会因此招来两个如狼似虎的不速客。

不速客是在杠子回村的第三天来的,都是二十郎当的精壮汉子。一个细高个剃着光葫芦头,头皮亮得发青;另一个披肩长发,喉结高高耸立,这个不伦不类的家伙,头大得像笆斗,支撑头部的脖子粗得能刷新吉尼斯纪录。两个客人盯住杠子,嘿嘿怪笑。

“我认得你,你可认得我?”光头以一种长辈的口吻问杠子。

杠子鞠个躬:“还真不认识两位。”

“那我咋就认识你哩?”长发人粗,嗓门也粗,惊得一地鸡鸭扑扑乱飞。

“恐怕是认错人了!”杠子胆寒长发那满脸凶光,不由得缩缩头。可长发大而厚的两只黑掌已伸了过来,啪啪两声脆响,分门别类夹紧杠子的两个腮帮子。一提拔,就平衡了地球对杠子的吸引力。杠子的脚悬在空中像飘落的浮萍,脖颈以上部位严肃紧张,嘴巴也不活泼,已不能发出原版声调,像老鸭又像老鸡叫唤:“哎哟!好……好疼……你……你放下我。”

“放你就放你。”长发手一松,杠子回归大自然。地上的杠子陡然舒畅不少,长长吸口气。他觉得空气是那样的甜美,他贪得无厌地呼吸着。不料长发的胳膊又搂了过来,铁钳一般箍住他的头,玩球一样呈在光头眼皮底下。光头瞅一眼,激扬出一串笑声,说:“我们办案很质量的。不冤枉好人,也决不放过坏人。实践证明我们没有冤枉你,你头上的疤可以作证。”

杠子后退两步:“那是被人用扁担夯的。”

“在哪医的?”

“钱氏诊所。”杠子说完,忽然大彻大语,“噢!对了,我欠诊所四百块钱哩!你两位是来收账的吧?”

光头冲长发哈哈一笑:“狗日的还算有悟性。”

长发跨前一步,大手平端在杠子面前一招一招。招一下,杠子抖一下,连话也不知如何说。愣在一旁的大姑子赶忙做了替补:“两位小哥哥,杀人偿命,欠债还钱。应该如此!应该如此!先坐下,有话好说。”

两位客人坐上了杠子递过来的长凳。大姑子连忙燃了锅膛,放水,下面,打蛋。

光头和长发每人唏啦呼吞下一大碗,嘴一抹,碗一推,说:“我们吃人家的可不嘴软。结账吧!”继而各亮出一把小攮子,“动作快些!别无故耽搁我们宝贵光阴了!我们还要去野狼谷杀人哩!”长发把杀人的事说得风调雨顺。不调顺的是杠子夫妻。大姑子急忙取来两只咸鸭,分别用塑料皮裹紧,往他俩面前一放，说：“小哥哥，不是跟你们哭穷。我家刚盖的屋，钱用得空空，一时确实凑不齐这笔钱。”大姑子边说边在身上乱翻，翻出一卷票子递在长发手上，“这两百块是准备过年用的，先还上。剩下的两百，求你们容我缓口气，我年内一定还清。”

长发和光头相互望一眼，又望望眼前两只丰满的鸭，终于开了恩。临出门一再关照杠子说：“可不作兴不守信用。否则别怪爷们大年三十割你蛋。”

日历的页张像数钱一样地翻动。翻来翻去距离年关已是最后二十天。小窑堡的老老少少全都浸泡在一种乐融融的氛围中，各家各户笑逐颜开，人人手上提肩上扛忙年货。

只有想到过年时，杠子才晓得钱是多么的重要。杠子上蹿下跳借了三天，钱的问题还依然是个问题。杠子一筹莫展，整天整夜为钱的事愁眉苦脸。这一日忽然欣闻纰漏桶释放回家，满面愁容就散了八成。他看见了曙光，看见了光明与希望。飘摇不定的腰杆仿佛一下子靠稳了泰山，精神抖擞，满面红光地去找纰漏桶。

纰漏桶很好找，就住隔壁，杠子屁股一扭便到了。

“回来了？”杠子关切地招呼。

“回来了。”纰漏桶没好气地应着。

“那就好，那我就推开窗户说亮话。”杠子给纰漏桶递根烟，“你那一扁担也真敢夯！无冤无仇的！好在没夯出人命，没夯残筋骨，说倒霉也算走运，仅在天灵盖上刨个窟窿。唉，刨也刨了，疼也疼了，算了，大家日后还当兄弟处。只是那一扁担夯出的事还拖着尾巴，我想该割了。”

“割吧！”纰漏桶表情古怪。

杠子眼一闪：“咋个割法？”

“爱咋就咋。”

“那我就提个割法供你参考。”杠子清下嗓子，“医药费用不用提，你纰漏桶会掏的。至于误工费嘛，你我不是外人，又正值农闲，闲着也是闲着。我姿态高些，免了。”

“感谢。”纰漏桶冲杠子一点头。

杠子一滋润，就抓住时机谈生意："至于营养费嘛，多少要收。我头上活生生淌了两碗血，吃了那样大亏，一点不营养，怕你纰漏桶过意不去。就按血价收吧，两大碗多少毫升我不晓得，但至少值三百块。"

纰漏桶岿然不动，不吭声。为笼络人心，杠子又给他递了根烟，可换来的却是一双恶毒毒的眼。纰漏桶说："我夯你一扁担是事实，但我不是平白无故夯你，你也有错。你头上淌了两碗血也是事实，可我为了救你都坐了班房，法院限我一个星期内凑齐一千五百块，补偿交管站的外调花费。下个星期四若不交钱，星期五他们就还来抓 。唉！我头快急昏了。我正想喝瓶农药长睡乱葬岗，你杠子又横着插一杠子。这不是乘人之危么？不是捧着'敌杀死'逼我喝么？"

杠子一下僵住。万没料到纰漏桶会说出这样的话来，牛卵子一样大的眼巴叽一眨："瞧你说的，倒是我错了？我又没告你，咋就怪我？"

"不怪你？嘿嘿，"纰漏桶冷笑一声，继而有板有眼开始分析，"我不为了救你，就不拦车；不拦车，就不会仇恨开车的；不仇恨开车的，就不会上他烂药；不上他烂药，法院怎会找我碴？"纰漏桶虎虎挣直身体，双手叉开冲杠子一摊，"法院不找我碴，我咋想喝农药？"

纰漏桶的道理，逻辑得泼水不进，噎得杠子吹胡须瞪眼睛。猪八戒的钉耙真能倒着打！愤怒由四面八方潮水般涌来，杠子愣出铁一般的冷面孔："善有善报，恶有恶报。你血口胡诌人家开车的，弄出娄子与我何关？"

"与你无关？"纰漏桶很是委屈，"好，好，好，你说与你无关就与你无关。可你头上的花费与我何关？"

杠子顿时气得哞哞叫，很想用脚对准纰漏桶裤裆踢，却忍住没踢。又咽不下那口恶气，就骂开了："你纰漏桶不是人！是人咋就说猪话？"

纰漏桶阴阳怪气翻翻眼，大腿一折坐了下去，腰板忽地一硬："猪就猪。真是猪倒好，让人杀了过年，也就没了愁。可我偏偏是个人！是人屠夫只望望，实际是苦了我！"

杠子昏头昏脑叹口气，望望睡床屙屎不想好的纰漏桶，不由得想起猪大肠的风度，拉起来猪大肠，一松手一大摊。越想越是气，便使劲拽直"猪大肠”去找村长。

村长顶天立地,处理问题大刀阔斧。这在小窑堡有口皆碑。处理杠子和纰漏桶之间的鸡毛纠纷,简直是杀鸡用了宰牛刀。他首先闭着眼听一遍当事人各自的说法。然后便指派杠子去喊老胡哥,说是马上就有处理结果,要老胡哥来笔录一下,再复印两份,连带原件共三份。杠子和纰漏桶各持一份,行政村留一份,以防不认账。

有了村长的指使,杠子很荣耀。听村长口气,看村长神态,无疑是偏袒他杠子。还要请老胡哥笔录三份,太认真了,太像一回事了。

老胡哥虽不是村干,却很有威信,是个村西跺一脚,村东乱晃的角色。尤其他那位在县法院坐椅子的亲外甥,无形中给他添色不少。民众抬举老胡哥,老胡哥也爱民众。老胡哥只是不快活开店的李四。老胡哥也开店,生意不如李四,就恨。

杠子乐悠悠颠在去老胡哥家的村巷里。撇下村长和纰漏桶以头对头单独交流。村长觉得该给纰漏桶在处理结果上有个思想准备,就给纰漏桶露底:“杠子这人挺厚道,杂七杂八费用统共仅要你七百块,不高,正当。你纰漏桶没得二话说。”村长大咧咧露过底,飘飘荡荡拂袖子,一副扬扬得意的独裁相。万没料到纰漏桶偏偏说二话。

“我七块钱也没。”又一撩外褂,由内衣荷包掏出一纸公文,抖手撂给村长,“看看,我年都过不成了!”

村长接过公文一过目,是法院规定纰漏桶赔偿交管站外调费用的调解书。村长掌握了内容,将公文不屑地还给纰漏桶,胡须一龇:“这个不是属于我管的,我只管属于我管的事。桥是桥,路是路。”

“对,对。你村长嘴大,不对也是对。可我纰漏桶全家都是小窑堡人,伢大老小牙齿撬撬一大碗,没法过年了,你这个小窑堡的头总该管吧。不管的话,我就拖儿带女到你家来驻扎。”

村长的眼珠骨碌碌地转,又一龇胡须:“纰漏桶,我警告你,少打冷炮吓好汉。你能趴我梁头吊死不成?”

“嘿嘿!村长我也警告你,我纰漏桶命没那么贱。常言道:寻死不如闯祸。我就是死也要弄几个垫背的。不是吓唬你,你也不是不晓得我纰漏桶的烈脾气,不是犟就不叫纰漏桶了。我说到做到,不放空炮。一旦走投无路……哼哼,狗急了跳墙,人急了敢杀人。”纰漏桶满眼血丝,一脸土匪气质。这气质就如同冬日的冰,冷却了村长原本熊熊的心。村长不由得打个冷战,就觉小肚子作胀,尿憋得慌。便撒腿出门朝茅坑颠。哗啦啦一阵水响,村长关严了裤子上的窗子。再进屋时,老胡哥已菩萨样坐在他家八仙桌上首。

见村长进门,杠子赶紧起身散烟,散了一圈后,目光便始终粘在村长嘴唇上。

纰漏桶的脸麻木得像木板。吊儿郎当,不卑不亢,头颅后仰,漫不经心斜视着屋梁,一口连一口地猛烈抽烟。

村长拿眼瞥瞥杠子,又瞥瞥纰漏桶,嗓音开始嗡嗡响,老胡哥的笔开始沙沙响。

村长挥手冲杠子招招:“伸过头来。”

村长眯眼瞅瞅,又抬手摸摸。

“疼么?”

“不疼。”

“痒么?”

“不痒。”

“噢,不疼又不痒就好。”村长清两下嗓子,神色又染了一层庄严,继续说,“你们的事,纯粹是农民哥哥跟农民弟弟弄出的内部纠纷,大家都应宽宏大量。乡里乡亲的抬头不见低头见,不要闹得过分生分。纰漏桶为救你杠子弄一个尿桶箍套得焦头烂额,并且已在杠子头部花销了五百五十块。从良心深处说是能对住杠子的。杠子的药费统共花销九百五,杠子的头好像是金贵了点。但也能理解,毕竟淌了两碗血,毕竟有小牛嘴一样大块疤。好在两位平时要好,好得抓钱不数,所以我建议双方的经济损失应和友谊相结合,共同承担,也就是就此算了,互不相找。不知两位如何看法?”

纰漏桶很快站了起来,脆生生说一句:“我听村长的。”便迈着日本浪人式的步履出了门。

杠子却目瞪口呆地坐着不愿动。村长过来意味深长拍拍他的肩:“有意见?”

“有。”

“可以保留。”

杠子满腹心绪杂乱如麻,也不知道是怎样出了村长门的。步子一冲一撞,身子一晃一跄。直到老胡哥喊住他,给他灌输一长串悄悄话,他才略略稳住。老胡哥说:村长的处理方法不对头,是明显地将拳头朝你杠子眼里塞。要求杠子顶住。村长算个屁!告他狗日的去,反正有了行政诉讼法。老胡哥还擂着胸脯愿意充当他的靠山。只要杠子看得起,即使枪林弹雨也在所不辞。

老胡哥的一番言语,铿铿锵锵,说得杠子心潮澎湃,热血沸腾,得意扬扬地将脚狠狠对准一块拦路石子踢去。石子箭一样飞去,他的脚也刺心一样疼,哎哟一哼,抱住疼脚一边抚摸,一边金鸡独立,一蹭一蹭转圈圈。

老胡哥像一个强大的支柱,撑直了杠子疲软的腰。杠子铁了心,雄赳赳地准备甩开膀子跟纰漏桶来一场官司。要给纰漏桶安排一个下马威,要使纰漏桶晓得姑娘是妈妈生的。还有那鳖骨头村长,比秦桧还要脏,要给他干干净净洗个屁股,免得乡长不放心。

打官司的事可不比一般蒜皮事。这类骨头活儿,一要有理,二要有人,二者缺一不可。缺了理伸不直,有了理没有人帮着拽也伸不直。

至于理,可以说全部攥在他杠子手中。纰漏桶打了他,他头顶那块红彤彤的疤就是红到边的理。至于人,老胡哥就是一个人。只要他卖个面子,他那外甥敢不在内部撑一把?杠子信心百倍,越想越是洋洋得意。得意了却不敢忘形,一咬牙当晚办下一桌丰盛的酒菜,以请亲娘舅的礼仪请来了老胡哥。一瓶酒见底,一桌菜吃光,老胡哥便成了杠子的亲哥哥。老胡哥说:“兄弟,这官司不打可惜了!村长明明是骑你头上拉屎哩!还有纰漏桶的傲相,我看了睁不开眼。”

杠子将脑袋凑向老胡哥,满面冤屈无遮无拦:“老胡哥,还不是欺我杠子没人么?!”杠子说着竟挤出两滴眼泪。

“你男子汉哩！淌泪水是女人的事。”老胡哥说。

杠子就拿袖子在眼角上擦，说：“这官司，拜托老胡哥了！你帮兄弟度了难关，兄弟心中有数。兄弟心里也晓得这年头办事多少要花点。该花的你老胡哥说一声，我杠子照办。不赢这场官司，还能在小窑堡活么?!”

杠子一番诉说，使老胡哥立马感到自己像真人一般神圣，陡然生出一种受命于天的感慨：“你说的也是。柿子拣软的捏，硬的硌手；人找善的欺，恶的打人。你杠子本来就是个不硬气的男人！这回再不挣点面子就女人了。真要窝窝囊囊在小窑堡活一辈子！”

老胡哥这么一说，杠子又想哭。想到自己是个男子汉，才强忍住，双手抱成一个球：“老胡哥，我真想给你磕头哩！”老胡哥伸手在球上按一下：“瞎搞么！想折我寿不成？我这脾气你又不是不晓得。遇见不平，不说两句嗓子眼痒痒。我觉得人活世上就得正，不正算人？畜生！”

杠子的眼又有泪在转，想忍，终于忍泪的肌肉不强壮，一串酸水吐鲁番葡萄似的滚落下来，害得老胡哥苦口婆心劝慰小半天。可杠子反倒哭出了声音：“呜呜哇……呜老胡哥……呜……我求你快些办哩！呜……呜呜哇……”

老胡哥五根指头勾成五个勾，一敲桌子：“明天动手。”

杠子戛然止住了哭声，鬼急急用肘捣捣坐一旁陪哭的大姑子：“拿些钱来，去，让老胡哥明天去县上打发。”大姑子一边抹泪一边站起来。老胡哥按住了她，生气道：“见外了，你们把我老胡当成了什么人？我就那么爱钱么？我又不是缺钱。我只不过是出于正义，要钱岂不污了我名声。我不但如此，还担保我那位外甥学习我。我跟他妈是铁亲的兄妹，这点主敢做。”老胡哥一掀酒盅咕咚了一杯，抬起袖子抹掉漏在唇边的两滴酒，继续说：“不过话也要说回来，办案的不是我外甥一个人，其他人是否要烧些香哩？”

“烧，烧，烧。老胡哥说烧就烧。”杠子激动得站了起来。

老胡哥的利齿在折磨一块硕大的肉，无法生产语言，偏又性急，便不顾性命地吞。噎得眼窝白的多黑的少：“呃！以我脾气就不烧。呃！不过这世风确实不比以往了！呃！为了稳中求稳，就烧吧！不过不能太浪费了。钱虽说不甚值钱，挣起来却像女人坐月子。买两条香烟随便象征一下行了。”

杠子的头很快伸了过来：“买啥牌？”

“小姑娘。”

小姑娘就是阿诗玛。阿诗玛可不是便宜货，八十多一条哩！杠子略一迟疑，硬硬地一擂胸：“小姑娘就小姑娘！”又问，“啥时要哩？”

“我明天一早走。”

“你家店里有么？”

“李四店有。”

杠子去了李四店铺，很快买回来两条阿诗玛交给老胡哥。老胡哥怀揣两条“小姑娘”，踉踉跄跄埋入泼墨一般的夜幕。

老胡哥带“小姑娘”走了，杠子夫妻陡然觉得空落。人一空落，想问题就周全。和纰漏桶之争，不过是为了几百块钱，一头老肥猪的事，值得轰轰烈烈打官司么？“一年官司百年仇。”这话可是爷爷临死前招呼的。不听爷爷言，吃苦在眼前。这么一想杠子觉得有必要将底儿给纰漏桶亮亮。如果纰漏桶浪子回头，还来得及跟老胡哥说一声。如果纰漏桶不回头，那就不去惊扰老胡哥，让他明儿一早去县上。

杠子进了纰漏桶门，纰漏桶夫妻正坐在床上犯痴。见杠子进来，没能打起精神，没动身子，没打招呼。纰漏桶微眯细眼，挂一脸家主表情。杠子眉毛一拧，心里话：“倒像我夯了他一扁担，欠他几百块钱似的。”这么一想，平生出一股怨气，话说得也不客气：“纰漏桶，我的事你到底咋办？”

“我听村长的。”

“那就别怪我杠子心狠手毒了！”

“啊，想干啥？”纰漏桶夫妻同时一惊，同时一呼噜挣起来，各抓个棉花枕头，以抵挡杠子随时捅来的刀子。

杠子的心立即出现了三十多年来从未有过的滋润，不由暗暗佩服老胡哥的谋略。杠子摸来个凳子，人模人样一屁股坐下，以一种宽宏大量的口吻说：“后悔还来得及。我也不指望你给我生个金伢子。我让一步吧！营养不要了，你只要把欠下的医药费清了，我俩的事就清了。我这人好说话，可你若把我话当作耳边风,就不怪我去法院了!"

"我亲娘哎!"山里花枕头一扔,不住地抚摸狂跳的心。纰漏桶也还原成本来的纰漏桶。

只有杠子仍然一如既往地宽宏:"我晓得你们家有困难,可我也困难呀!我都借了四百块高利贷。如果你拿不出钱,就把我那高利贷拉头上去吧!"

"说得像嗑瓜子。"纰漏桶眯着眼。

杠子一愣。不理解纰漏桶为啥转眼的瞬间就判若两人了!杠子不再宽宏,恶毒地说:"那就法院见。"

纰漏桶没吭声。山里花忍不住,说:"杠子哎!干啥把事做绝哩?我家损失比你家大得多。七七八八加一起,近三千哩!"山里花伸出三指头冲杠子乱晃。

杠子说:"不对,也就两千零五十。"

山里花手一收,话音里灌满了委屈:"哎哟,你不知道内情,我家找人还花了七八百块。不信你去问老胡那坏狗日的。纰漏桶被法院关了,法院说:什么时候还了交管站钱,什么时候放人。为了少罚或者不罚,我去求老胡。我买了两条阿诗玛,狗日的说还要加两条。还有一大包茶叶、好几斤好酒,加上他在县城一住几天,我一共花了七八百块。可后来还是一文不少地罚了钱。唉,可怜我那些钱都喂了狗。老胡那坏……"山里花仍想一往无前说下去,不料纰漏桶的脚顶她踹了过来:"喂,狗已喂了,还叫什么空?"

纰漏桶和山里花双双没了声音,杠子的嗓子还在咕噜个不停。纰漏桶嫌烦,挥挥手:"去,去,去,有多远你去多远!"

杠子一憋噎,半天无话,一转身愤愤出了门。身后传来纰漏桶斥责山里花的声音:"娘们少管闲事。我怕什么?村长已处理过了。村长大小算个官,官官相护,相信法院也不会把村长的话当成屁话。"

杠子心里直发笑:"嘿嘿!村长算鸡巴官。能和老胡哥那外甥比么?"杠子笑呵呵推开自家门,却见那外甥的舅舅又端端正正坐在他家八仙桌上首。

老胡哥是来向杠子义务传授识别假烟知识的。老胡哥在杠子刚给的两条阿诗玛上指指戳戳地教导。最后一锤定音:"这不是'小姑娘',是'嫂子'。

冒牌货。”并问杠子在哪儿买的。

“李四家。”

“哦！兔子不吃窝边草，这李四咋就糊弄本村人?!”

“老子找他去。”

“可不作兴吵架哟!”

杠子打夯般蹦到李四店铺。店柜前有好几位客户，李四正笑容可掬地拨拉算盘。杠子没说话，将两条阿诗玛冲柜台上一掼，震得李四和算盘同时一跳。

李四缩头缩脑把眼警惕在杠子脸上:“杠子，干啥哩?”

“问烟去。”

李四埋头拨弄烟。倒吸口凉气，不住拍击额头:“要死！兵当老了枪咋就倒扛着？咋就进了假货?”李四放下烟，连忙向杠子挤一脸笑容，“对不起，我不是故意的，我这就给你换。”李四由货架上取来两条阿诗玛，拨弄一会，确信属真无疑，才拱手交给杠子。

杠子接了烟，按照老胡哥教的那一套查验一遍，放心地揣上，撇下一串啰唆话出了店门。

杠子走了，本来的那几位客户也不知道啥时空着手消失得无影无踪。李四很落寞，心里老是不踏实，忍不住查验了所有阿诗玛，却全是真货。李四的眉不禁拧成个疙瘩，喃喃自语:“怪了！独独杠子拿的两条烟是假的?”

腊月半这一日，下了一场鹅毛雪，严冬被推上高潮，杠子的心却始终装满热量。热量来源于老胡哥。老胡哥昨日从县上归来，告诉杠子一条乐死人的消息，说他外甥已在法院通融过了。法院叫老胡转告杠子，要杠子把心放在肝上，法律不会对他的冤屈无动于衷，会立案的，会结案的，很快就会，只等杠子去法院写个诉状。老胡哥说完，顺手给杠子塞去一样东西。杠子接过一看，是一沓车票。没说二话，很快就给报了销。尽管发现车票里夹着货票，尽管也晓得货的名称为酒，还是笑得咕咕的，当下要求老胡哥陪他去县里潇洒走一回。

老胡哥说:“事急不在勇，明天吧!”老胡哥还以救世主的姿势拍杠子肩:

“这年头的事说难办真难办，说好办也好办。一句话说亮，没人不中！”

杠子点头像鸡啄米：“对！全对！”

今天和明天仅一夜之隔。杠子却痛骂这一夜的漫长。天还没有他的脸白，便穿衣撇了床，拨开门，一股刺骨的晨风裹挟一阵雪花砸在他脸上。他迎着风雪疾速向老胡哥家奔。

老胡哥夫妻俩已站在货柜旁跟客户做生意。毕竟是到了年关，购物者众，整条整条地买烟，整箱整箱地拿酒。杠子一边帮助老胡哥扫地，一边恭贺老胡哥生意兴隆通四海，并抱怨说：“早晓得你家架上有阿诗玛，我不做李四生意。”

老胡哥说：“一个样，我可不在乎两条烟的生意。酒香不怕巷子深，你看看我家的生意，热闹哩！”

一个瘪嘴客户接上了话：“是的。我本是李四店里的常客，可听说他黑良心卖假货，就不敢去了。这大新年里买了假货送真岳父，钱丢了不说，关键是人丢了。”

老胡哥城府颇深干笑两声，一抖手撂给瘪嘴一根烟，说：“不会吧！李四人挺厚道。”

瘪嘴说：“不叫的狗最会咬人。”

雪无声无息地飘落。老胡哥在杠子无休无止的催促下，终于装扮一新上了路。四只脚在厚厚的雪地上碾着，碾出好多和鞋底一模一样的洞，咯叽咯叽响个不停，劈头刮来一阵西北风，刮得老胡哥拼命将脖子朝围巾里缩。嘴埋没了，鼻子埋没了，仅留两只明晃晃的眼掌握脚下白茫茫的路。

“天死冷。”老胡哥说。

“是死冷。”杠子说。

“不是为了你杠子，这样的鬼天，轿子抬我不出门。”

“老胡哥吃我亏哩！”

“吃你亏也不是吃别人亏，吃了就吃了。”老胡哥说，“只是害你花费，我过意不去。”

“小意思呐！”杠子一高兴，竟用上了港台电视剧的腔调。

老胡哥的脖颈慢悠悠扭过来,看见杠子得意洋洋的脸不禁干笑两声:“嘿嘿!看不出你杠子还有股气派,跟上形势哩!这年头跟不上形势寸步难行。就拿你的官司来说,递了两条烟,话好说多了,立时拍板为你办案,还替你找了位律师。不过那律师一脸生相,我真怕这桩官司坏在他手!”

杠子心一沉,脚一飘,一个踉跄横倒在地上四脚朝天。由于有雪垫着,跌得不响不疼。这轻微的一跤是微不足道的,丝毫没跌落杠子沉重的心。他仰在地上不急着爬起,却急急开了口:“那咋办哩?”

老胡哥看一眼杠子的滑稽相,想笑忍住没笑。朝地上的杠子略略招招手,哼起国际歌:“起来,饥寒交迫的奴隶……”

杠子这才明白老胡哥不愿跟一个睡着的人说话,便来个狗趴式站了起来。

老胡哥作深沉状,说:“瞧你猴急。律师的事也不是多复杂的事,两条‘小姑娘’的事。”

杠子头一轰。“小姑娘”可不是好谈的!上次的“小姑娘”是借高利贷的产物,高利贷借了四百块,“小姑娘”身上花去一百六,请老胡哥客花了四十,四百块仅剩最后两百块了。这两百块无论如何花不得了,得填钱氏诊所那空子,花了就不守信用了。不守信用就……就……他不敢朝深处继续想。

又是一阵西北风劈头刮来,像刀子一样剜杠子脸。杠子不禁一抖,打个冷战站在那儿,两手合十死命地搓揉。

老胡哥关切地问:“冷么?”

“冷。”说冷就冷得不可收拾,上下牙咯嘣嘣地开始了决斗。老胡哥催他走,说走走就不冷了。杠子却依然不动,问:“到底还要花费多少?”

老胡哥一核算:“不多了,连带诉讼费,律师钱,也不过三百,加上些零碎花销,四百块够了。”

“我的天!”杠子脱口感叹。

“嗯?!”老胡哥鼻子哼一声。

“我的天在下雪。”杠子连忙改口。心里话:赢了这场官司不就四百块么!这么一想,不由心灰意冷,冰雕似的岿然不动。翻江倒海的心潮,终于翻出一个现实的决定:“这鬼天太冷,我受不住,我不去了。”

杠子调转头,坚实地迈在回家的路上。推开门,两手空空,落一身严冬的雪。

(发表于《大时代文学》1994 年第 6、7 期合刊)